Sangue Estranho

Lindsay Ashford

Sangue Estranho

TRADUÇÃO DE

Alexandre Raposo

EDITORA RECORD
RIO DE JANEIRO • SÃO PAULO
2009

CIP-Brasil. Catalogação-na-fonte
Sindicato Nacional dos Editores de Livros, RJ.

A852s Ashford, Lindsay
Sangue estranho / Lindsay Ashford; tradução de Alexandre Raposo. – Rio de Janeiro: Record, 2009.
–(Negra)

Tradução de: Strange blood
ISBN 978-85-01-07837-7

1. Romance inglês. I. Raposo, Alexandre. II. Título. III. Série.

08-4556 CDD – 823
CDU – 821.111-3

Título original inglês:
STRANGE BLOOD

Ilustrações: Ana Maria Moura
Capa de Glenda Rubinstein sobre ilustração de Ana Maria Moura
Editoração eletrônica: Glenda Rubinstein

Direitos exclusivos de publicação em língua portuguesa somente para o Brasil adquiridos pela
EDITORA RECORD LTDA.
Rua Argentina 171 – Rio de Janeiro, RJ – 20921-380 – Tel.: 2585-2000
que se reserva a propriedade literária desta tradução

Impresso no Brasil

ISBN 978-85-01-07837-7

PEDIDOS PELO REEMBOLSO POSTAL
Caixa Postal 23.052
Rio de Janeiro, RJ – 20922-970

A todos aqueles que foram injustamente acusados

Agradecimentos

À minha editora, Janet Thomas, cujos conselhos e ajuda foram inestimáveis. Também a Nicola Craddock, da Honno, por seu permanente incentivo e apoio. Por fim, mas não menos importante, a Kevin, pelas longas caminhadas na praia quando tudo se encaixava.

Capítulo 1

Delva Lobelo nunca gostou de ir à casa dos mortos. Ganhar a confiança dos enlutados, explorar sua dor, não era algo que a fizesse se sentir bem. Era seu trabalho, é claro, mas não a parte de que gostava. Na noite da quinta-feira anterior, reuniram-se ali os abutres profissionais, que se alimentam de cada bocado de sofrimento que conseguem arrebatar de uma cena de morte. Ela se perguntou como receberiam a notícia de que lhe fora garantido acesso exclusivo.

Chegara cedo. Cedo demais. Sentada em seu carro no tranqüilo beco sem saída, olhou para o cordão de isolamento azul e branco da polícia no jardim da frente. Era a única característica distinta daquela casa anônima em uma vizinhança tão sem graça que gente de fora podia dirigir horas por ali sem se dar conta de que passara pelo mesmo lugar diversas vezes.

As janelas de PVC branco foram cobertas apressadamente com cortinas. Delva percebeu que as da sala de estar se sobrepunham de modo descuidado. Não era como Tessa Ledbury as teria fechado, estava certa disso. O jardim bem aparado, a porta da frente, branca e sem arranhões – tudo espelhava uma mulher cujo lar fora o centro de sua existência. Até mesmo as flâmulas e os adesivos de times de futebol nas janelas dos quartos do andar de cima eram bem organizados.

Delva olhou para as casas em ambos os lados da rua e voltou-se para observar as que ficavam mais adiante. Havia sinais de crianças na maioria delas: adesivos ou móbiles, redes em miniatura repletas de animais de pelúcia. Mas os jardins e passeios estavam desertos. Era uma manhã quente e ensolarada. Era a semana do feriado bancário de primavera e época de férias escolares. Bicicletas, patins e pezinhos delicados deviam estar amassando as pétalas de flores de cerejeira nas calçadas. Mas as flores permaneciam intocadas no lugar para onde a brisa as havia soprado.

Mulher de Wolverhampton morta a facadas.

A notícia que ela anunciara no jornal de sexta-feira voltou à sua mente. Ali tinha coisa. Delva estivera em diversas cenas de mortes violentas e sabia que tipo de reação esperar dos vizinhos. E manter as crianças trancadas dentro de casa cinco dias após o incidente não era algo que ela tivesse visto, mesmo nos subúrbios mais esnobes.

Não, pensou, pegando o bloco de anotações no porta-luvas, definitivamente a polícia estava escondendo algo. Algum detalhe chocante vazara daquela rua respeitável como esgoto de um cano rachado. O que assustou aquela gente a ponto de tirarem os filhos de circulação?

Ela olhou para a saia, esfregando uma mancha que subitamente percebeu no tecido preto. Ela detestava aquela roupa. Sua mãe certa vez lhe dissera que ela parecia um corvo raquítico quando vestia preto. E provavelmente estava certa, pensou Delva, olhando para a manga do casaco contra a pele morena do pulso.

O barulho de um carro a fez erguer a cabeça e, ao mesmo tempo, viu um relance de movimento do outro lado da rua. Uma cortina se fechando. Alguém a estava observando. Imaginando o que fazia ali.

O carro parou atrás do seu e ela olhou através do espelho retrovisor, esperando as portas se abrirem. Terry Bond saiu do lado do motorista. Era chefe da assessoria de imprensa da polícia de West Midlands, em Birmingham, e ela já o encontrara diversas vezes. O homem no lado do passageiro era o detetive superintendente Steve Foy. Durante um ou dois minutos os homens olharam-se sobre o teto do carro. Então, uma das portas de trás se abriu e Delva viu o perfil de uma mulher de cabelos negros. Durante uma fração de segundo, julgou que fosse Megan Rhys. Esperava que ela participasse da entrevista. Na coletiva de imprensa de sexta-feira, Foy mencionara a possibilidade de trazer alguém para traçar o perfil do assassino.

Mas quando a mulher se virou, Delva viu que não era Megan. Provavelmente uma policial à paisana, pensou Delva, ao vê-la franzir o cenho para Foy e balançar levemente a cabeça enquanto fazia a volta até a outra porta traseira. Ao abri-la, ela se curvou, nivelando a cabeça com a outra pessoa que ainda estava no carro. O marido. Delva podia ver pela postura da mulher e pelo modo como a sua cabeça se movia que ela estava tentando persuadi-lo a sair. Richard Ledbury obviamente hesitava.

Delva permaneceu sentada, sem saber ao certo o que fazer. Se abrisse sua porta e saísse, poderia assustá-lo de vez. Por outro lado, diversas vezes já havia percebido que a visão de seu rosto – um rosto da televisão – causava um efeito inesperado em quem a via. Muitas vezes chegava em alguma casa pronta para ser repelida e, em vez disso, era convidada a entrar e brindada com intermináveis xícaras de chá enquanto um parente arrasado desabafava suas mágoas. Era quase como se estivessem gratos por alguém estar interessado no que tinham a dizer. Ela nunca compreendeu aquilo direito. Tinha certeza de que, caso alguém de sua família sofresse uma morte trágica, a última pessoa com quem ela gostaria de falar seria um jornalista.

Ela estendeu a mão para abrir a porta, mas, ao fazê-lo, viu que Steve Foy se aproximava de seu carro. Ele bateu no vidro. Ela apertou o botão para abrir a janela e ele enfiou a cabeça para dentro, estreitando os lábios antes de murmurar a sugestão:

– Achei que se *você* pedisse, talvez... – Seu hálito de menta invadiu o carro.

O som da porta batendo pareceu ricochetear como uma bala entre as casas silenciosas. Ela seguiu Foy pela calçada. Em cima do pódio, na coletiva de imprensa, ele parecia mais alto. Corvo Raquítico encontra-se com Galinho Vermelho, pensou, olhando para o cabelo cor de cenoura repleto de gel que via mais à frente.

– Richard, esta é Delva Lobelo.

Delva tentou um sorriso que fosse uma mistura de simpatia e preocupação. Às vezes ela praticava tais expressões no espelho de casa, embora nunca o admitisse. Fazer aquilo no espelho era uma coisa, mas fazê-lo na vida real era incrivelmente difícil. Certa vez, o editor lhe dissera que ela parecia alegre demais ao fazer matérias tristes. Efervescente demais, segundo ele. Consciente disso, ao se aproximar do homem arrasado sentado dentro do carro, sentia como se o seu rosto fosse uma máscara grotesca.

Em uma elegante pousada em Ballsbridge, a Dra. Megan Rhys tomava uma ducha. Durante o fim de semana, sua pele cor de oliva ficara queimada sob o sol inesperadamente quente da primavera. Em suas costas, uma cruz pálida marcava o lugar onde ficavam as tiras de seu vestido de seda vermelha. Ela pegou o xampu, sem se dar conta de que, no quarto, o conteúdo de sua bolsa era esvaziado na cama. Patrick van Zeller pegou o pequeno telefone celular prateado sobre os lençóis amarrotados. Com o olhar voltado para a porta do banheiro, ele apagou todas as mensagens sem ouvi-las.

– Podia me passar uma toalha? – pediu Megan, tateando o toalheiro vazio. – Acho que tem uma nas costas da cadeira.

Ao ver a cabeça dela emergir em meio a uma nuvem de vapor, Patrick enfiou o telefone celular, batons, canetas e outros objetos de volta na bolsa.

Se Megan tivesse visto o que ele acabara de fazer, certamente teria ficado furiosa. Mas, na verdade, pensou ele ao entregar-lhe a toalha e fechar a cortina do chuveiro, ela devia agradecê-lo por isso.

– Acha que dá tempo para uma rapidinha antes do café-da-manhã? – murmurou ele, inspirando o cheiro de perfume dos longos cabelos negros da mulher enquanto acariciava a pele úmida de seu ombro.

– Patrick!

– Estou brincando – disse ele, enrolando-a com a toalha. – Tenho um último prazer em vista. É o que dá tempo de fazer antes do vôo.

– Não me diga – exclamou Megan. – Café com bolo no Fitzer's? Almoço em Peacock Alley? – O pequeno diamante cravado em seu nariz brilhou quando ela inclinou a cabeça.

– Não. – Ele pegou o guia e folheou as páginas. – Aqui está – disse ele, entregando-o para ela.

Prisão de Kilmainham? – Megan olhou para ele, boquiaberta.

– Não se preocupe, você vai adorar – disse ele, pegando o guia de volta. – Vamos ver uma exposição sobre o sujeito que inventou a forca.

– Ficou maluco? – Megan jogou-lhe um travesseiro e ele riu.

– Bom, não é bem assim – disse Patrick, jogando-lhe as peças íntimas que ela dispusera sobre a cama. – Na verdade ele inventou o método moderno de enforcamento. Salvou os pobres enforcados de se asfixiarem até a morte. – Ele lançou um sorriso maldoso para Megan.

– Vamos – disse Patrick. – Não quer perder o café-da-manhã, não é mesmo?

– Esta é... era... ela no dia do nosso casamento. – Richard Ledbury entregou a Delva uma fotografia em uma pesada moldura dourada.

– Ela é linda – disse Delva, tentando manter a voz casual. Não era mentira. Aquele rosto não estaria fora de lugar na capa da *Brides*.

– Comemoramos o nosso aniversário de casamento na segunda-feira passada. – Ele pegou a fotografia de volta e olhou através da janela da estufa. – Ela comprou um relógio de sol para mim. Vê?

Delva levantou-se e caminhou decidida até a janela. Ouviu-se um estalo quando o cinegrafista afixou um filtro azul em um dos refletores. E ele estava cantarolando. Cantarolando! Delva não conseguia acreditar que tivessem enviado Barry Hudson para aquele trabalho. De todos os idiotas insensíveis e debochados com quem ela tivera o infortúnio de trabalhar, Barry era, de longe, o pior. Ele estava demorando uma eternidade para montar o equipamento. E Richard Ledbury estava a ponto de entrar em colapso outra vez, ela podia notar.

– Que belo jardim – disse ela, tentando amenizar a atmosfera.

Ao olhar para o belo relógio de sol no meio do jardim bem cuidado, Delva viu um passarinho pousar ali.

– Oh, veja aquilo – disse ela, agradecida por ter podido evitar o inevitável lugar-comum sobre o presente da mulher.

Ele se levantou instintivamente da cadeira de palhinha, mas decepcionou-se ao ver o pássaro.

– Compreendo por que quis fazer a entrevista aqui – disse ela, tomando o cuidado de não olhar diretamente para ele. – É um belo lugar. Tão tranqüilo. – Barry cantarolava cada vez mais alto, e ela daria tudo para ele parar com aquilo.

– Sim – disse Richard. – Tessa passava um bocado de tempo aqui. Foi idéia dela construir a estufa. Tentei dissuadi-la da idéia mas acho que é o mais belo cômodo da casa.

Delva percebeu que a voz dele falseou nas últimas palavras. Ela estendeu a mão para tocar-lhe o ombro e, ao fazê-lo, percebeu vestígios de pó para extração de impressões digitais na moldura da janela, a alguns centímetros de seu rosto. O assassino teria entrado por ali? Ela lançou um rápido olhar de esguelha para Richard Ledbury. Se foi assim, ele não saberia, certo? Fingindo tossir, ela moveu o corpo de modo que seu ombro ocultasse a marca reveladora.

– Tudo bem, Richard, se você se sentar confortavelmente naquela cadeira perto da janela podemos começar, não podemos? – Barry atravessou o cômodo, um largo sorriso no rosto, e fechou as persianas da estufa. Delva lançou-lhe um olhar devastador que o cinegrafista imediatamente imitou, apesar de Richard Ledbury estar olhando diretamente para ele.

– Devo pedir desculpas por Barry – murmurou Delva, sentando-se em uma cadeira diante de Richard. – Ele é um excelente profissional, mas o modo como lida com o sofrimento alheio é muito inadequado. Por favor, não deixe que ele o aborreça.

Richard meneou a cabeça e baixou-a a seguir, apertando o nariz e o queixo entre as palmas das mãos. Delva mordeu o lábio, rezando em silêncio e pedindo que aquele homem resistisse aos próximos dez minutos sem ruir em pedaços.

Lágrimas, sim. Não nos importamos com algumas lágrimas.

Delva ouviu a voz em seus ouvidos. Des, seu editor, orientando-a antes de sair da redação naquela manhã.

Têm muito efeito desde que não beirem a histeria. Você terá de cortar se ele chorar para valer.

Sentada ali, olhando para Richard Ledbury, a lembrança a fez sentir vergonha da própria profissão.

Barry inclinou-se e entregou-lhe o microfone.

– Agora, Richard – disse ela com delicadeza –, só vou lhe fazer algumas perguntas, certo? Só queria que você falasse sobre Tessa, descrevendo o tipo de pessoa que ela era. Não se preocupe se tiver de parar. Podemos editar depois. Barry vai fazer uma teste de som e então você me dirá quando estiver pronto.

As luzes se acenderam. Richard se retraiu. Ofuscado pela luz azulada, parecia um coelho assustado iluminado pelos faróis de um carro. Aquele, Delva sabia, era o momento em que a maioria das pessoas recuava. As luzes as faziam imediatamente se dar conta de que aquilo era televisão e que *elas* apareceriam na telinha.

Mas quando a câmera começou a gravar, Richard Ledbury tornou-se uma pessoa diferente. Delva mal conseguia crer. Ela estava prendendo a respiração, esperando que ele balançasse a cabeça, pusesse uma mão na lente da câmera e interrompesse a gravação. Mas ele calmamente descreveu a mulher, sua beleza, que mãe maravilhosa ela fora para os seus três filhos, o fato de ela ser professora da escola dominical. Tudo isso sem derramar uma única lágrima.

Quando ela perguntou se ele gostaria de fazer um apelo para os telespectadores, ele olhou diretamente para a câmera e discursou com perfeição durante 15 segundos. Ficou sentado pacientemente enquanto Barry fazia tomadas de suas mãos entrelaçadas sobre o colo, e chegou a concordar em fazer outra série no jardim, caminhando até o relógio de sol e olhando-o com a expressão firme.

A única vez que Delva vira uma atuação tão impecável foi quando entrevistara um estudante que aparentemente fora o primeiro a encontrar uma mulher esfaqueada em um edifício-garagem. Ele descreveu com a voz calma e imperturbável como segurara a mão da mulher e a aninhara em seus braços enquanto ela morria. Delva ainda lembrava de seu rosto, tão calmo e tão privado de emoções quanto no dia em que o tribunal o condenou à prisão perpétua.

Mas Richard Ledbury não era um ator evasivo, estava convencida disso, embora tivesse dificuldade de explicar por quê. Nada tinha a ver com o fato de a polícia tê-lo descartado como suspeito. Era mais como um sexto sentido que ela desenvolvera pelo fato de entrevistar muita gente. Como se tivesse um pequeno detector de mentiras implantado no cérebro.

O que ela acabara de ver era o ato corajoso de um homem que, em meio a uma dor quase insuportável, conseguiu se conter em homenagem à mulher que amou. De algum modo ele conseguiu se controlar, certo de que aquele apelo ajudaria a polícia a encontrar o assassino. Delva continuou a gravar porque tinha de fazê-lo. Em sua experiência, ela sabia que tais apelos raramente obtinham algo mais, além de aumentar a audiência dos noticiários da noite.

Delva cumprimentou Richard Ledbury com um aperto de mão e observou enquanto a policial o levava até o carro.

– Ele foi ótimo – disse ela, respondendo ao olhar inquisitivo do detetive superintendente Foy. – Não sei como conseguiu. Merece uma medalha, o pobre homem.

Foy resmungou algo que ela não conseguiu ouvir e tirou um pedaço de papel do bolso.

– São esses os números a serem divulgados, certo? São da delegacia da rua Tipton.

– Tudo bem. – Delva guardou o papel na bolsa. – E quanto ao perfil do assassino? Alguma chance de conseguir alguma coisa para o jornal de hoje à noite?

– Infelizmente não – disse Foy. – Tentamos falar com a Dra. Rhys. Evidentemente está perdida em Dublin. Volta esta noite.

– Oh. – Delva franziu as sobrancelhas. Des ficaria desapontado. Ele contava com uma entrevista de estúdio para dar continuidade ao apelo de Richard Ledbury.

– Que ninguém nos ouça – Foy baixou a voz. – Mas não tenho muita paciência para esses analistas de perfis. – Ele bufou e olhou para o carro que o esperava. – Quero dizer, qual a utilidade de se saber que o sujeito que você está caçando foi maltratado pela mãe e abandonou a escola antes de se formar? – Ele deu de ombros. – De qualquer modo, freqüentei um dos cursos dela na Universidade de Heartland há alguns meses. Impressionante, não é mesmo?

Delva assentiu. Ela tinha a clara impressão de que ele estava a ponto de dizer "para uma mulher", mas corrigiu-se a tempo.

No avião, Megan olhou para o telefone celular, confusa. Ela o pegara para desligar seguindo orientações da tripulação, mas o visor apagado indicava que não havia necessidade de fazê-lo. Estranho, pensou. Ela podia jurar que o ligara quando chegaram ao aeroporto de Shannon na tarde de quinta-feira. Será que ficou desligado durante todo o fim de semana? Ela franziu o cenho enquanto o avião começava a se deslocar e voltou-se para Patrick, mas ele estava de olhos fechados. Ela resmungou. Só ele conseguia dormir em um vôo de menos de uma hora.

Ela se acomodou na poltrona, olhando-o com seus olhos escuros de cílios delineados com rímel. O peito dele subia e descia em um ritmo regular, os cabelos louros e cacheados caindo sobre os olhos. Parecia realmente jovem quando dormia. Os cantos da boca voltados para cima em um sorriso agridoce. Formavam um casal estranho. Galesa-indiana com irlandês-holandês. Às vezes ela se torturava, imaginando como seria um filho dos dois.

Nunca na vida se sentira tão feliz e tão infeliz ao mesmo tempo. Até a semana anterior aquilo fora um segredo deles. Ou assim pensava. Fora difícil nos últimos meses ter de fingir que nada estava acontecendo. Ver as alunas flertando com ele na lanchonete, sem saberem que Patrick acabara de acordar ao lado de sua chefe de departamento. Mas se conseguiram enganar os alunos, o mesmo não aconteceu com os funcionários da universidade. Ela corou, lembrando-se da expressão da secretária ao desejar-lhe um bom feriado. O recibo das passagens aéreas a denunciara. Um pedaço de papel com o nome de Patrick ao lado do dela, virado para cima sobre a sua mesa. Amaldiçoou-se por ser tão estúpida.

Seria mais fácil agora que ele estava se mudando para Liverpool. Ele dificilmente viria a Heartland, afora algumas raras visitas à biblioteca. Ela tinha esperança de que, no que dizia respeito às fofocas, sua ausência representasse o fim das especulações.

Ao caminharem pela pista do Aeroporto Internacional de Birmingham, ela ligou o celular. Tocou imediatamente.

– Droga! – Ela franziu as sobrancelhas ao pressioná-lo contra o ouvido. – Três mensagens de voz.

Os olhos de Patrick voltaram-se para ela quando entraram em uma esteira rolante. Ele nada disse.

– São todas de Steve Foy. – Ela mordeu o lábio, a linha entre as sobrancelhas se aprofundando.

– Quem?

– O detetive superintendente da delegacia de Wolverhampton. – Ela fez uma pausa para tirar o passaporte da bolsa, teclando o número de Foy assim que foram liberados. – Lembra do curso sobre abuso sexual no último período? – Ela olhou para Patrick, telefone grudado ao ouvido. Ele meneou a cabeça, ainda sem conseguir se lembrar. – Ele estava naquele curso...

– Aquele de boca grande e cabelo ruivo?

Ela meneou a cabeça.

– Ele parecia um tanto nervoso na mensagem.

– Faz idéia do que ele quer?

Enquanto esperava Steve Foy atender, ela viu algo parecido com pânico nos olhos de Patrick. Mas a sua atenção foi distraída pela visão de uma manchete em uma banca de jornal: ORAÇÕES PARA MÃE ESFAQUEADA POR MANÍACO.

Pela primeira vez, Foy foi breve e objetivo. Enquanto ouvia, ela foi até a banca e comprou o jornal. Ao desligar, viu Patrick sair do banheiro masculino.

– O que era?

Megan entregou-lhe o jornal.

Eram quase 8h quando Steve Foy chegou à casa de Megan. Patrick fora buscar o resto de suas coisas no apartamento e não voltaria tão cedo. Ela estava feliz. Não queria que Foy soubesse que ela estava mantendo uma relação com um aluno de doutorado que fora seu colega no curso sobre abuso sexual.

– Está sozinha? – perguntou ele erguendo uma sobrancelha inquisitiva ao entrar na sala de estar.

– Esperava encontrar mais alguém? – Ela olhou para ele, sem piscar.

Ele desviou o olhar.

– Você já comeu?

– Ãhn... fiz um lanche no avião.

– Bom – disse ele, jogando uma pilha de fotografias sobre a mesa de café. – Porque você não vai querer comer mais nada depois de ver isso.

Capítulo 2

– Como pode ver – disse Foy, entregando outra fotografia para Megan – não foi um esfaqueamento doméstico comum.

Megan teve de se esforçar para olhar para a fotografia. As primeiras eram bem inofensivas, mostrando tomadas da casa, sua posição no beco sem saída, a disposição do jardim dos fundos. Mas agora ela estava vendo as do corpo *in situ*.

O fotógrafo começara a seqüência com um close do tronco de Tessa Ledbury. Se já não o soubesse, Megan seria incapaz de dizer que era um corpo feminino, tão mutilada estava a carne. Toda a área do peito estava furada e rasgada com golpes de faca.

Com um suspiro quase imperceptível, Megan baixou a fotografia e pegou a seguinte. A evidência de um esfaqueamento brutal, sem controle, revoltara o seu estômago, mas ao menos ela estava esperando por isso. A notícia no *Evening Mail* deixara bem claro que aquele não fora um homicídio rápido e "limpo". Mas o que viu a seguir a chocou. O rosto de Tessa Ledbury destacava-se, a boca escancarada, uma ponta de tecido branco despontando por entre os lábios. Mas não foi a mordaça que chamou a atenção de Megan. O cabelo fora puxado para trás com o que parecia ser um par de grampos. No meio da testa, estendendo-se da linha do cabelo até a ponte do nariz, havia uma estrela de cinco pontas. Suas linhas eram tão finas que, a princípio, Megan pensou terem sido traçadas a caneta.

Mas ao aproximar a fotografia do rosto, viu que as linhas eram vermelho-escuras.

– Uma faca? – disse mais para si mesma do que para Foy.

Foy meneou a cabeça.

– Assim parece. A coisa toda foi feita em um único golpe contínuo. – Ele se aproximou de Megan, olhando para a imagem na fotografia. – Ele começou na linha do cabelo e cortou diagonalmente. – O dedo gorducho de Foy moveu-se ao longo do pentagrama, parando sobre a sobrancelha direita de Tessa Ledbury. – Depois, subiu até o lado esquerdo de sua testa, em seguida até a direita, depois desceu até a sobrancelha esquerda e, então, de volta à linha do cabelo.

Megan olhou atônita para aquela obra de arte doentia. A primeira coisa que pensou foi que aquilo teria sido feito *post mortem*. Era óbvio por causa da ausência de sangue nas incisões. Ela olhou para Foy. Ele omitira alguns detalhes do caso a pedido dela mesma. Não queria ser influenciada por nenhuma teoria, qualquer suspeita que a polícia já tivesse em mente. Quando ele lhe entregou a fotografia seguinte, ela se perguntou que outros atos macabros estava a ponto de testemunhar.

Agora ela via que Tessa Ledbury estava completamente nua. Uma tomada em plano geral dela deitada em uma cama de casal, os braços em ângulo reto em relação ao corpo e as pernas abertas. Havia manchas de sangue no seu pescoço, braços, abdome e coxas.

Megan pousou a fotografia na mesa.

– Alguma ejaculação no corpo?

– Não. Na verdade, não há evidência de qualquer atividade sexual.

– Hum. – Megan olhou intensamente para a imagem. – Acho que ela foi exposta.

Foy franziu o cenho.

– O que quer dizer?

– Parece que o corpo foi disposto de um modo deliberadamente humilhante: braços e pernas bem abertos. – Ela aproximou a fotografia do rosto. – E também há os cortes, o fatiamento.

Foy ergueu as sobrancelhas.

– Prossiga.

– Já ouviu falar em picquerismo?

Ele balançou a cabeça.

– É um termo usado para definir um mecanismo sexual secundário. O grande número de ferimentos a faca pode significar que o assassino sente prazer sexual no ato de esfaquear ou cortar a carne humana, mais que no ato sexual propriamente dito. – Megan sentou-se na poltrona. Seus ombros doíam por ela ter ficado curvada sobre as fotografias. – O mesmo se aplica à disposição do corpo – disse ela. – Pode indicar que o assassino estava prolongando o seu domínio sexual sobre a vítima ao arrumar o corpo dela após a morte. Se for esse o caso, ele não teria um orgasmo nem dentro e nem sobre a vítima. Ele o guardaria para quando estivesse bem longe da cena do crime, em um lugar seguro.

Foy nada disse durante um instante. Ele olhou para a pilha de fotografias, coçando o queixo.

– E quanto à estrela? – disse ele subitamente. – Quero dizer, tudo bem que o cara se excite mutilando uma mulher, até aí eu compreendo, mas uma estrela de cinco pontas, um pentagrama, há algum significado nisso, não acha?

– Refere-se a ocultismo? – perguntou Megan. – Magia negra, esse tipo de coisa?

Foy cruzou os braços e estreitou os lábios.

– Não sou só eu. Uma das pessoas de minha equipe trabalhou em um caso de abuso infantil no norte, onde se suspeitava de práticas de ocultismo. Ela agora é uma especialista no assunto. Seu nome é Kate O'Leary. De qualquer modo, assim que viu o corpo ela disse: "Sabe o que temos aqui, não sabe, chefe?"

Megan preparou-se para encarar as outras fotografias da cena do crime.

– Foi deixada alguma coisa no quarto ou na sala? Algo que possa ser associado a um ritual de magia negra?

Foy balançou a cabeça.

– Não, a não ser que tenhamos esquecido de alguma coisa. Os peritos só terminaram o exame do local esta manhã, mas se tivessem encontrado algo eu teria sabido a essa altura.

Megan meneou a cabeça lentamente.

– Bem, neste caso eu teria muita cautela ao enveredar por este caminho – disse ela. – Aquela estrela ou pentagrama, ou seja lá como você a chame, pode muito bem ser trabalho de um criminoso sexual experiente que está deliberadamente tentando confundi-lo.

– Tudo bem. – Foy pegou a fotografia com o close dos ferimentos a faca e a ergueu. – Deixemos o pentagrama de lado um instante – disse ele. – Vamos nos concentrar nisto. – Ele bateu na fotografia com a ponta do dedo. – De acordo com o relatório do patologista, ela foi esfaqueada 35 vezes. Cinco dos ferimentos penetraram o coração e 12 perfuraram os pulmões. Qualquer um desses teria sido fatal. O resto varia em profundidade. Alguns são tão profundos que danificaram a pele das costas. Outros são superficiais, espetadelas. – Ele ergueu a cabeça, as sobrancelhas franzidas.

– Como eu disse – respondeu Megan. – Pode ser um sujeito fascinado por penetração com faca em vez de pênis.

– Sim, eu sei. – Foy meneou a cabeça. – Mas o que estamos vendo aqui não é um caso clássico de homicídio com requintes de crueldade?

Megan ergueu as sobrancelhas, desafiando-o a prosseguir.

– O que sugere – disse ele em um tom de voz que ela o ouviu usar diversas vezes em suas aulas – que Tessa Ledbury possivelmente conhecia o assassino.

Megan ouviu pacientemente enquanto Foy vomitava trechos de inúmeros livros escritos por especialistas em perfis de criminosos do FBI que ele comprara enquanto freqüentara o curso ministrado por Megan. – Esta é a regra em casos de homicídio com requintes de crueldade, certo? – disse ele. – Se uma vítima é esfaqueada mais de vinte vezes, é algo pessoal. Ela conhecia quem fez isso.

– Então você está me dizendo que se encontra um corpo que foi esfaqueado 19 vezes, você automaticamente descarta a mulher ou o marido? – Megan olhou para ele. – Ora, vamos, Steve, você sabe que isso é uma grande besteira.

– Ah, então está dizendo que toda divisão de ciência do comportamento em Quantico está dizendo besteira? – O rosto dele ficou vermelho.

– Não, Steve, não é o que estou dizendo. – Megan suspirou. – O que quero dizer é que não é muito útil se basear em um número finito de facadas ao tentar descobrir quem foi o responsável por um assassinato. Mas concordo com você a respeito dos requintes de crueldade

Ele olhou para Megan com uma expressão confusa no rosto.

– Creio que este ataque *foi* pessoal – disse ela. – Mas o nível de cuidado que o assassino tomou para não deixar pistas me faz duvidar que tenha sido um crime passional. Não deixar traços de si mesmo após um ataque tão feroz exigiria muito planejamento, o que sugere que Tessa não o conhecia mas que ele conhecia *ela*.

– O que quer dizer?

– Creio haver uma boa chance de que o assassino conhecesse a vítima sem que ela tivesse se dado conta disso. – Ela se voltou outra vez para as fotografias, escolhendo uma com ângulos da casa de Tessa Ledbury. – Você disse não haver sinal de arrombamento e que o crime aconteceu após ela ter deixado os filhos na escola. Pela manhã. À luz do dia. Alguém foi visto tocando a campainha?

Ele balançou a cabeça, negando.

– Então, pelo que me falou até agora, diria que este é trabalho de um arrombador e agressor sexual experiente, que evoluiu para assassino. Alguém que escolhe uma vítima, talvez a siga durante algum tempo e depois entre na casa dela quando tiver certeza de que ela está só. Como eu disse, ele a conhece mas ela não sabe quem ele é, necessariamente.

– Certo – disse Foy, meneando a cabeça lentamente. – Ela representa alguém que ele quer matar mas não pode, por algum motivo. E ele odeia tanto esta mulher que a esfaqueia repetidas vezes, perde completamente o controle... – Ele olha para ela. – Quero que você venha fazer uma exposição para a equipe.

Megan sorriu, feliz por ver o rosto de Foy recuperar a cor normal.

– Tudo bem, mas primeiro preciso saber mais sobre Tessa Ledbury. Como ela é?

Foy abriu a maleta e tirou outra fotografia, que entregou para Megan. Mostrava uma mulher sorridente em um jardim, com o braço ao redor do ombro de uma menina que parecia ter uns 7 anos. A criança tinha o mesmo cabelo cacheado da mãe.

– Ela estava com 36 anos – disse Foy. – Tinha 1,64m, pesava 60 kg...

– Não, Steve – interrompeu Megan. – Refiro-me a como ela era *de verdade*. Como pessoa.

– Bem, era uma dona-de-casa com três filhos – gaguejou. – Não muito mais que isso. Ah, sim, era professora da escola dominical da igreja de St. Paul, em Pendleton.

– E isso é tudo o que você sabe?

– Bem, basicamente, sim; isso é tudo – disse Foy defensivamente. – Falamos com vizinhos, amigos da igreja, outras mães da escola. Ouvimos a mesma história. Esposa dedicada, mãe, voluntária da igreja...

– Você disse no telefone que não havia qualquer suspeita de uma aventura extraconjugal, mas tem certeza de que não há ninguém que pudesse ter uma rixa com ela? Quero dizer, nós estamos presumindo que o assassino seja um homem, mas pode ter sido uma mulher.

Foy pegou a fotografia das mãos de Megan e olhou-a.

– Uma esposa enciumada, você quer dizer?

– Possivelmente. – Os olhos de Megan se estreitaram. – Pelo que sabemos até agora ela bem podia ser uma lésbica enrustida assassinada por uma namorada muito possessiva.

– Ora, o que é isso? – As sobrancelhas de Foy se arquearam. – Quero dizer, de acordo com as estatísticas, provavelmente é homem.

– Eu estava sendo sarcástica, Steve. O que quero dizer é que preciso saber de mais detalhes, no mínimo para descartar algumas hipóteses. Além de cuidar da casa e das crianças, como ela preenchia seus dias? Era sócia de algum clube ou centro esportivo? Havia algum lugar em particular onde ela fizesse compras? Tinha um cachorro e, se tinha, onde passeava com ele? Qualquer detalhe deste tipo pode nos levar ao assassino.

– Eu sei. Mas já estamos cuidando dessas coisas...

– E vou precisar conhecer a casa – disse Megan rapidamente. – Não estou querendo dizer que seu pessoal deixou passar alguma coisa. Só acho que vai me ajudar a ter uma idéia melhor de como ela era.

– Claro. Pode me encontrar lá amanhã às 9h30?

– Sim, mas preciso reorganizar a minha agenda. Posso ficar com isso? – Megan apontou para as fotografias. – Quero dar outra olhada nelas e ler o relatório do patologista esta noite.

– Claro. – Foy levantou-se e vestiu o casaco. – Ah, eu não lhe falei do apelo – disse ele, ao sentir o volume da fita cassete no bolso.

Megan pegou a fita e a colocou no videocassete.

– Do marido? – perguntou quando a imagem tremulou na tela.

– Sim. O pobre coitado a encontrou depois que alguém da escola dos filhos ligou para ele no trabalho. Ninguém viera buscar as crianças.

Assistiram em silêncio.

– Qual o álibi dele? – perguntou Megan enquanto voltava a fita.

– Esteve em reuniões o dia inteiro. Tiveram de tirá-lo de uma delas para que fosse buscar as crianças.

– Onde ele está agora?

– Na casa da mãe.

– Sorte ter uma – disse Megan, retirando a fita. – Certamente vai precisar dela, tendo três filhos para criar.

Delva Lobelo esperava junto ao microondas. Frango ao molho de feijão-preto e arroz frito com ovo. Para uma pessoa. Sentou-se à beira da mesa da cozinha, uma taça de vinho branco gelado em mãos, e jogou a caixa vazia no lixo. A mira fora perfeita mas a caixa não entrou. A lata de lixo estava lotada. Ela praguejou em voz alta. Aquilo podia esperar até amanhã.

Acabara de mudar de roupa pela segunda vez no dia. O sombrio vestido preto ficara no guarda-roupa do trabalho. Vestindo jeans e camiseta, com os pés metidos em um par de chinelos surrados, ela agora estava finalmente começando a relaxar.

O telefone tocou ao mesmo tempo em que o microondas apitou; Delva o ignorou. Ela foi até o microondas para tirar as embalagens de comida. Após cinco toques, a secretária eletrônica atendeu. Delva pegou uma faca para abrir os saquinhos de comida mas parou ao ouvir a voz.

– Delva, é Megan Rhys. Acabei de falar com Steve Foy da polícia de Wolverhampton...

Delva deixou cair a faca e correu para o telefone.

– Oi, Megan. Pode falar... estava tirando comida do micro-ondas.

– Ah, perdão – disse Megan. – Posso ligar depois?

– Não, tudo bem. O que houve? É sobre a professora esfaqueada?

– Sim. Acabei de ver a entrevista que você fez com o marido da vítima e há algumas coisas que eu gostaria de perguntar a você, mas não é urgente, mesmo, eu ligo depois.

– Bem, por que não aparece por aqui? – perguntou Delva. – Acabei de abrir uma garrafa de vinho...

Meia hora depois, Megan estava sentada em um enorme e macio sofá na sala de estar da casa de Delva.

– Aqui está – disse Delva entregando-lhe uma taça de vinho. – Eu ofereceria algo para comer, mas acabei com o que restava na geladeira! – disse ela, culpada.

– Está tudo bem, mesmo – disse Megan, rindo de si mesma. – De qualquer modo, não conseguiria comer coisa alguma. Fotografias da cena do crime, você sabe...

– Ugh, posso imaginar. – Delva fez uma careta. – Quando Steve Foy conseguiu encontrá-la? Ele disse que você estaria em Dublin.

– Sim, não recebi a mensagem dele até o avião pousar. De qualquer modo, ele veio até aqui e me trouxe uma cópia da entrevista. – Megan bebeu um gole de vinho e pousou a taça na mesa de centro. – Que tal esse Richard Ledbury?

– Bem – disse Delva, dobrando as longas pernas sob si mesma na poltrona em frente a Megan. – No começo, ele estava completamente arrasado. Achei que sequer conseguiríamos tirá-lo de dentro do carro. Ele era contrário à idéia de dar entrevista e foi somente quando Terry Bond, você sabe quem é, o assessor de imprensa da polícia de West Mids? – Ela fez uma pausa e Megan meneou a cabeça. – Foi somente quando ele sugeriu uma coletiva que Richard concordou – prosseguiu Delva. – Eu fui a escolhida para fazê-lo com a condição de que os outros canais pudessem usar a gravação. De qualquer modo, Richard insistiu que o entrevistássemos em sua casa. Quando Terry Bond me contou, achei uma péssima idéia. Quero dizer, oferecemos para ele um estúdio na *BTV* ou uma das salas de interrogatório na delegacia da rua Tipton. Chegamos a nos oferecer para ir à casa da mãe dele. – Ela se inclinou para encher a taça de Megan. – Mas ele não mudou de idéia. A polícia disse que estava tudo bem porque os peritos haviam terminado por lá, mas eu estava certa de que ele desabaria na hora da entrevista.

– E ele não desabou?

– Não, foi isso o que me surpreendeu. Ele se revelou muito à vontade na frente das câmeras.

Megan bebeu outro gole de vinho.

– Quando falou com ele, teve a impressão de que havia algum tipo de problema no seu casamento? – Ela olhou para a própria taça, girando a haste entre o polegar e o indicador. – Quero dizer, antes do início da entrevista ele disse alguma coisa que levasse a crer que aquela conversa sobre esposa maravilhosa era um tanto furada?

Delva pensou por um instante.

– Ele não falou muito antes – respondeu afinal. – Era como pisar em ovos. Falamos sobre trivialidades. – Ela franziu as sobrancelhas e olhou para o tapete, revendo em sua mente as imagens daquela manhã. – Ele me mostrou uma fotografia de casamento e apontou para um relógio de sol que ela lhe dera de presente. Disse que o aniversário de casamento deles foi na semana passada.

– Semana passada? – Megan ficou alerta.

– Sim. Por quê? Acha isso significativo?

– Pode ser. – Megan olhou para Delva. – Aniversários, bodas, Natal, ano-novo, sabe como é... as pessoas ficam mexidas, não é?

Delva concordou e Megan acrescentou:

– Se Tessa Ledbury estava tendo um caso, ela pode ter decidido que não continuaria fingindo. Talvez tenha contado tudo a Richard no aniversário de casamento.

– Mas não há como ele ser o assassino! – protestou Delva. – Quero dizer, *fisicamente* não pode ter sido ele. Ele deixou a casa às

8h10 da manhã e ela ainda estava viva às 8h50. Diversas pessoas viram quando ela deixou os filhos na escola.

– Eu sei, eu sei – disse Megan. – Não estou dizendo isso. O que quero dizer é que ela pode ter tentado terminar o caso. Salvar o seu casamento.

– Ah, entendo! – Delva disse. – Você acha que foi o amante?

– Bem, esse é o problema. Nem mesmo sei se havia um amante. A polícia certamente não acredita que haja um. Mas pode ter sido o tipo de caso que ela não contaria nem para a melhor amiga. Por isso perguntei se percebeu alguma coisa estranha no comportamento de Richard.

– Hum, sim, entendi. – Delva recostou-se na cadeira, coçando o queixo. – Honestamente, Megan, se havia algo deve ter passado despercebido. Tenho a impressão de que ele a amava muito.

Megan baixou o copo vazio e disse:

– Mas você nunca percebeu que, em casamentos que parecem bastante conturbados, a mulher ou o marido podem ficar completamente arrasados quando morre o parceiro?

– Sim, suponho que isso aconteça algumas vezes – disse Delva. – Na verdade, meus pais eram um pouco assim. Sempre brigando, mas quando papai morreu, mamãe ficou inconsolável.

– Bem, não estou dizendo que Richard Ledbury necessariamente se encaixe nesta categoria, mas é algo que eu quero descartar antes de me arvorar a traçar um perfil. – Megan olhou para Delva. – Aqui entre nós – disse ela –, não estou convencida de que Tessa tenha sido assassinada por alguém com quem tivesse um relacionamento próximo.

Delva ergueu as sobrancelhas.

– Então acha que foi um estranho? Alguém que invadiu a casa?

– Como disse, isso é aqui entre nós duas mas, sim, acho que deve haver alguém que sabia dela mas não a conhecia, se entende o que quero dizer. Alguém que sabia onde ela morava e sabia que ela estaria sozinha naquela hora em particular.

– O que ele fez com ela, Megan? – perguntou Delva, esperando o pior. – Eu sei que ele a esfaqueou. Mas há algo mais, não é? A atmosfera naquela rua esta manhã estava muito esquisita. Como se as pessoas estivessem com medo de sair de casa.

Megan desviou o olhar e Delva percebeu que ela estava ensaiando o que dizer. Só se conheciam havia alguns meses. Não muito tempo, na verdade, refletiu. Megan devia estar se perguntando se poderia confiar nela.

– Vamos apenas dizer que ele usou a faca para algo mais. Algo muito doentio que nada tem a ver com simplesmente matá-la.

Delva conteve o fôlego, a mente subitamente tomada por uma legião de possibilidades aterradoras.

– Você acha que ele vai voltar a atacar?

– Se o assassino for um estranho, tenho quase certeza de que voltará a matar – disse Megan.

Agora, ali na cama, parecia estranhamente prazeroso lembrar do cheiro do perfume dela. Lembrar como foi matá-la. Lá de fora, o céu noturno estava repleto de estrelas. A associação era divertida, uma assinatura tão clara quanto o dia para aqueles com olhos para vê-la. Mas eles são cegos e estúpidos. Isso é óbvio. Afinal, a inteligência é um dom de alguns poucos escolhidos.

Capítulo 3

Quando Megan chegou em casa, a luz da secretária eletrônica piscava. A mensagem era de sua irmã, perguntando como fora em Dublin. Megan discou o número e tirou o casaco enquanto esperava que atendessem.

– Ceri, sou eu... É, voltei há um bocado de tempo mas as coisas têm estado um tanto agitadas desde então... É, eu sei, na verdade eu recebi aqui em casa o sujeito encarregado da investigação. Ouça, vou para Wolverhampton amanhã. Posso ligar e vê-la à tarde?... Sim, está bem. Beije as crianças por mim... Tchau.

Megan perguntou-se o que Ceri diria quando soubesse sobre Patrick. Estava certa de que a irmã adivinhara que a viagem a Dublin envolvia algo mais do que outra conferência acadêmica.

Havia algumas semanas, Ceri perguntara a Megan se ela estava saindo com alguém.

– Seus olhos estão brilhando – disse com a voz matreira. – Então, quem é ele?

Megan riu e despistou, dizendo que aquilo que Tony fizera com ela era o bastante para manter os homens a distância por toda a vida. Mas Ceri não engoliu.

– Ora, vamos, Meg, só porque se casou com um completo patife não quer dizer que deva passar o resto da vida pagando por isso!

Ela estava certa, é claro. A ironia era que, nos últimos meses, Megan realmente se permitira acreditar naquilo. Ela olhou para o relógio na parede: 21h40. Ela se perguntou quanto tempo mais Patrick demoraria.

Ouviu uma voz no fundo da mente murmurar: *Por que voltaria? Que futuro ele tem com você?*

Megan contara a Patrick a respeito de sua incapacidade de ter filhos antes de começarem a dormir juntos. Mas o fato de ele nunca querer falar a respeito disso estava começando a aborrecê-la.

Eram 22h30 quando ela ouviu o ruído da chave na porta. Ainda estava vestida, sentada em seu estúdio, lendo o relatório do patologista. Patrick subiu a escada.

– Estou aqui! – gritou ela.

Ele meteu a cabeça pela fresta da porta e a inclinou para ler o que estava impresso no arquivo que ela tinha em mãos.

– Um pouco de leitura leve antes de dormir? – Suas sobrancelhas se arquearam e ele sorriu enquanto se dirigia até a cadeira onde ela estava sentada. Ele ficou atrás dela e começou massagear os seus ombros. Ela gemeu e arqueou as costas.

– Vamos – disse ele. – Vou preparar um banho para nós dois.

Enquanto o vapor dominava o ambiente, ele acendeu velas e derramou óleo de gerânio em um pequeno difusor de argila. Ela o olhava em meio à luz tremulante e enevoada, perguntando-se o que ele estaria pensando. Ela vira um outro lado dele em Dublin. Fora o primeiro feriado deles juntos e ele estava em seu elemento, mostrando-lhe as paisagens e apresentando-a a todos os seus parentes irlandeses. Ele tinha dois primos pequenos, meninos de 9 e 7 anos de idade, e ela o viu jogando bola com eles no parque. Havia tristeza em seus olhos quando se separaram, mas quando ela perguntou o que era ele pousou os dedos sobre os lábios dela como se temesse que ela pudesse quebrar o encanto.

Tentando tirar aquilo da cabeça, Megan entrou na banheira e acomodou-se junto ao peito de Patrick. Ele espalhou óleo nos ombros dela e esfregou-lhe a pele em silêncio. O único som vinha de algum carro ocasional que passava pela rua lá embaixo. Ela lembrou-se da reunião com Steve Foy. Sabia que Patrick não perguntaria sobre aquilo. Embora ela não fosse mais a sua orientadora, havia vezes que ele se continha, inseguro de onde estava pisando.

– Patrick – disse ela lentamente, os olhos semicerrados –, quando trabalhava na Holanda você topou com algum caso de picquerismo?

– Picque o quê? – disse ele, tirando as mãos.

– Picquerismo. É quando alguém sente prazer sexual cortando carne humana. Keppel escreveu sobre isso. Você sabe, aquele estudioso de perfis psicológicos de Washington.

– Ah, sim, acho que me lembro vagamente de alguma coisa parecida. O assassino de Clairemont não era algo assim?

– Isso mesmo. – Megan mudou de posição, provocando uma ondulação em direção às torneiras. – Só queria saber se você já lidou com algo parecido.

– Na verdade não posso dizer que sim. Quero dizer, tudo depende de interpretação, não é? Como se diferencia alguém que enlouquece e pega uma faca porque está furioso, como em um acesso de ciúmes, por exemplo, de alguém que faz isso por prazer? A não ser que lhe digam o que é...

– Eu sei. – Ela voltou a pousar a cabeça sobre o peito dele. – O problema é que não havia esperma, e nas fotografias que Steve Foy me mostrou, alguns ferimentos me pareceram muito superficiais. Esta é uma característica do picquerismo. Há ferimentos superficiais, assim como outros mais profundos, que matam. E, neste caso, ele ficou por ali tempo bastante para também fazer um desenho na cabeça dela.

– O quê? – Patrick sentou-se, fazendo a água golpear as bordas da banheira.

– Ele desenhou uma estrela de cinco pontas na testa dela. – Megan levantou-se, pisou no tapete de cortiça e pegou uma toalha. – De acordo com o relatório do patologista foi feito com algo fino e afiado. – Ela olhou para Patrick, cujo rosto assumira uma expressão de fascínio horrorizado. – Deve ter sido algo com duas lâminas, porque foi feito em uma linha contínua, assim. – Ela correu a ponta do dedo sobre a própria testa do modo como Foy demonstrara na fotografia.

– Então, algo como um estilete, ou uma adaga.

– Sim – disse Megan. – Ou até mesmo uma lâmina que ele mesmo fez para si. De qualquer modo, era uma arma diferente daquela com que ele a esfaqueou. O patologista calcula que a lâmina estaria muito cega após ele tê-la matado.

– Então, por que uma estrela? – perguntou Patrick. – Uma estrela de cinco pontas, você disse?

– Exato. – Megan enrolou-se na toalha e sentou-se na beirada da cadeira de vime junto à banheira.

– Parece coisa de ocultismo, não é? Você sabe, pentagramas e tudo o mais?

– Hum. – Megan sorriu. – Estava me perguntando se você entraria nessa. Um dos membros da equipe de Foy evidentemente sugeriu o mesmo. Mas não havia mais nada que sugerisse magia negra. Podia ser algo que o assassino fez deliberadamente para confundir a polícia.

– Sim – disse Patrick, escorregando para baixo de modo a molhar os ombros. – É o tipo de coisa que a gente pode imaginar que algum desgraçado está tramando, não é mesmo? Eu sei porque é uma das coisas que os prisioneiros me dizem quando eu os estou entrevistando, dos livros que estão lendo, esse tipo de coisa... – Ele pegou o xampu e derramou o líquido verde na palma da mão. – Conhecem toda a literatura sobre perfis psicológicos. Devem sair da cadeia com todo tipo de idéias...

Megan meneou a cabeça.

– Isso é outra coisa na qual estive pensando. Na prisão, quero dizer. A preocupação em não deixar pistas sugere que, seja lá quem tenha feito isso, já foi preso ao menos uma vez. Ou isso ou tem alguma ligação com a polícia.

– Sem impressões? – O xampu flutuou até as sobrancelhas de Patrick quando ele mergulhou a cabeça ensaboada.

Megan balançou a cabeça.

– Devia estar usando luvas o tempo todo. Acho que eram dessas bem finas, de látex, do tipo usado por cirurgiões. Não vejo como pode ter feito algo intrincado como o pentagrama usando luvas comuns.

– Bem, pode-se comprar luvas assim em uma infinidade de lugares – disse Patrick. – Acho que vendem na farmácia.

– Hum, não tinha pensado nisso. – Megan olhou para as velas que pingavam no peitoril da janela. – Eu estava fazendo uma lista de locais de trabalho onde alguém teria acesso a luvas como essas mas, sim, ele provavelmente foi até a farmácia e as comprou. – Ela estremeceu e enrolou a toalha ao redor dos ombros. – Ele também usou uma mordaça, mas não creio que isso vá nos levar muito longe. Era um desses panos de prato brancos, do tipo que se encontra em milhares de casas, para não mencionar escolas, fábricas, restaurantes... a lista é interminável.

– Steve Foy disse se houve algum estupro na área recentemente, algo que pudéssemos ligar a este homicídio?

– Depende de quão ampla for a área em questão – disse Megan. – Considerando toda Wolverhampton, há dezenas de casos de abuso sexual na lista. Vai demorar um pouco até Foy verificar todos. Mas Pendleton não fica em Wolverhampton. Fica a uns 20 quilômetros ao norte. É uma dessas grandes áreas ainda não urbanizadas. De acordo com Foy, as únicas transgressões sexuais que tiveram até agora este ano foi um exibicionista e um sujeito que supostamente teria estuprado e engravidado a prima de 14 anos.

– E foram eliminados da lista de suspeitos? – Patrick esvaziou a banheira e pegou uma toalha.

Megan meneou a cabeça.

– O exibicionista está detido em Winson Green e o outro sujeito estava no hospital no dia do crime, porque os irmãos da menina o haviam espancado.

– Parece um lugar adorável.

– Bem, não é tão ruim quanto certos lugares de Birmingham – disse Megan. – Minha irmã quase comprou uma casa lá certa vez.

– Então, aposto que está feliz por ela ter mudado de idéia, hein? – Patrick enterrou a cabeça na toalha e esfregou o cabelo molhado, percebendo o quanto o rosto de Megan havia se fechado.

– A propósito – disse ele, a voz abafada –, quando é que vou conhecer esses seus parentes?

Mais tarde, quando estavam na cama, Patrick a procurou na escuridão. Sua mão acariciou-lhe a face, demorando-se sobre a pequena jóia cravada em seu nariz.

– Você sabe – disse ele com um sorriso –, tenho compartilhado a cama com você três ou quatro vezes por semana nos últimos cinco meses e nunca vi você tirar isso...

– Ah, eu tiro quando você não está por perto – murmurou Megan. – Deixo na mesa-de-cabeceira, junto ao copo onde ponho a dentadura...

Patrick a agarrou e fez cócegas nela até ela implorar para que parasse.

– Venha cá, sua chata! – disse ele, rindo, deslizando as mãos da cintura até os seios de Megan. Ela recuou subitamente e ele parou.

– O que foi?

– Desculpe, Patrick. Eu... eu simplesmente não posso, isso é tudo.

– Ei, está tudo bem... não tem problema.

– Não é que eu não queira – disse Megan, acariciando-lhe o braço. – Eu sei que você vai para Liverpool amanhã e vai demorar muito até nos vermos de novo, mas...

– São as fotografias?

– Mais ou menos. – Ela suspirou. – Não consigo tirá-las da cabeça.

Como explicar para ele que não foram apenas as imagens sangrentas que Foy lhe mostrara? Que a fotografia de Tessa Ledbury com a filha provocara uma dor muito mais pessoal? Ela se sentia confusa e culpada. Como o seu próprio sentido de perda podia ser mais perturbador do que aquilo que vira nas últimas horas?

– Eu já passei por isso. – Patrick acariciou-lhe o braço. – Sempre que fecha os olhos você volta a ver, não é?

– Sim – murmurou ela, incapaz de dizer o que realmente tinha em mente. – Você acha que eu já devia estar acostumada com isso a essa altura, não é?

– Acho que nunca vou me acostumar. – Patrick rolou de costas, olhando para as sombras no teto. – Acho que eu apenas acabei fazendo aquilo que todo policial faz. Médicos também – disse ele. – Encontrei refúgio no humor negro. É terrível, eu sei, mas é o que todos fazemos.

Megan mordeu o lábio.

– Não creio que serei capaz disso – disse ela. – Talvez seja diferente quando se está cercado de gente que vê o mesmo tipo de coisa. Mas acho que o que comecei a fazer é ainda pior.

– O que quer dizer com isso?

– Ah, olhe para mim – disse ela. – Só estou ficando um pouco cínica para me poupar, é só isso. – Ela se ergueu sobre um cotovelo e inclinou-se para tocar-lhe o cabelo. – Patrick – disse ela baixinho –, podia me abraçar?

Ainda estava escuro quando o rádio-despertador de Delva Lobelo tocou. Ela se sentou na cama e olhou para os números no mostrador digital: 4h15. Por um instante ela piscou, confusa. Então, tirou as pernas debaixo do edredom e pegou o quimono vermelho bordado em dourado dobrado sobre a otomana ao pé da cama.

Delva detestava o turno da manhã. Confundia o seu relógio biológico. Ela freqüentemente tentava tirar uma soneca à tarde para pôr o sono em dia mas era fatal. Ela acordaria algumas horas depois, quando ainda havia luz do dia e correria em pânico cego porque pensaria que já era de manhã e que havia dormido demais.

Naquele momento, ela se sentia particularmente grogue. Andara sonhando com Richard Ledbury. Fora um sonho sexual perturbador e, agora que estava desperta, sentiu-se esmagada pela culpa. Vestiu-se o mais rapidamente que pôde, sem se importar em se maquiar ou fazer o desjejum. Sentiria-se melhor ao voltar ao trabalho. Haveria gente com quem falar, boletins a preparar. E luzes brilhantes para afastar as sombras da noite.

O engenheiro de plantão já estava lá quanto Delva entrou na redação. Ficou desolada ao ver quem era. George Leith era um maníaco monossilábico que preferia máquinas a pessoas. Ele resmungou algo para ela, pegou o café e desapareceu na área de transmissão.

– Não se incomode comigo, sou a mulher invisível – murmurou Delva para si mesma ao se sentar à sua escrivaninha. Havia um bilhete do subeditor da noite lembrando-a de verificar o banco de vozes da polícia em busca de alguma notícia sobre o assassinato. –

Como se precisasse ser lembrada – pensou, enquanto a mente revia as imagens do sonho da noite anterior.

Não havia nada de Terry Bond nas mensagens gravadas. Delva sentiu uma pontada de decepção. Então, a brava atuação de Richard Ledbury de nada adiantou.

Pensou nele outra vez quando se aprontava para o primeiro boletim. Olhando para o espelho aplicou base no rosto, franzindo o cenho ao ver as bolsas sob os olhos. Os pesadelos sempre tinham aquele efeito sobre ela.

– O que está tramando, garota? – disse para seu reflexo. O que ela sonhara estar fazendo com Richard Ledbury não contava como pesadelo.

Procurou o batom mais claro no estojo de maquiagem. Se conseguisse atrair atenção para os lábios, talvez compensasse as bolsas sob os olhos. Des, o editor, sempre assistia aos noticiários da manhã e costumava criticar qualquer locutor cuja aparência fosse menos que perfeita.

Ao ler o quarto boletim, estava morrendo de fome. Eram quase 9h e a redação estava começando a ganhar vida. Delva pegou a bolsa e caminhou até a porta. Fazer uma boquinha era o único consolo do turno da manhã. Normalmente evitava a cantina da *BTV* como o diabo à cruz, mas o café-da-manhã era uma refeição que eles sabiam preparar.

– Delva! – George Leith finalmente rompeu o silêncio.

Ah não, ele quer tomar café comigo, pensou Delva ao olhar por sobre os ombros.

Mas George simplesmente resmungou "Para você!" e apontou para o telefone, saindo na direção oposta quando ela caminhou em direção ao aparelho. Ela ergueu o fone e sentiu o estômago roncar.

– Alô?

– É Delva Lobelo? – Era uma voz feminina. Havia algo de estranho nela. Algo ligeiramente ameaçador. Delva ficou imediatamente alerta.

– Sim – disse ela. – Como posso ajudá-la? – Ela achou que era uma das loucas de sempre, que regularmente assolavam os locutores da *BTV*. Mas não reconheceu a voz.

– Tenho uma informação para vender. – A voz ficou ainda mais incisiva. – É sobre aquela mulher que foi esfaqueada. Tessa. Sei algo sobre ela. Algo que a polícia não sabe.

Delva inspirou profundamente e olhou ao redor na redação. A cadeira de Des ainda estava vazia. Ela teria de lidar sozinha com aquilo.

– Hum, você entrou em contato com os policiais que estão cuidando do caso? Posso dar o número deles se quiser.

– Não. Não quero a polícia envolvida. – A mulher fez uma pausa e Delva ouviu um estalo e o ruído abafado como se o bocal tivesse sido tampado. – Ouça – a voz voltou, outra vez clara. – Eu conhecia Tessa havia muito tempo. Tenho fotografias que provam isso. Estou oferecendo a matéria para vocês em primeira mão não porque sou fã da *BTV*. Se quiser, encontre-me no Café Pendleton às 11h30. Se não aparecer, vou vender para o *News of the World*.

Delva ouviu um clique e a ligação foi interrompida. Tentou fazer uma chamada de retorno, mas não ficou surpresa ao perceber que o número estava indisponível. Segurou o fone por um instante, imaginando o que pensar da estranha ligação. Contaria para Des quando ele chegasse. Ele decidiria se levariam aquilo a sério. Ela duvidava que ele levasse mas, mesmo que sim, pensou, tinham até as 11h30 para decidir o que fazer. Caminhou resoluta até a porta. O que quer que acontecesse, não deixaria que estragasse o seu café-da-manhã.

Megan e Patrick despediram-se cedo. Ele tinha um trem para pegar e ela precisava ir ao escritório reorganizar as suas aulas antes de partir para Wolverhampton.

Havia uma pilha de correspondência na caixa e ela a jogou sobre a escrivaninha, procurando entre os envelopes algo que pudesse ser urgente. Sua mão ficou imóvel ao ver a insígnia da vice-reitoria da universidade. Ela abriu a carta e olhou para os dois curtos parágrafos convocando-a para uma reunião na segunda-feira seguinte.

– Merda! – Ela enfiou a carta em uma gaveta, longe de olhos curiosos. Aquilo só podia significar uma coisa: alguém dissera algo sobre Patrick. Ela seria fritada.

Ela olhou ao redor do escritório. Para os livros que ela escrevera, as fotos de todos os condenados à prisão perpétua que entrevistara, os recortes de jornal emoldurados de crimes que ela ajudara a resolver. Como pôde ser tão estúpida? Arriscar tudo aquilo pelo... o quê? Amor? Sim, Patrick disse que a amava. E ela o amava. Mas aquilo não adiantaria de nada com o vice-reitor. Será que ele acreditaria quando ela explicasse que o relacionamento havia começado só *depois* que Patrick trocou de orientador?

As palavras "Chefe do Departamento de Psicologia Investigativa, Universidade de Heartland" pularam de um bloco de notas diante dela. Ela inspirou profundamente, lembrando-se que, tecnicamente, ela nada fizera de errado. Não tinha do que se envergonhar.

Ela suspeitava de que o motivo por trás daquilo era ciúme. Um de seus colegas – todos do sexo masculino – não a queria ali. Cobiçava seu emprego. Aparentemente, todos eram legais com ela, é claro. Ninguém até agora lhe dera motivos para suspeitar. Ela resmungou, se levantou e bateu na última porta do corredor, à esquerda.

Christopher Jessop ergueu a cabeça, surpreso, quando ela entrou. A cabeça raspada brilhava ao sol e havia um vestígio de alguma coisa em seus grandes olhos verdes que a fazia lembrar um aluno culpado, fumando escondido. Teria sido ele?

Cinco anos mais velho que Megan, Jessop ingressara recentemente no departamento, tendo se mudado de Manchester no início daquele ano acadêmico. Em sua entrevista, se disse frustrado com a falta de oportunidade de promoções em seu antigo departamento.

– Chris, tenho de ir a Wolverhampton em meia hora – disse ela. – Tem a ver com aquela mulher esfaqueada na semana passada.

Ele meneou a cabeça.

– Ah, sua sortuda!

Estaria sendo sarcástico?, ela se perguntou.

– Você se importaria de cobrir as minhas aulas? – Ela estava pedindo gentilmente, embora não precisasse. Como chefe dele, poderia ter mandado.

– Sem problema. – Ele deu um largo sorriso. – Tudo bem se eu der a eles matéria que pretendia dar no final do período?

– Claro, vá em frente. – Ela retribuiu o sorriso, determinada a não demonstrar a preocupação que a carta do vice-reitor lhe provocara. – Lembre-me de cobrir suas ausências, quando precisar.

Ela girou nos calcanhares, fechando a porta atrás de si. Ao sair do prédio, não conseguiu evitar imaginar Jessop sentado em sua escrivaninha. Ela teria de lutar para se manter onde estava, como lutara por tudo o que conseguira em sua carreira até então. *E ela jamais deixaria que ele ou qualquer outra pessoa lhe tirasse aquilo.*

– Recebemos muitos telefonemas ontem à noite – disse Steve Foy ao destrancar a porta da casa dos Ledbury. – Os malucos de sempre, é claro, mas também recebemos um ou dois telefonemas úteis.

– O que disseram? – Megan seguiu-o pelo corredor, olhando para as fotografias de bebês penduradas nas paredes.

– Bem, temos uma melhor idéia dos movimentos de Tessa na manhã em que morreu. – Ele foi até a cozinha, onde puxou uma cadeira para Megan antes de se sentar. – Ela foi direto até o centro comercial de Pendleton depois de deixar as crianças na escola. A recepcionista no centro médico lembra de ela ter ligado para pedir uma receita. Depois disso, ela foi até a farmácia e depois à banca de jornal comprar um cartão de aniversário. Não deve ter voltado para casa muito antes das 10h.

– Receita para quê?

– Pílulas anticoncepcionais. Ela as tomava desde que nasceu o filho caçula.

– E foi isso que ela comprou na farmácia?

Foy assentiu.

– Qual a idade do caçula?

– Três anos e meio. Por que pergunta?

– A criança está matriculada em alguma escola ou creche de tempo integral?

– Henry está no jardim-de-infância.

– Sei. – Megan meneou a cabeça. – Então ele não fica o dia inteiro?

– Não. Ela costumava pegá-lo às 11h30. – Foy cruzou os braços sobre o peito. – Devia tê-lo buscado no dia em que foi morta. Foi isso que alertou todo mundo.

Megan seguiu com o dedo o desenho do nó da madeira da mesa.

– Alguém tomava conta da criança?

– Não. – Foy estava com uma expressão confusa no rosto. – Você acha isso significativo?

– Bem, suponho que isso explique por que ela tinha uma vida social tão limitada – respondeu Megan. – Após deixá-los na escola ela teria, digamos, umas duas horas para si mesma antes de ter de voltar para buscar o caçula?

Foy concordou.

– Então, não me admiro que ela não tivesse muito tempo para qualquer outra coisa afora a igreja. Você disse que seus únicos amigos próximos eram da igreja de St. Paul?

– Sim. – Foy fungou. – Ainda assim, era de esperar que fosse chegada a outras mães da escola, não é mesmo? Ou uma vizinha?

– Mas não era. – Megan franziu a testa. – Um tanto solitária, não é?

Foy deu de ombros.

– E quanto ao computador? Era uma dessas pessoas que passam um tempão em salas de bate-papo?

– Duvido – disse Foy. – Não havia computador na casa e o de seu marido foi levado para conserto há algumas semanas.

– Então... – Megan olhou para as suas anotações. – Na manhã em que morreu, ela pegou uma caixa de pílulas na farmácia. Algo mais?

Ele balançou a cabeça.

– E quanto ao cartão de aniversário que você mencionou? – perguntou Megan. – Alguma idéia de para quem era?

– Para a filha mais velha. Fez 8 anos no sábado.

– Meu Deus, pobres crianças! – Megan olhou ao redor na cozinha. Uma das paredes estava coberta de pinturas e colagens, obviamente trazidas da escola para casa. Ela desviou o olhar. Aquilo seria ainda mais torturante do que ela imaginara. Teria de manter um distanciamento emocional maior se quisesse ser de alguma utilidade naquela investigação.

– Posso começar com o jardim? – A cadeira arrastou no chão, barulhenta, quando ela se levantou. – Quero ver como o criminoso pode ter entrado.

Foy saiu da estufa ao lado de Megan.

– Como pode ver – disse ele, seguindo o caminho de cascalho junto aos canteiros –, é completamente fechado.

Megan olhou para a alta cerca de madeira que cercava o jardim. Os Ledbury obviamente tiveram muito cuidado em ocultar a sua austeridade prisional com trepadeiras e sempre-verdes de crescimento rápido. Mas não havia árvores. Nada que sustentasse o peso de um homem. As casas dali eram novas demais para isso.

– Os peritos encontraram algumas fibras de corda naquela cerca. – Foy apontou para uma parte da cerca do jardim. – Há um beco do outro lado separando o muro da casa adjacente. Parece que ele subiu por ali.

– Os vizinhos não o teriam visto? – Megan protegeu os olhos e olhou para cima. – A janela do quarto deles dá diretamente para este jardim.

– A casa está vazia.

– Hum. – Megan olhou para o jardim. – Alguma pegada?

– A parte da frente de um tênis comum onde ele caiu. Não é o bastante para determinar o tamanho.

– E quanto a fibras?

Foy deu de ombros.

– Ainda estamos esperando a análise, mas os peritos não estavam muito otimistas.

Megan caminhou de volta à estufa.

– Então, como ele entrou na casa? Esta porta estava aberta?

– Bem, estava quando nosso pessoal chegou – disse ele. – De acordo com Richard, Tessa passava um bocado de tempo no jardim. Com aquela cerca, ela provavelmente não se incomodava muito com a segurança nos fundos da casa.

Megan voltou a entrar na estufa.

– Como é esta região, Steve? Sei que algumas áreas são um tanto barra pesada, mas tenho a impressão de que esta rua sem saída tem um nível melhor.

– Bem, acho que ainda é um dos melhores pontos, sim – disse Foy. – Há algumas famílias asiáticas na rua, mas essa gente está em toda parte em Wolverhampton hoje em dia, não é mesmo?

Megan estancou.

– Você disse o quê? – Ela o encarou com um olhar gélido.

– Hum... eu... queria dizer que eles... – Foy piscou, confuso.

– Nasci na Índia, Steve – interrompeu ela com desprezo bem medido. – Minha avó era asiática.

– Eu... desculpe, não tinha intenção... não me dei conta... – Seu embaraço foi interrompido pelo toque de seu celular. Ele deu meia-volta e foi até o outro extremo do jardim.

Megan estava na estufa examinando as fotos de casamento dos Ledbury quando ele voltou. Ouviu os seus passos no cascalho mas não ergueu a cabeça.

– Era da central – disse ele. – Tessa Ledbury fez uma ligação telefônica alguns minutos antes de morrer.

Megan voltou-se, interessada.

– Para quem?

– O casal da igreja de quem eu estava falando, Bob e Jenny Spelman. Participavam de um grupo de estudos da Bíblia que Tessa reunia aqui às terças-feiras. Kate O'Leary andou falando com o marido.

– E? – A mente de Megan acelerou.

– Ele disse que Tessa ligou às 10h15 na manhã de quinta-feira. Ele estava fora, mas voltou alguns minutos depois. Ele tentou ligar de volta para ela, mas não obteve resposta.

– Como só descobriram isso agora?

– Ele e a mulher viajaram no feriado bancário. Saíram na tarde de quinta-feira e só voltaram esta manhã. Eles não sabiam que Tessa estava morta até verem a notícia na TV.

Megan franziu as sobrancelhas

– E esse Bob Spelman, está descartado?

– Você acha que ele pode estar implicado?

Megan meneou a cabeça.

– Até onde sabemos, ele bem pode ter ligado para si mesmo daqui, para conseguir um álibi.

– Bem, obviamente enviaremos alguém para interrogá-lo – disse Foy. – Ao que parece, ele é um instrutor de auto-escola e diz que estava fora dando aula quando Tessa telefonou, de modo que não deve ser difícil verificar.

– Bem, se ele está dizendo a verdade, cada vez mais me parece que ela foi seguida do centro da cidade até aqui, não é mesmo? – Megan olhou para Foy, que lhe devolveu o olhar com uma expressão de contida ansiedade. Estava obviamente tentando consertar a sua gafe racista.

– Você disse que ela voltou para casa não muito antes das 10h – prosseguiu ela – e esse Spelman diz que ela estava morta às 10h30?

– Perto de 10h45, diz ele. Ele não tem certeza absoluta da hora, mas podemos verificar com a companhia telefônica.

– Bem, acho muita coincidência ela ter sido morta tão perto da hora em que chegou. – Megan voltou a pôr no lugar a fotografia e olhou para o relógio. – De qualquer modo, acho melhor me mostrar o resto da casa.

O quarto principal era o único lugar da casa que demonstrava a brutalidade ali realizada havia cinco dias. O colchão e a roupa da cama de casal foram levados para análise. Havia manchas e pingos de sangue seco no tapete rosa-pálido e a gaveta de cima de uma cômoda fora aberta. Diversas peças íntimas despontavam dali como se alguém estivesse procurando apressadamente alguma coisa.

– Foi daí que saíram os grampos de cabelo? – perguntou Megan, lembrando-se da faixa improvisada nas fotografias da cena do crime.

– Sim. Mas ele não tocou em mais nada. Não levou coisa alguma, creio eu.

– Nenhuma lembrança?

– Não parece que o tenha feito.

– Hum, isso pode ser significativo.

Foy olhou para ela.

– Bem, se quem a matou foi um estranho, há uma boa chance de ele ser um colecionador de troféus – explicou Megan. – Assassinos assim às vezes alimentam as suas fantasias com algo que pertence à vítima.

Foy deu de ombros.

– Então, a falta de troféus significa que ele era alguém que ela conhecia?

– Não disse isso, Steve. – Megan franziu o cenho. – Só estou tentando ponderar todas as possibilidades. Portanto, vamos lá, fale mais.

– Bem, ela tinha de estar no quarto quando ele a atacou. Não há manchas de sangue ou sinais de luta em nenhum outro lugar da casa. Ela provavelmente estava fazendo a cama ou algo assim quando ele apareceu por trás dela. Quase não havia ferimentos indicando que ela teria resistido, de modo que ele deve tê-la dominado e jogado na cama antes de ela ter tempo de reagir.

– E quanto às roupas? – perguntou Megan. – Nas fotografias ela está nua.

– Ele tirou as roupas dela depois de matá-la – disse Foy. – Havia uma blusa, uma calça jeans e um sutiã no chão perto da cama e estavam todos sujos de sangue. A blusa e o sutiã foram cortados em tiras.

– Isso tem de ter um significado – disse Megan. – Por que ele se importaria em tirar as roupas dela após matá-la se foi um crime passional? Isso deve fazer parte do terrível efeito que ele quis criar. – Ela olhou em volta do quarto. – E os sapatos?

– Não creio que ela estivesse usando – respondeu Foy. – Há uma sapateira lá embaixo, junto à porta da frente. Provavelmente ela os tirou ao entrar e subiu descalça.

– Bem, precisamos saber que sapatos ela estava usando naquela manhã. Quero saber exatamente como ela estava vestida ao sair. – Megan pensou um minuto, olhando para as manchas de sangue no tapete. – Como você acha que ele saiu da casa sem deixar sangue em parte alguma?

– Ah, bem, quando disse que não há sangue no resto da casa, devia ter mencionado um vestígio na maçaneta da porta do banheiro – disse Foy. – Vou mostrar para você.

No banheiro, Foy mostrou que o assassino deve ter se limpado no chuveiro sem deixar qualquer prova pericial de sua própria identidade. Megan olhou ao redor do cômodo imaculadamente decorado. A cor do sabão e do papel higiênico combinava com a cor das paredes, cuja estampa de conchas repetia-se na cesta de roupas sujas, no pote de escovas de dentes e até mesmo na lixeira com pedal.

– Suponho que as toalhas tenham sido levadas pelos peritos – disse Megan.

Foy olhou para as anotações na pasta que trazia.

– Uma toalha foi levada, sim.

– Só uma?

Ele assentiu.

– Sim.

Ele leu na lista:

– Uma toalha de mão azul com motivos de conchas.

Megan abriu a cesta de roupa suja.

– Havia alguma toalha aqui?

– Não – disse Foy. – Apenas roupas. Os peritos levaram todas. Havia toalhas no secador de roupas. – Ele apontou para a escada. – Foram todas levadas para análise pericial.

– Não creio que descubram nada ali – murmurou ela.

Foy olhou para ela, confuso.

– Onde estão as toalhas de banho? – perguntou Megan.

Foy deu de ombros.

– Não entendo.

– Pelo que vejo, Tessa Ledbury tinha muito orgulho da própria casa. Ela combinava tudo. O banheiro é pequeno, concordo, mas acho difícil de acreditar que não havia ao menos duas toalhas de banho aqui...

– Ah, vejo onde quer chegar. – As linhas da testa de Foy subitamente desapareceram.

– Na verdade, levar as toalhas deve ter servido a um duplo propósito – prosseguiu Megan. – O assassino não apenas conseguiu um troféu para alimentar as suas fantasias, como também levou toda prova pericial de seu próprio corpo.

O súbito soar da campainha os sobressaltou.

– Devem ser Dave e Kate – disse Foy. – Podemos conversar na estufa?

– Você realmente quer que eu me encontre com ela? – Delva ficou boquiaberta diante da mesa de seu editor. – Des, você deve estar brincando...

– Não – disse ele, desembrulhando um sanduíche e dando uma boa mordida antes de olhar para ela. – Pode ser importante. De qualquer modo, seu turno acaba daqui a algumas horas. Liz pode cuidar do boletim da hora do almoço. Além disso, você parece um tanto cansada.

– Bem, muito obrigada – murmurou Delva. – Legal saber que gostam de mim.

– Ora, vamos, Delva. Não é o tipo de coisa que a maioria consiga administrar. Estou mandando você porque sei que posso confiar que vá cuidar disso direito, certo?

– Hum, acho que sim.

– Mas tem uma coisa. – Des deu outra mordida no sanduíche. – Leve alguém com você, só para o caso de dar errado. Faça com que cheguem ao café ao mesmo tempo que você mas não dê mostras de que os conhece. Está certo?

Delva voltou para a sua escrivaninha e sentou-se durante algum tempo enquanto olhava para o telefone. Subitamente, teve uma idéia.

O sargento-detetive Dave Todd concordava com cada palavra de Megan, mas a detetive superintendente Kate O'Leary não estava convencida. Contestara veementemente quando Megan destacou as falhas da teoria de ocultismo e, embora agora tenha começado a fazer anotações, a expressão em seu rosto deixava claro que ela não estava levando o perfil muito a sério.

– Estamos falando de um espreitador – dizia Megan. – Alguém que escolhe mulheres que têm algum significado particular para ele, provavelmente por causa de sua aparência física, e ele as segue.

– Que idade teria? – perguntou Dave Todd.

– Provavelmente tem 30 e poucos anos. Talvez seja até mais velho. Não estamos lidando com um principiante aqui. Creio que, seja lá quem fez isso, já matou anteriormente.

– Por que diz isso? – Kate O'Leary ergueu a cabeça, mordendo a ponta do lápis.

– Por causa do tempo que ele passou com a vítima após a morte – disse Megan. – Um assassino novato desejaria se livrar daquilo o mais rapidamente possível. As coisas que fez com o cadáver após a morte representa um padrão de comportamento que foi refinado com o tempo. – Ela olhou para cada um deles, mantendo o olhar sobre Kate O'Leary. – O que vocês devem procurar é um homem com histórico de abusos sexuais e, provavelmente, arrombamento.

– Por que arrombamento? – Dave Todd escrevia enquanto falava.

– Porque, a não ser que Tessa o tenha deixado entrar, estamos falando de um homem que entrou na casa de alguém em plena luz do dia e estava confiante o bastante para ficar por lá ao menos meia hora depois de matar. Deve ter inteligência acima da média e experiência em entrar na casa dos outros sem chamar atenção. Sua preocupação em não deixar rastros e o fato de nunca termos visto nada parecido em Wolverhampton sugerem que ele já deve ter sido preso. Vocês devem verificar todos os envolvidos em abusos sexuais recém-saídos da cadeia em todo o país.

– Certo. – Foy inclinou-se para frente na poltrona, batendo com a caneta na mesa. – Queremos algo no programa *Crimewatch*. Dave, cuide disso, sim? Diga-lhes que faremos uma reconstituição amanhã de manhã. – Ele se voltou para Kate O'Leary – A *BTV* e a *BBC* têm de mandar equipes com câmeras, certo? – Kate concordou. – Megan – prosseguiu ele, sem fazer uma pausa para respirar –, que tal me fazer companhia no horário nobre esta noite?

Megan olhou para ele, incrédula. O sujeito era ainda mais egocêntrico do que ela pensava. Ele estava adorando a idéia de aparecer em rede nacional. Ele realmente não se importava em descobrir o assassino de Tessa – tudo o que importava era o que o caso renderia para *ele*. Ela abriu a boca para dizer alguma coisa mas o súbito toque de seu telefone celular a interrompeu.

– Desculpem. – Megan pegou o telefone dentro da bolsa.

– Megan? – Algo no tom da voz de Delva fez Megan sair rapidamente da sala.

– Sim? – Ela estava na estufa agora, longe do campo de audição dos policiais. – Delva, o que foi?

– É sobre Tessa Ledbury. Há algo que você tem de saber.

Foi tentador ficar ali. As pessoas pareciam extras em um filme, vozes misturadas em um burburinho indistinto, suas roupas coloridas contrastando contra os prédios cinzentos. Mas nem todos eram extras. Alguém teria o papel principal. Publicariam o seu nome no jornal. Seu rosto na TV. Mas não agora. O tempo estava acabando. O dever me chamava. E nenhum dos extras era adequado. Mas a esta mesma hora, amanhã, o diretor intervirá e nascerá uma nova estrela.

Capítulo 4

Megan olhou para o relógio ao travar o cinto de segurança. Onze e meia, dissera Delva. Como não estava certa se o encontro no café teria alguma importância para a investigação, resolveu descobrir algumas coisas por conta própria no caminho.

O percurso da casa de Tessa Ledbury até o centro comercial de Pendleton levou apenas vinte minutos. Quando Megan entrou no estacionamento viu crianças correndo no pátio de uma escola além da cerca. Ela não se dera conta de como a escola ficava perto das lojas. Pegando o bloco de anotações, procurou a página certa. Ali estava: Tessa foi vista na escola às 8h50. Megan foi até o portão da escola e anotou a hora. Depois, atravessou a rua até o centro comercial, observando os prédios.

O sol de primavera em nada melhorava o aspecto do lugar. Os ângulos austeros da arquitetura funcional dos anos 1970 eram quebrados por arbustos mirrados. Os letreiros das lojas tinham a pretensão de parecer artísticos, mas o efeito geral era deprimente. Até mesmo os bancos eram feitos de concreto. Aquele era um lugar a ser visitado por conveniência, não por escolha, pensou Megan.

Além das lojas, havia um lago com água acinzentada com alguns patos ciscando nas margens repletas de lixo. A vista além daquele lago artificial era obscurecida por colinas, mas ela sabia que a Faculdade de Pendleton ficava ali perto. Ceri começara a trabalhar ali como professora e Megan perguntou-se se a sua irmã alguma vez viera fazer compras no centro comercial. Só de pensar naquilo sentiu o estômago embrulhar.

O centro médico ficava às margens do lago, um prédio atarracado com paredes cor de salmão. Entrava-se ali através de portas duplas e Megan sentiu o cheiro dos pacientes antes mesmo de vê-los. A sala de espera estava lotada e o ar cheirava a suor e a cigarro. Durante um instante, Megan lembrou-se de seu pai. Ele fumara muito até o dia de sua morte e mesmo quando ele não havia fumado ela podia dizer em que quarto ele estava só pelo cheiro que exalava por debaixo da porta.

Sob a luz brilhante da sala, ela percebeu que estava sendo observada de cima a baixo por uma dúzia de olhos. Ela olhou em torno e as cabeças rapidamente voltaram para as revistas ou para o chão. Teria sido ali que o assassino de Tessa a vira pela primeira vez?

Megan consultou o relógio. Demorara apenas cinco minutos para vir da escola até o centro médico. Tessa teria sido uma das primeiras a chegar na manhã de quinta-feira. Não podia haver mais que algumas pessoas na sala de espera, de modo que não demorou mais de um minuto ou dois para a recepcionista encontrar a receita e entregá-la. Não, pensou Megan, ele precisaria de mais tempo para escolher Tessa, observá-la e decidir segui-la. Se aconteceu ali, deve ter sido em algum outro dia.

Ela saiu do prédio, feliz por poder respirar ar fresco. A farmácia ficava a uns 100 metros dali, no centro comercial em forma de L. Enquanto Megan caminhava até lá, viu uma cruz feita de uma substância branca e cristalina brilhando à luz do sol. Ficava na lateral de um prédio mais adiante ao longo do lago, e Megan deu-se conta de que ali devia ser a igreja de St. Paul, onde Tessa era professora na escola dominical. Ela fez uma anotação mental para dar uma olhada ali depois.

Havia diversas pessoas esperando atendimento na farmácia e Megan cronometrou o tempo de um homem que chegara pouco depois dela. Vagou pela loja enquanto esperava e, após alguns minutos, encontrou as luvas de borracha. Ali estavam, segunda prateleira de baixo para cima: um pacote com oito pares de luvas ultrafinas custava 1,99 libra. Ela pegou um pacote e levou-o ao caixa.

Acrescentando mais dez minutos de caminhada até a banca de jornal e escolha do cartão, Megan calculou que Tessa podia estar de volta à casa por volta das 9h25. Ela anotou aquilo e verificou as anotações que fizera a respeito do último telefonema de Tessa. Steve Foy não lhe dissera onde moravam os Spelman ou a que horas Bob Spelman pegou seu aluno da auto-escola. Pensou naquilo um instante. Se os Spelman freqüentavam a mesma igreja de Tessa, havia também uma boa chance de eles também morarem em Pendleton. Subitamente ocorreu a Megan que Tessa podia ter sido morta em uma questão de minutos, deixada ali durante um tempo e seu corpo ter sido mutilado depois. Neste caso, Bob Spelman teria de dar uma descrição bem completa de seus movimentos na manhã em que Tessa morreu.

Megan sentou-se em um banco frio e duro. Ainda estava cedo demais para ir ao café. Ela observou as pessoas empurrando carrinhos através das portas automáticas do supermercado em frente. Uma placa colorida atraiu a sua atenção. Oferecia entrega em domicílio para compras que totalizassem mais de 25 libras. Megan anotou o nome da loja. Se Tessa alguma vez usou o serviço de entrega, os motoristas teriam de ser interrogados.

Em frente ao supermercado havia uma loja de aparelhos eletroeletrônicos. Ela anotou "televisão, máquina de lavar, fogão", e tentou lembrar de algum outro grande equipamento que Tessa pudesse ter encomendado para a casa.

Ela voltou a olhar para as pessoas que saíam do supermercado. Havia mulheres empurrando bebês em carrinhos, casais mais velhos, mulheres de meia-idade, um bando de jovens que deviam ser estudantes. Megan franziu as sobrancelhas, concentrando-se. Que tipo de mulher faria compras entre 9h e 10h em uma manhã de dia de semana? Seria alguém que não trabalhasse. Alguém cujos filhos estivessem na escola. Cujo marido provavelmente estivesse no trabalho. *Pense como o assassino*. Ela mordeu o lábio quando as palavras passaram pela sua cabeça. Sim, refletiu, aquele período logo após as 9h era a oportunidade ideal para emboscar uma mulher. Segui-la até uma casa que provavelmente estaria vazia.

Então, algo mais lhe ocorreu do nada. Os pais dos alunos. Alguém que deixara os filhos ao mesmo tempo que Tessa podia tê-la esperado no estacionamento e a seguido até em casa. Ela se perguntou se Steve Foy considerara isso quando mandou a sua equipe interrogar as pessoas na escola.

Ela sacou o telefone celular.

– Olá, Steve, ainda estou no centro comercial de Pendleton.

Sua reação à sugestão dela foi de indignação. Verificar os pais de alunos fora sua prioridade uma vez que Richard Ledbury havia sido descartado como suspeito e, sim, ele estava certo de que não esquecera ninguém. Foi um pouco menos abrupto quando ela mencionou o serviço de entrega do supermercado e a loja de produtos eletrônicos. Ele também aceitou a possibilidade de Tessa ter chegado em casa antes do estimado.

– Bob Spelman está a caminho da delegacia agora – disse ele. – Na verdade, ele mora perto dos Ledbury, de modo que vou verificar se ele tem um álibi para a manhã inteira.

– Certo – disse ela. – Se pensar em algo mais, ligo para você.

– Está bem – respondeu ele. – Se não conseguir me achar, tente Dave Todd. Ele ainda está na casa de Tessa. Deve ficar lá a tarde inteira.

Alguns minutos depois, ela guardou o telefone e o bloco de notas e foi ao café. Era o único lugar para se comer em todo o centro comercial e o dono obviamente tivera trabalho para amenizar o aspecto pouco convidativo da loja que o abrigava. Cortinas de xadrez vermelho e preto em trilhos de bronze cobriam as janelas até a altura dos ombros e o nome *Café Pendleton* fora escrito em letras douradas sobre o vidro, o que fazia as fachadas de plástico das lojas em ambos os lados parecerem muito baratas em comparação.

Antes de abrir a porta, Megan viu a cabeça de Delva. Estava de costas para a janela, mas Megan imediatamente reconheceu-a pelas tranças enroladas num coque. Haviam combinado de não reconhecerem uma à outra e Megan foi direto para o balcão sem olhar em volta.

Pediu um rolinho de presunto e um cappuccino e sentou-se a duas mesas de Delva. Havia umas 12 pessoas no café, mas aquele era um salão amplo e não muito barulhento. Megan achou que não teria muita dificuldade para bisbilhotar quando o informante de Delva chegasse.

Delva estava com a cabeça enfiada em uma revista. Obviamente esperava que ninguém a reconhecesse. Megan olhou para as outras mesas, perguntando-se se a mulher já teria chegado, para verificar se Delva estava realmente sozinha. Mas os clientes estavam todos em pares ou em grupos, uma mistura de aposentados, estudantes e mães com filhos pequenos. Ninguém se encaixava na imagem que Delva formara na mente de Megan.

Megan desejou ter comprado um jornal na banca. Ela observou os cartazes de Toulouse-Lautrec nas paredes e leu os recheios de baguetes listados em um quadro-negro sobre o serviço. Duas mulheres obesas que pareciam irmãs conversavam perto do caixa. Atrás delas, um homem abria pãezinhos franceses e besuntava-os de manteiga. Uma das mulheres olhou para Delva e voltou-se para sussurrar algo para o homem. Megan percebeu que ambos usavam as mesmas luvas de látex que ela acabara de comprar na farmácia.

Neste momento, a porta se abriu e uma mulher alta e magra com cabelo louro comprido entrou e foi direto para a mesa de Delva. Megan mordeu o rolinho de presunto e olhou para a toalha de mesa, ouvindo. A máquina de café subitamente voltou a funcionar e durante alguns segundos cruciais ela foi incapaz de ouvir uma palavra sequer. Lançando um rápido olhar em sua direção, viu que a mulher mostrava uma fotografia para Delva.

– É ela, vê? – A voz emergiu, áspera e desagradável quando a máquina de café foi desligada. Tinha um forte sotaque de Wolverhampton. – Isso foi em uma festa, há alguns anos. Vê o sujeito junto a ela? – Houve uma pausa. Megan resistiu à tentação de olhar de novo.

– É Raven. Ele está com a mão no joelho dela, veja.

– Raven? Esse é o nome? – Delva falava com o tom de voz calmo e controlado de sempre, mas havia um quê de desdém, dando a impressão de não estar levando a mulher a sério.

– Não direi a não ser que me pague – sibilou a mulher.

– Pode provar que estavam tendo um caso? – Delva soava ainda mais cética agora.

– Ah, sim. – Megan podia sentir a cobiça na voz da mulher. – Tenho outras fotografias. Muito mais reveladoras. Mas, como disse, terá de pagar por elas.

– Ouça – a voz de Delva baixou e Megan teve de se esforçar para conseguir ouvir. – Geralmente não pagamos pelas matérias. A maior quantia que já pagamos é uma taxa de 50 libras pela informação.

– Qual é! Sabe quanto o *News of the World* pagaria por algo assim?

– Acho que qualquer jornal lhe diria que está pisando em terreno muito incerto. – Megan sentiu o tom ameaçador na voz de Delva. – O que está fazendo é omitir informação da polícia. Não se dá conta de que é crime?

Megan ouviu um arrastar de cadeira e ergueu o olhar da toalha de mesa. A mulher se levantara, mas seu caminho fora bloqueado pelo homem que passava manteiga nas baguetes.

– Desculpe – disse ele, estendendo um papel e uma caneta para Delva. – Você é a apresentadora da *BTV*, não é? Pode me dar o seu autógrafo?

A mulher passou por ele e Megan viu confusão no rosto de Delva. Assim que a porta do café se fechou, Megan levantou-se. Abrindo a porta, ela meneou a cabeça levemente para Delva. O rosto de Delva ainda estava franzido de ansiedade mas ela pegou a caneta e o papel e escreveu alguma coisa.

– Pode escrever "para Nick" – Megan ouviu o homem dizer quando a porta se fechou.

O centro comercial estava repleto de consumidores mas a crina loura da mulher facilitava a sua localização. Megan a viu correndo diante da farmácia. Estava a caminho do estacionamento e Megan correu atrás dela. Se ela pudesse ver em qual carro a mulher entrou, poderia segui-la e descobrir onde morava. Subitamente, Megan parou. Era muito arriscado. Poderia perdê-la. Após um instante, Megan voltou a avançar, desta vez andando apressadamente. Tivera uma idéia melhor. Tudo o que tinha a fazer era ir até a saída. Ela estava certa de que a mulher não a reconheceria caso observasse discretamente os carros que deixavam o estacionamento.

Megan ficou atrás de um arbusto e olhou para dentro de cada carro que passava. Depois de seis ou sete veículos, começou a entrar em pânico. E se alguém a trouxera e a levara sem entrar no estacionamento? Mas assim que pensou nisso, viu um relance de cabelos louros ao volante de um Ford Fiesta. Era ela. Quando o carro reduziu para passar pela saída do estacionamento, ela anotou o número da placa.

Dez minutos depois, Megan estava sentada diante de Delva no café, com outro cappuccino em mãos.

– Não pude acreditar quando aquele cara veio pedir o meu autógrafo – murmurou Delva, olhando sobre o ombro para o balcão de serviço.

– Está tudo bem, ele já foi – disse Megan. – Na verdade, acho que ele nos fez um favor.

– Por quê?

– Bem, se você tentasse segui-la, ela teria desaparecido, não é? Certamente não teria ido direto para o carro.

– Hum, suponho que esteja certa. – Delva apoiou os cotovelos sobre a mesa, com as mãos entrelaçadas sob o queixo enquanto olhava para Megan. – De qualquer modo, o que achou dela?

– Difícil dizer. Como era a fotografia?

– Bem, ela disse que foi tirada em uma festa. Tessa Ledbury estava em um grande sofá com um homem de cada lado e algumas outras pessoas inclinadas no encosto com expressões idiotas. A que ela chamou de Raven definitivamente estava com a mão sobre o joelho de Tessa mas ele podia estar apenas brincando.

– Mas ela disse que havia outras fotografias mais explícitas?

Delva meneou a cabeça.

– Ela mencionou se Tessa ainda estava tendo um caso com ele quando morreu? Não ouvi o que ela disse assim que chegou.

– Ela disse que Tessa terminara tudo havia um ano mas que achava que este tal de Raven teria se vingado.

– Bem – disse Megan, tomando um gole de café. – Se Tessa teve um caso, a polícia precisa saber. Mas isso não quer dizer necessariamente que o amante seja o assassino.

– Então, o que acha que devemos fazer?

– Dar o número da placa do carro para Steve Foy. Eu não gostaria particularmente que ele soubesse que eu estava nessa, de modo que você se importaria em fazê-lo?

– Não, claro que não me importaria. – Delva pegou o pedaço de papel que Megan lhe passou.

– A polícia pode verificar o sujeito. Espero, para o bem dele, que tenha um álibi decente para a última quinta-feira. A propósito, como ele é?

– Bem, era branco, 45 anos aproximadamente, ombros largos, cabelo grisalho, magro. – Delva deu de ombros. – Olhos muito intensos. Não é feio, na verdade.

– Você notou algum anel de casamento?

– Acho que não. – Delva cerrou os olhos, concentrando-se. – Não. De qualquer modo, eu acho que a mão sobre o joelho dela era a direita. Por que, isso é significativo?

– Apenas do ponto de vista da esposa, se ele a tem – disse Megan. – Como disse na noite passada, não estou convencida de que Tessa Ledbury foi assassinada por um ex-amante ou alguém próximo a ela, mas tenho de me assegurar dos fatos. Portanto, enquanto a polícia estiver rastreando o Fiesta vermelho, vou voltar à casa para xeretar um pouco mais.

Delva nada disse, olhando para a nuvem de vapor que se erguia de sua caneca de chocolate quente. Havia um olhar distante em seus olhos.

– Qual o problema? – perguntou Megan. – Você acha que Des vai ficar furioso por você não ter conseguido a matéria?

– Ah, não, não é isso – disse Delva. – Fico pensando em como Richard Ledbury vai encarar isso. O pobre sujeito já sofreu o bastante sem saber que a mulher estava tendo um caso.

– Ele já devia saber – disse Megan. – Tessa pode ter confessado quando acabou.

– Sim, creio que você pode estar certa. – Delva segurou a xícara quente como se tentasse se esquentar. – Mas ele não teria contado isso à polícia?

– Não necessariamente. Se ele a perdoou, talvez não quisesse admitir a possibilidade de o assassinato ter alguma coisa a ver com o ex-amante da mulher. Ele pode estar negando o adultério para si mesmo. Neste caso, o pesar pela morte dela apenas intensificou esse estado.

– Sim, entendo o que quer dizer. – Delva levou a caneca aos lábios e bebeu mecanicamente, olhos fixos na toalha de mesa. – O modo como ele falou dela quando eu o entrevistei era como se ela fosse algum tipo de santa. Fez-me sentir inveja, mesmo. Eu pensei na fantástica relação que devem ter tido e em como eu nunca conheci um cara como esse.

– Hum. – Megan esvaziou a xícara. Algum tempo atrás, ela teria sentido a mesma coisa, mas agora não era hora de falar a Delva sobre Patrick. Ela afastou a xícara e o pires para o lado. – Isso não bate com toda essa história de professora de escola dominical, não é mesmo?

– Não. – Delva recostou-se na cadeira. – Supondo que ele não saiba de nada... – disse ela, pensando alto. – Se a polícia rastrear o amante e descobrir que ele tem um bom álibi, você acha que ainda assim diriam para ele?

– Teriam de fazê-lo. – Megan deu de ombros.

– Então, seria culpa minha. – A voz de Delva era quase um sussurro.

– Culpa sua? Por que diabos diz isso?

– Porque se eu não tivesse concordado em me encontrar com esta mulher idiota nada disso viria à tona.

– Você sabe que não é verdade! – Megan balançou a cabeça. – Eu a estava ouvindo, Delva, ela não tem escrúpulos! Se você dissesse não, ela teria recorrido a alguém mais. A polícia saberia disso mais cedo ou mais tarde.

Delva suspirou, estreitando os lábios.

– E é melhor para ele saber por meio de uma policial simpática do que ver a coisa estampada na capa de um tablóide – prosseguiu Megan. – Na verdade, você provavelmente fez um grande favor a Richard Ledbury cuidando disso do modo como fez. – Megan recostou-se e cruzou os braços. – Ouça, se quiser, ligo para Steve Foy. Vou dizer que você me ligou primeiro pois não sabia o que fazer com ela.

– Não, tudo bem, eu faço isso – disse Delva. – Eu preciso perguntar uma coisa a ele.

Megan olhou-a.

– Quero saber onde Richard está, para que eu possa lhe mandar algumas flores.

Megan começou a dizer alguma coisa, mas se deteve e disse a seguir:

– Delva, depois me diga o que Steve achou... sobre a mulher, quero dizer.

– Ah, certo, sim. – Delva estava em outro mundo. Ela se levantou e pegou o casaco. – Então, ligo para você depois?

Megan observou-a enquanto Delva afastava-se do centro comercial.

– Não se envolva, Delva – murmurou ela, como se fosse uma prece.

As cortinas não vinham até o fim da janela. Fácil observar quem passava. Havia um pé. Uma perna bem-torneada com meias negras. Ou meia-calça? Erguendo a cortina centímetro por centímetro, expunha mais. Subindo pelas pernas, uma saia justa. Muito justa. Um volume sobre a linha da cintura. Uma camiseta que revelava os sulcos onde o sutiã apertava a pele. Seus seios balançavam enquanto ela caminhava, cabelo caindo sobre o rosto. Aquela sensação familiar. O sangue pulsando, zumbindo nos ouvidos. Era ela.

Capítulo 5

– Tia Megan! – Emily atravessou o corredor como um furacão em miniatura.

– Oi, macaca! – Megan mancou para dentro de casa com Emily agarrada à sua perna direita. – Onde está seu irmãozinho?

– Dormindo!

Ceri enfiou a cabeça pela porta da cozinha. Era uma versão mais baixa e de pele mais clara de Megan. O cabelo preto era cortado bem curto, revelando brincos circulares de prata. O piercing que ela certa vez usara no nariz fora abandonado havia muito.

– Ah, achei que estivesse... que bom que não toquei a campainha, então. – Megan devolveu a chave da porta à bolsa de Ceri. A irmã lhe dissera para usá-la quando aparecesse, mas ela só se sentia à vontade de aparecer sem avisar quando sabia que Neil não estaria lá.

– Gostaria de tomar café? Acabei de ligar a chaleira. – Ceri tirou as luvas de borracha que estava usando e jogou-as dentro de um armário sob a pia. – Acabei de arrumar a casa. Quarta-feira agora é meu dia de faxina. Já lhe contei que me pediram para trabalhar outra manhã em Pendleton?

– Não. Desde quando? – Megan empoleirou-se em um banco alto, erguendo Emily no colo.

– Semana passada. Uma das professoras teve de fazer uma histerectomia de emergência e não voltará antes de setembro. Agora, estou dando aula nas segundas, quintas e sextas. – Ceri derramou água quente em duas xícaras e entregou a Emily um copo de suco.

– À mesma hora? – Megan pegou um guardanapo de papel e segurou-o sob o queixo de Emily, que inclinava o copo quase verticalmente na boca.

– Sim, de 9h às 11h. Neil cuida das crianças quando pega o turno da tarde. Quando não podemos, elas ficam na creche de Pendleton.

– Aquela perto da escola? – Megan sentiu uma pontada de ansiedade.

– Sim. Tive sorte de conseguir. A maioria das creches por aqui têm lista de espera. – Ela abriu uma lata de biscoitos e ofereceu um a Megan.

– Não, obrigada. Eu realmente abusei em Dublin.

– Ah sim, Dublin! – As sobrancelhas de Ceri subiram e baixaram. – Emily, por que não põe o filme da *Cinderela*?

– Quero brincar com a tia Megan. – Os cantos dos lábios de Emily baixaram e ela franziu o nariz ligeiramente.

– Vou brincar com você em um minuto, prometo – disse Megan. – Só preciso contar uma história para sua mãe primeiro. Uma história de gente grande. Depois, será a sua vez.

– Então, quantos anos ele tem? – Ceri subia a escada para atender ao choro do bebê. Megan a seguia.

– Adivinhe.

– Bem, se é um de seus alunos de doutorado, suponho que possa ter no mínimo uns 22 anos. Sua tia é uma mulher indecente, não é, Joe? – Ceri ergueu o bebê do berço e entregou-o a Megan.

– Droga, Ceri, eu não sou uma papa-anjo! – protestou ela, acariciando o cabelo louro e macio de Joe. – Na verdade, ele só tem cinco anos a menos que eu. E ele não é *meu* aluno de doutorado. Ele mudou de orientador antes de começarmos a sair juntos. – Sentiu como se estivesse ensaiando para o interrogatório da semana seguinte. – Ele passou dez anos na polícia holandesa antes de vir para Heartland.

– Peraí, estou confusa. Ele levou você para conhecer os parentes dele em Dublin, mas ele era da polícia holandesa?

– Sim, *é mesmo* confuso. A mãe dele é irlandesa, o pai holandês. Ele viveu em Dublin até os 10 anos, depois mudou-se para a Holanda.

– E ele é solteiro? Sem complicações?

Megan mudou Joe de lado no colo, ninando-o suavemente.

– Ele tinha um caso com uma mulher na Holanda antes de vir para Heartland, mas se separaram.

Os olhos de Ceri se arregalaram.

– Uau! Então ele deve estar levando a coisa a sério com você?

– Ah, eu não sei. – Megan riu da observação. A experiência a tornara muito cautelosa em admitir os seus verdadeiros sentimentos, mesmo para si mesma. Ceri inclinou-se em direção à irmã.

– Ah, Joe, você está fedendo! Pode deitá-lo enquanto pego uma fralda limpa, Meg?

Meia hora depois, Megan estava sentada na sala de estar de Ceri, com um livro infantil ao seu lado e Emily adormecida no colo.

– Terei de ir daqui a pouco, Ceri – disse ela. – Tenho de voltar a Pendleton.

– Para a casa daquela mulher? A que foi esfaqueada?

Megan assentiu.

– Já estive lá uma vez hoje. Quero dar mais uma olhada. Liguei para lá antes de vir até aqui, mas não havia ninguém. – Ela olhou para o relógio. – A polícia disse que mandaria alguém para lá às 3h. – Megan pousou a cabeça de Emily em uma almofada e lentamente acomodou o resto de seu corpo no sofá.

– Eu a conhecia – disse Ceri baixinho.

Megan voltou a cabeça.

– Conhecia? Era amiga dela?

– Não – suspirou Ceri. – Na verdade, só a conhecia de vista. Ela freqüentava o mesmo grupo de mães e bebês para o qual eu levava as crianças antes de começar a dar aulas. Falei com ela uma ou duas vezes.

Megan franziu as sobrancelhas.

– Como ela era?

– Um tanto solitária – disse Ceri. – Ela só estava com uma das crianças. Um menino pequeno. Devia ser o caçula. Ela nunca pareceu interessada em falar com outras mães. E era por isso que a maioria de nós estava lá, para um pouco de conversa adulta. Mas ela apenas sentava no chão entre os brinquedos e brincava com o menino.

– Há quanto tempo foi isso?

– Hum – Ceri estreitou os lábios. – Foi pouco depois de eu ter Joe, portanto deve ter sido há uns 18 meses. Lembro-me de eu ter tentado conversar com ela sobre como eram os meninos em relação às meninas. Desisti depois de alguns minutos porque ela só me dava respostas monossilábicas para tudo o que eu dizia.

– Havia algo mais? Algo incomum? – Megan olhou intensamente para a irmã. – Refiro-me à sua aparência. Como ela era?

– Bem, era bastante bonita. Muito bem-vestida para uma mãe. – Ceri olhou para as próprias roupas e deu de ombros. – Não usava essas roupas de malha sem caimento que usamos, já que somos vomitadas ou babadas a cada cinco minutos!

Megan ergueu as sobrancelhas.

– O que ela vestia, então?

– Coisas de grife, creio eu – disse Ceri. – Usava jeans, mas eram sempre caríssimos. E casaquinhos com sapatos combinando. Foi algo que sempre notei nela. Eu só tenho dois pares de mocassins que uso durante o dia, um preto e outro azul-marinho, para combinar com tudo, mas Tessa parecia usar um par diferente toda semana.

– Hum. – Megan levantou-se e jogou a bolsa sobre o ombro. – Você vai muito ao centro comercial de Pendleton? Quero dizer, que não seja para buscar as crianças da creche?

– Às vezes, sim – disse Ceri. – Há um ótimo café lá. É muito melhor do que a porcaria que servem na faculdade.

– Hum. Você vai ter cuidado, não vai, Ceri?

Ceri franziu o cenho.

– Por quê? Você acha que o assassino anda espreitando por lá?

– Não sei. – Megan suspirou e olhou para o tapete. – É possível. A mulher que morreu pode ter sido emboscada por alguém que a viu no centro comercial. Foi o último lugar onde ela foi vista com vida.

Ceri estremeceu.

– Pobre mulher. Não consigo deixar de pensar nos filhos dela, órfãos ainda tão jovens.

– Eu sei. – Megan estendeu a mão e acariciou o ombro de Emily.

– Ouça, Meg, não se preocupe comigo. Quase sempre estou acompanhada quando vou ao café. – Ceri curvou-se para pegar os brinquedos espalhados no tapete. – Vários alunos vão até lá após a aula, geralmente há meia dúzia de nós.

– Bem, isso é um alívio. – Megan curvou-se e beijou a irmã no rosto. – Tome cuidado, ouviu bem?

Quando Megan se foi, Ceri sentou-se novamente, envergonhada por ter de mentir para a irmã. Como ela poderia falar de Justin com Megan? Como explicar que ela, também, se apaixonara por um de seus alunos? Um aluno de apenas 21 anos, portanto 13 anos mais jovem que ela?

Megan achava que tudo ficara bem entre Ceri e Neil. Pensou que ela o tivesse perdoado por ter transado com uma colega de trabalho bem mais jovem quando ela estava grávida de Joe. Como explicar a Meg que, agora que havia conseguido aquele emprego, ela se sentia alguém outra vez?

Ela pegou a Barbie de Emily e começou a pentear os cabelos da boneca. Antes, ela ficava presa dentro de casa o dia inteiro, trocando fraldas e achando que ninguém em seu juízo perfeito poderia se sentir atraído por ela. Mas agora era diferente. Experimentou uma onda de excitação ao pensar que o veria no dia seguinte. A vingança, pensou, era muito doce.

Eram 3h10 quando Megan estacionou diante da casa dos Ledbury. Antes de ter a chance de tocar a campainha a porta foi aberta por um policial uniformizado.

– Doutora Rhys? – Soava ainda mais jovem do que parecia ser.

– Sim. O detetive Todd está aqui?

– Não, apenas eu. – Ele caminhou ao lado de Megan quando ela entrou. – Ele estava aqui havia alguns minutos mas foi chamado.

– Ah, é? Alguma idéia do motivo?

– Não, na verdade não. Eu estava cuidando do trânsito quando me mandaram vir para cá pelo rádio. O resto da equipe está na rua, checando a vizinhança.

Megan imaginou se Dave Todd estaria na pista da mulher do Fiesta vermelho. Ela suspeitara disso ao ligar mais cedo e não encontrar ninguém. Talvez a coisa tivesse ido ainda além. Talvez o ex-amante de Tessa estivesse a ponto de ser chamado para depor.

– Eles disseram por que eu vinha? – Megan pousou a bolsa na mesa da cozinha.

– Disseram que a senhora queria fazer um exame mais detalhado da casa.

Megan meneou a cabeça.

– Incomoda-se se eu ficar a sós um instante?

Durante um tempo ela foi de quarto em quarto, abrindo gavetas e armários. Sentiu uma pontada de culpa ao remexer roupas que ainda guardavam um leve cheiro de perfume. Ela imaginou que tipo de vida o conteúdo de seus bolsos poderia evocar. Será que a denunciaria? Lembrou-se dos bilhetinhos que Patrick sempre deixava em lugares escondidos para ela encontrar quando ele não estivesse. Mensagens tolas, românticas, que ela guardava nos bolsos dos vestidos, ou o que mais calhasse estar vestindo ao encontrá-los.

Mas se Tessa recebeu cartas de amor, não havia sinal delas. Megan olhou em bolsas velhas e debaixo dos forros de papel das gavetas. Vasculhou estantes de livros na sala e nos quartos, balançando os livros para o caso de haver algo escondido entre as páginas. Mas não havia coisa alguma.

Ela fez uma pausa no corredor, ao ver uma sapateira de madeira sob a escada. Ceri estava certa quanto à coleção multicolorida de sapatos de Tessa Ledbury. Havia diversos pares femininos ali. Creme, rosa, azul-marinho, preto, vermelho, marrom e turquesa. A maioria era de estilo semelhante; mocassins de couro de salto baixo. Discretos, pensou Megan. Nada que pudesse ser descrito como sexy ou tentador. Ela se curvou para pegar um, percebendo ao fazê-lo que todos os outros tinham um ligeiro ressalto na parte da frente, onde ficavam os dedos. A forma dos dedos de Tessa impressa no couro a tornava bem mais real do que a figura mutilada que Megan vira nas fotografias da cena do crime. Ela estremeceu, devolveu o sapato ao seu lugar e se afastou. O último cômodo que Megan revistou foi a estufa. Após folhear um álbum de fotografias, ela notou uma coleção de livros de culinária metidos em um compartimento debaixo da mesa de centro de palhinha. Ela começou a tirá-los dali e balançá-los até chegar a um fichário no fundo da pilha. No fichário havia dezenas de folhas de plástico transparente contendo receitas recortadas de revistas. Foram dispostas uma de costas para a outra de modo que as receitas aparecessem em ambos os lados quando se folheasse o fichário.

Ao folhear o fichário, Megan percebeu uma coisa e esvaziou o conteúdo de uma das folhas de plástico. Escondido entre as receitas havia um pedaço estreito de papel pautado que parecia ter sido tirado de um bloco de notas. Havia um diagrama feito a caneta, com anotações escritas à margem. No topo havia as palavras *Rito de Beltaine* e embaixo havia um retângulo com a palavra *Altar* escrita dentro. Megan leu o que estava escrito junto ao retângulo:

Athame (pronuncia-se "atâmei") – nome de uma faca sagrada depositada no altar (deve ser sempre cega), junto a um cálice (de vinho ou o que seja), sal, uma varinha, uma flor de videira, uma vela cor-de-rosa ou cor de laranja e um pentagrama.

Megan sentiu a boca ficar seca ao olhar para a palavra na página diante dela. Então seus olhos se moveram para o pé da página, onde viu o círculo com os pontos cardeais e os nomes dos quatro elementos. Ao virar o papel, ela ofegou ao ver o que estava desenhado ali. Dois pentagramas, um ao lado do outro, com setas indicando em que direção deveriam ser dispostos. Um tinha o subtítulo *Pentagrama de invocação* e o outro *Pentagrama de banimento*.

Megan estremeceu e pousou o fichário sobre a mesa. Ela abriu o anel de metal emperrado, arrancou um punhado de folhas de plástico e começou a esvaziar seu conteúdo. Na terceira encontrou outra folha de papel. Aquela tinha data. Fora escrita havia mais de dois anos, em 13 de abril:

Esta noite ele me deu o beijo quíntuplo. No Rito de Beltaine ele me escolheu entre as mulheres do conciliábulo para ser a sua suma sacerdotisa, ungindo-me e beijando-me na cabeça, lábios, seios, barriga e pés.

A sala estava iluminada por velas e o ar tinha o cheiro doce de incenso e o aroma de flores de crataego. Todos me olhavam. Eu me sentia maravilhosa. Poderosa. Peguei o athame e desenhei pentagramas no ar nos quatro pontos do círculo. Erguemos um cone de poder e bebemos hidromel do cálice.

Eu era a Virgem de Beltaine. A Bruxa da Primavera. Usava uma túnica prateada e tinha uma lua crescente no cabelo. Alguns conciliábulos celebram seus ritos com os participantes despidos, ou em nudez ritual, como diz Raven. Já nós vestimos túnicas com nada por baixo, o que é mais excitante do que não vestir coisa alguma.

Agora sou uma wicca iniciada. Terei de copilar o meu próprio Livro das Sombras. Terei de me afastar de Richard e das crianças. Ainda não sei para onde.

Megan perdeu a noção das horas enquanto lia página após página de descrições de encantos e rituais de feitiçaria escritas à mão. O nome Raven aparecia a todo instante. Nunca era mencionado com outro nome ao lado. Nada para confirmar se era um nome real ou algum pseudônimo assumido com o propósito de praticar bruxaria.

Ao chegar à última página, Megan jogou a pasta vazia sobre a mesa e sentou em uma das cadeiras de bambu. Sentia-se oca. Em suas mãos tinha provas que fariam a alegria de qualquer promotoria. Como pôde ter entendido errado?

Pensou no que acabara de ler, tentando ser objetiva. Não havia prova de que Tessa era a autora daquilo. Seu nome não aparecia em parte alguma. Mas Megan não tinha dúvida de que fora ela quem escrevera aquilo e seria apenas questão de comparar a grafia com cartas assinadas por Tessa.

Contudo, pensou Megan, parecia estranho aquilo ter sido escrito por uma mulher que, dois anos depois, seria descrita como um dos pilares da igreja local. Ela olhou outra vez para a última folha de papel que descobriu:

Raven fez amor comigo nas ruínas da Abadia de Whiteladies. Não devíamos estar ali. Hoje à noite ele teria de dar uma palestra sobre a Magia das Velas. Reservamos o salão da igreja de St. Paul e cerca de cinqüenta pessoas vieram ouvi-lo. Mas os Renascidos estavam lá, em peso. Bloquearam as portas e recusaram-se a nos deixar entrar. Acenavam com cartazes que estampavam frases como "Vade-retro, Satanás" e besteiras desse tipo. Essa gente não entende nada. Acreditam que toda magia é negra. Eles nos condenam por total ignorância. Gente assim foi responsável pelos tempos da caça às bruxas.

Os Renascidos. Não era uma descrição muito lisonjeira para os cristãos que Tessa aparentemente via como seus amigos quando morreu. Então, o que aconteceu?, perguntou-se Megan. Teria a decisão de abrir mão do amante sido precipitada por uma experiência de conversão? E como ele teria reagido ao saber que ela passara para o lado do inimigo? Seja lá o que tenha acontecido, pensou Megan, havia motivos bastantes para um assassinato.

Estava tão concentrada que não ouviu o celular tocar dentro de sua bolsa sobre a mesa da cozinha. O policial entrou na estufa, segurando a bolsa diante de si como se fosse uma bomba pronta para explodir.

Ela olhou para o policial durante algum tempo, sem entender o que estava acontecendo, e depois viu a bolsa na mão dele.

– Alô, Megan. – A voz de Steve Foy estava ríspida e ele parecia nervoso. – Creio que o pegamos.

Capítulo 6

– Você diz que ela o menciona nominalmente?

Steve Foy folheava o fichário de receitas de Tessa Ledbury.

– Sim – disse Megan. – Mas é sempre Raven. Ela nunca o chama de Sean.

– Isso é inacreditável, não é mesmo? – Steve Foy balançou a cabeça enquanto pegava as folhas de notas. – E foi na estufa?

Megan assentiu.

– Bem, os peritos vão levar uma boa bronca por terem deixado isso passar. Como você disse que ela chama esse negócio?

– Um Livro das Sombras, um tipo de livro de trabalho para uma bruxa recém-iniciada. Mas isso é mais que apenas uma descrição de rituais e feitiços. É também um diário de seu caso.

– Hum. – Foy pousou o arquivo sobre a escrivaninha. – Bem, isso irá enquadrá-lo. Isso e a coisinha que encontramos na casa dele. Quer ver?

Ele levou Megan para uma sala sem janelas, no subsolo da delegacia. À esquerda havia uma coleção de objetos em sacos plásticos. Algo brilhou sob a luz fluorescente do teto e Megan ergueu o objeto cuidadosamente. Era uma adaga de prata, o cabo incrustado de estrelas de marfim e luas crescentes.

– Então isto é uma Athame. – Megan rodou-a em suas mãos, examinando as lâminas. – Não estão afiadas, não é? – Ela devolveu o objeto. – É o que dizia a anotação de Tessa: "Deve estar sempre cega." Já comparou com os ferimentos da vítima?

– Não, ainda não. – Foy olhava para ela, com surpresa. – Como sabe que é assim que se pronuncia a palavra? Eu nunca tinha ouvido esta palavra até Kate O'Leary me dizer.

– Ah, Tessa descreveu a pronúncia correta – disse Megan. – Fazia parte de um diagrama muito complexo de um altar wicca e uma descrição dos diversos objetos que continha.

– E esta palavra, wicca. O que significa? – perguntou Foy. – Ouço Kate falando-a todo tempo.

– É como os antigos se referiam à bruxaria – disse Megan. – Data de tempos anglo-saxônicos, creio eu.

– Você parece bem versada no assunto. – Ele olhava para ela, desconfiado. – Não posso crer que aprendeu tudo isso em uma tarde na casa de Tessa Ledbury.

Megan olhou para o resto da parafernália sobre a mesa antes de responder.

– Quando eu era estudante, tive uma amiga que freqüentava assembléias de bruxos. Ela tentou me persuadir a ir com ela. Emprestou-me todos os seus livros.

– Mas você não foi?

– Sim, na verdade eu fui. Uma vez apenas. Ninguém dançou nu ao redor do fogo, nada disso. Foi realizada na sala de estar da casa de alguém, decorada com muitas velas e incensos. E nos deram túnicas para vestir. Eu estava até gostando daquilo tudo quando nos pediram para sair da sala de modo que o sumo sacerdote pudesse fazer amor com a suma sacerdotisa. – Megan fungou e pegou um livro de uma pilha sobre a mesa, estudando o desenho de três mulheres nuas na capa.

– E o que vocês fizeram? – perguntou Steve Foy, olhos arregalados.

Megan devolveu o livro à pilha e pegou outro.

– Nada demais – disse ela. – Ficamos sentados na cozinha ouvindo os gemidos e grunhidos por debaixo da porta. Após cinco minutos eu achei que já era demais. Daí pedi licença saí de fininho.

– Olha só. – A expressão de Foy mudara para algo que beirava a admiração. – Por que não disse nada a Kate esta manhã? Ela estava dando aula de bruxaria como se fosse a maior especialista do mundo. – Ele cruzou os braços e inclinou-se sobre a mesa. – Ela quase teve um troço quando eu disse que chamara você para o interrogatório.

– Posso imaginar – disse Megan, pegando uma peça de altar de bronze em forma de disco com um pentagrama gravado na superfície. – Aposto que ela ficou exultante quando viu isso, não foi?

– Bem, você não ficaria? Quero dizer, é um pentagrama, caramba!

– Não sou cega, Steve. – Ela o encarou. – E, sim, a essa altura as provas parecem bem sólidas. Mas não preciso lembrá-lo de que é tudo circunstancial, preciso? – Ela fez uma pausa mas ele nada disse. – O que sabemos com certeza é que Sean Raven estava transando com Tessa Ledbury até ela o deixar, há um ano. Isso *não* o torna automaticamente o assassino.

– Ora, vamos, Megan, o pentagrama...

– Poderia facilmente ter sido feito por alguém que desejasse implicar Raven – interrompeu ela. – Aquela mulher, por exemplo, a que falou a respeito dele... como era o nome mesmo?

– Carole-Ann Beddowes.

Megan assentiu, lembrando-se da mulher do Fiesta vermelho.

– Sim, ela. Ela obviamente está se vingando, certo?

– Você nem imagina. – Foy ergueu as sobrancelhas e olhou para o teto. – Não tive tempo de lhe dizer, não é mesmo?

– O quê? – Megan voltou-se bruscamente para ele.

– Há alguns anos, Carole-Ann Beddowes acusou Sean Raven de estupro. Ele foi absolvido por falta de provas.

– Absolvido?

– Sim.

– Ele já foi fichado por alguma outra transgressão sexual?

– Não exatamente.

– O que quer dizer com "não exatamente"?

– Foi condenado por bigamia no ano passado. Deve ter sido mais ou menos à mesma época que Tessa o deixou. Pegou 18 meses por isso e uma acusação de fraude. Só saiu da cadeia em março. Então, veja: afora a parte de Tessa ter sido seguida desde o centro comercial, Raven se encaixa muito bem no perfil. Tem a idade certa, já foi preso e tem um histórico de abusos contra mulheres.

– Hum. – O pequeno piercing de lápis-lazúli que combinava com seu casaco azul brilhou quando suas narinas se inflaram.

Uma condenação por bigamia e uma acusação de estupro não comprovada. Não eram exatamente provas inquestionáveis de um ódio violento contra mulheres. Ela olhou para Foy e disse:

– Carole-Ann Beddowes disse que ele foi fisicamente violento quando ela o acusou de estupro?

– Não. Ela disse que ele pôs alguma coisa na sua bebida.

– E quanto a essas esposas? Ele alguma vez as agrediu?

– Bem, não conseguimos falar com a primeira mulher – disse Foy. – Mas a atual está em uma sala de interrogatório aqui no prédio. Poderemos falar com ela assim que decidirmos como lidar com ele. A propósito – acrescentou, abrindo a porta para ela –, o pessoal do *Crimewatch* está desesperado atrás da gente. Você estará disponível sábado à noite?

Megan franziu o cenho.

– Como assim, "desesperados"? O que disse a eles?

– Bem, eu tive de apimentar um pouco a história – Foy deu de ombros. – Queria ter certeza de que nos dariam um tempo decente no programa. Provavelmente vai ser tudo perfumaria agora que nosso amigo Sean está preso. Mas a gente nunca sabe que outras provas podem aparecer. – Ele riu enquanto a conduzia ao longo do corredor.

Megan piscou. Ele estava gostando daquilo, estava deliciado. Apareceria em rede nacional não obstante o que Sean Raven dissesse. E se ele mencionasse a sua teoria de uma conexão com o ocultismo? O que isso representaria para Raven caso fosse a julgamento? E se ele fosse inocente? Seria julgado e condenado pela imprensa antes de poder abrir a boca e negar tudo.

Seus instintos disseram-lhe para não entrar nessa e dizer a Foy que nada tinha a ver com esse negócio de TV. Mas o que conseguiria com aquilo? Ele teria rédeas livres se ela não fosse. Ao menos ela poderia dar uma outra versão dos fatos. Atenuar a coisa sobre ocultismo.

– Tudo bem – ela concordou. – E quanto à reconstituição?

– Vão filmar amanhã de manhã – disse ele. – Kate ficará no lugar de Tessa.

– Kate? – Megan achou aquela uma escolha estranha, uma vez que Kate tinha cabelo escuro com uma pele irlandesa caracteristicamente pálida, enquanto Tessa era loura e muito sardenta.

– Obviamente ela usará uma peruca, é claro. – Foy riu. – Ela tem a mesma idade e a mesma altura de Tessa, e ela realmente quis fazer isso.

– Mesmo? – murmurou Megan. Ela se perguntou quantos outros membros da equipe de Foy também não seriam aspirantes à celebridade enrustidos.

Delva estava dormindo quando o telefone tocou. Ela fora para cama assim que voltou de Wolverhampton, achando que uma soneca vespertina a ajudaria a diminuir as olheiras e fazê-la parecer um pouquinho mais apresentável para os boletins matinais do dia seguinte.

– Delva é Des...

– Des? – A voz do editor a deixou em pânico. – Ah, meu Deus! Que horas são? – Olhou para o relógio com olhos embaçados, o coração aos saltos enquanto tentava pôr a cabeça para funcionar.

– Relaxe, mulher, ainda é quarta-feira, você não irá ao ar nas próximas 12 horas.

– Ah... certo... – Delva emitiu um suspiro de alívio e recostou-se no travesseiro. Mas a cabeça latejava. Desgraçado, pensou. Ele está gostando disso. – O que quer, Des? – murmurou, tentando sem muito sucesso ocultar a irritação na voz.

– Acabei de receber uma dica de um amigo meu na delegacia da rua Tipton – respondeu. – Prenderam um suspeito do assassinato de Pendleton.

– Está brincando... – Delva sentou-se na cama, subitamente lembrando-se da mulher no café.

– O nome dele é Sean Raven – prosseguiu Des. – Ainda não o indiciaram mas o tira com quem falei acha que não vai demorar muito até o fazerem. E ouça isso...

Ele fez uma pausa e Delva ouviu estalidos do outro lado da linha, seguido de algo que soou como dentes mordendo uma alface crocante. Ela riu com a idéia de Des mastigando algo enquanto caminhava. Ao falar outra vez, a voz dele estava abafada.

– O cara tem envolvimento com magia negra – disse ele. – Ocultismo, bruxaria, essas coisas.

Delva não acreditou no que ouviu

– Magia negra? Você disse magia negra?

– É. Assembléias de bruxos, sacrifícios, todo o pacote. – Sua voz era mais clara agora. – Tremenda matéria! De qualquer modo, quero começar a preparar uma reportagem já. Sei que não vamos poder passar coisa alguma até ele ir a julgamento, mas quero começar a levantar o assunto.

Delva franziu as sobrancelhas. Podia sentir a excitação na voz e perguntou-se o que viria a seguir.

– O que realmente quero é que alguém se infiltre nesta assembléia de bruxos que ele supostamente organizava. – A voz de Des ficava cada vez mais alta à medida que ele se entusiasmava. – Quero fazer uma grande matéria sobre bruxaria em Wolverhampton. Talvez desse um documentário.

– Des, você não está esperando que eu entre em algum tipo de assembléia desse tipo, está? Você realmente não acha que eu...

– Não, claro que não – interrompeu Des. – Não sou tão estúpido. Deve ser um dos pesquisadores. Ou alguém mais que nunca apareceu na tela. – Delva ouviu outro ruído estranho do outro lado da linha. Desta vez, soou como se ele estivesse assoando o nariz. – Não, o que eu quero que você faça é usar seus contatos para conseguir informações sobre o cara – disse Des. – Lembra-se daquele documentário que você fez no Natal passado? Aquele sobre especialista em perfis de criminosos, Megan sei lá o quê?

– Sim, o que tem ela? – disse Delva, na defensiva.

– Bem, de acordo com o meu colega em Wolverhampton, ela está na delegacia da rua Tipton agora. Ele disse que a trouxeram para ajudar a bolar uma estratégia de interrogatórios, ou algo assim. Daí que eu estava pensando... vocês duas se dão muito bem, não é? – Ele fez uma pausa mas Delva continuou em silêncio.

– Delva, ainda está aí?

– Sim. – Ela sabia o que ele estava a ponto de pedir e se esforçava para pensar em um modo de sair dessa.

– Pensei que tivesse dormido! – A voz dele ainda estava carregada pela emoção da caçada. – Ouça, quero que ligue e tire tudo o que puder dela. Ela nos deve um bocado. Deve ter recebido um monte de ofertas de trabalho depois que aquele documentário saiu.

Seria perda de tempo, Delva sabia, lembrar a Des que Megan havia relutado em fazer aquele documentário. Que era uma acadêmica respeitada e tinha mais trabalho do que podia dar conta. Des tinha o instinto de um rottweiler no que dizia respeito a uma boa matéria, custasse o que custasse.

– Tudo bem, vou ligar para ela – disse ela, resignada. – Mas não tenha muita esperança. Ela é muito reservada no que diz respeito a falar de seu trabalho policial, você sabe. – Delva sentia-se mal ao ter de baixar ao nível dele, descrevendo uma mulher de quem era amiga naqueles termos. Mas era o único meio de fazer a mensagem atingir o objetivo. Esperava que, quando ela lhe comunicasse que Megan não topara, ele já tivesse se acalmado.

– Bem, veremos. – Havia um tom evasivo em sua voz e Delva teve a impressão de que ele estava escondendo alguma coisa dela. Não haveria como ele saber o que a mulher no café lhe dissera. Ela decidira mentir sobre o que acontecera. Assim era melhor. Disse a ele que a mulher não foi ao encontro. Ela olhou para o relógio. Fazia quase seis horas desde que ligara para Steve Foy. O cara que eles haviam prendido tinha de ser o sujeito com quem Tessa supostamente tinha um caso.

– Poderia ver isso agora? – A voz de Des interrompeu seus pensamentos. – Vou pedir que outra pessoa cuide do noticiário da manhã. Ligue para mim após o programa de hoje à noite. Diga-me qual foi a resposta dela, está bem?

Assim que ele desligou, o aparelho voltou a tocar.

– Delva? É Steve Foy. Achei que você gostaria de saber que sua dica foi na mosca!

– Como assim? Vocês indiciaram alguém? – Delva fingiu ignorância.

– Não, ainda não. Mas me parece muito promissor. Devo-lhe um drinque, está bem?

– Ah, que ótimo! – Ela tentou reunir um entusiasmo que não sentia. – É o sujeito na fotografia? Apenas entre nós, claro.

– É. O nome é Sean Raven. Sujeito maluco. Não posso entrar em detalhes, obviamente, mas ele certamente se encaixa.

– Steve. – Delva riu consigo mesma, atônita com a brilhante solução que subitamente lhe ocorreu. – Será que você poderia me dar o telefone da mulher do carro? Apenas para referência futura, claro. Se o caso for a julgamento, provavelmente vamos querer entrevistá-la para cobrir os antecedentes.

– Não vejo por que não – disse ele. – Afinal, ela não precisa saber onde você conseguiu o número, não acha? Vou lhe dizer uma coisa, venha tomar um drinque e eu lhe dou mais alguns detalhes enquanto bebemos.

Ah, meu Deus, aqui vamos nós, pensou. Mas ela estava tentando enrolá-lo. Só até arrancar dele o bastante para Des largar do seu pé.

As três mulheres nuas estavam diante de uma imensa lua cheia. Todas tinham longos cabelos negros puxados para trás para não tapar os seios. A que estava voltada para frente trazia uma tocha acesa à mão esquerda. As outras duas estavam uma de costas para a outra atrás dela. Uma tinha um chicote e a outra brandia uma adaga de prata que brilhava ao luar.

Megan estreitou os lábios. O artista responsável pela capa certamente não ganhou prêmio algum, mas não havia dúvida sobre o que era aquele livro. Folheando-o, encontrou mais mulheres nuas em diversas poses junto a cada título de capítulo. Havia partes sobre iniciação, locais sagrados, métodos de adivinhação e magia, e estes eram intercalados com fotografias de homens e mulheres com longas túnicas e jóias pesadas, como as usadas pelos celtas.

Ela sorriu com sarcasmo ao notar que os homens pareciam ter barbas e eram quarentões, enquanto as mulheres eram muito mais novas e claramente em idade de se casar. Parecia ser uma característica comum aos livros encontrados na biblioteca de ocultismo encontrada na casa de Sean Raven. Ela colocou o livro na mesa ao lado de uma biografia de Aleister Crowley. Uma única olhada para o rosto do depravado na capa do livro devia bastar para minar o interesse de muita gente pelo ocultismo, pensou Megan. Mas e quanto a Tessa Ledbury? O que a atraiu àquele mundo sombrio? Megan lembrou-se do que Delva dissera sobre o homem com a mão no joelho de Tessa na fotografia. *Branco, cerca de 45 anos, magro, ombros largos, cabelos grisalhos. Olhos muito intensos. Não é feio.* Perguntou-se quanto tempo mais teria de esperar para ver Sean Raven.

Steve Foy pedira que ela esperasse no subsolo depois de ter preparado a equipe para o interrogatório. Fora uma sessão tensa de meia hora, com Kate O'Leary mal escondendo o orgulho de aparentemente ter adivinhado certo. Quando Megan a lembrou de que não havia evidência pericial que condenasse Sean Raven e que a única esperança de fazê-lo admitir o crime estava em uma sutil empatia psicológica durante o interrogatório, ela se levantou e saiu da sala, murmurando algo a respeito de ter de ir ao banheiro.

– Ei! Ele a colocou na masmorra, não é mesmo? – Dave Todd enfiou a cabeça na fresta da porta, trazia dois copos de café.

– Obrigada – disse Megan. – Estou sufocando.

– Não me surpreendo. – Ele se sentou diante dela e tirou do bolso duas colheres de plástico e alguns saquinhos de açúcar. – Ainda estamos esperando o advogado de Sean Raven aparecer. Ele deveria ter chegado faz meia hora.

Megan levou o copo aos lábios e percebeu como os óculos de Dave Todd estavam embaçados nas bordas inferiores. O café dele era preto. Deve ter uma boca de amianto, pensou ela. O dela estava quente demais, mesmo com o leite.

Ela olhou-o por cima da borda do copo. As armações douradas caíam-lhe bem. Davam-lhe um ar interessante, intelectual. Megan adivinhou que aquilo provavelmente o fazia parecer mais velho do que realmente era. Se tivesse de calcular a idade dele, arriscaria 26 ou 27 anos. Mas podia ser mais jovem.

Ela tentou imaginar os antecedentes dele, sua progressão a sargento-detetive. Era algo que ela fazia sempre que conhecia alguém, um hábito tão enraizado que ela não conseguia evitar, mesmo quando não precisava. Viu-o como um recém-formado sendo promovido rapidamente.

– Você não acha que Raven seja o assassino, não é mesmo? – a pergunta súbita e direta pegou Megan desprevenida.

– Bem, eu... realmente não posso expressar uma opinião até terminarmos o interrogatório – gaguejou ela.

– Eu também acho que não – disse Todd simplesmente.

Ela olhou para ele com curiosidade.

– Por que não?

– Fui eu quem o prendeu quando foi acusado de estupro – disse ele. – Foi uma piada do começo ao fim. Essa tal de Carole-Ann Beddowes é o diabo. – O veneno na voz dele era palpável. Megan manteve o olhar.

– Você acha que ela tramou tudo?

Ele meneou a cabeça.

– Aquela mulher é uma mentirosa. E agora ela quer vingança, em grande estilo. "*Ninguém é mais perigoso que uma mulher desprezada*", esse tipo de coisa. – Ele esvaziou o copo e jogou-o na lixeira. – Se eu fosse Guy, ficaria mais interessado no ciclista.

Megan assentiu.

– Que ciclista?

– Ele não lhe disse? – Houve um lampejo de embaraço nos olhos de Todd. – Uma das vizinhas de Tessa nos contou esta noite. Disse que se lembrava de alguém em uma bicicleta passando pela casa perto da hora do crime. Disse que, fosse quem fosse, parecia apressado. Quase a derrubou quando estava caminhando pela calçada.

Megan corou de raiva. Como Foy deixara de dizer a ela algo tão importante?

– Essa vizinha – disse ela, tentando controlar a voz. – Ela lhe deu uma descrição?

– Nada que fosse útil – disse Todd. – Não era capaz de dizer nem se era homem ou mulher. Apenas disse que era uma pessoa branca com roupa e capacete de ciclista pretos. Não sabe dizer a cor do cabelo ou dos olhos porque o capacete escondia o rosto.

– E a idade? – insistiu Megan. – Deu-lhe alguma idéia disso?

Todd balançou a cabeça.

– Ela tem 69 anos e estava sem óculos.

– Então, como pode ter certeza de que a pessoa na bicicleta não era Raven?

– Ele perdeu uma rótula. – O olhar de Todd era impassível. – Acidente de carro há alguns anos. Não pode dobrar a perna direita.

Delva consultou o endereço na penumbra. Ela não tinha certeza se aquela era a rua certa. Ela sabia que devia ter deixado aquilo para outro dia. Ele provavelmente ainda nem teria recebido as flores.

Ela voltou a verificar o endereço. Sim. Aquele tinha de ser o lugar certo. Delva engatou a primeira marcha e estava a ponto de seguir lentamente, olhando os números das casas, quando o viu. Richard Ledbury saía de uma casa revestida de pedras, afastando um galho de árvore que tombara à sua frente ao abrir a porta.

Delva parou o carro e desligou o motor. Podia sentir o coração bater e percebeu como era ridículo aquilo tudo. Ele estava vestido mais informalmente do que da última vez em que ela o vira. A camiseta e os jeans o faziam parecer mais jovem. Mas o rosto parecia o mesmo. Uma ruga profunda sobre as sobrancelhas. Não que aquilo o tornasse menos atraente. Ela sentia uma forte vontade de correr e tomá-lo nos braços.

Então, viu a mulher saindo de trás dele. Cabelo escuro como o de Megan. Era a policial que vira na véspera. Como era mesmo o nome dela? Kate alguma coisa? Provavelmente viera trazer notícias sobre o amante de Tessa.

Delva observou enquanto caminhavam pela calçada, afastando-se dela. Pararam junto a um Vauxhall Corsa. Roxo ou azul-escuro. Ela realmente não conseguia ver, estava ficando escuro. Ela se sentou no banco do motorista e ele deu a volta para entrar pelo outro lado. Estaria levando-o para a delegacia? Ficaram ali sentados alguns minutos, conversando. Delva pensou se a policial estava tendo de usar outra vez o seu poder de persuasão.

Quando aconteceu, ficou tão chocada que chegou a piscar. Eles se beijaram. Um movimento tão rápido e furtivo que Delva achou tê-lo imaginado. Mas não. Fizeram-no outra vez. E depois ele saiu do carro. Ficou de pé na calçada olhando as luzes traseiras do carro desaparecerem rua abaixo.

De volta a esta lixeira miserável. Deu tudo errado com a última. A vagabunda tinha companhia. Devia ter voltado depois, mas seria perda de tempo. Tantas possibilidades no centro comercial. Clique, clique, clique. O ruído dos saltos no concreto. Mas ninguém com o fator-X. Não importa. Estarei na bilheteria amanhã de manhã cedo. Poltrona na primeira fila para o melhor espetáculo da cidade.

Capítulo 7

Megan ficou tensa quando o braço de Foy roçou o dela. Ele estava se inclinando para voltar a fita de vídeo do interrogatório de Raven e seu hálito de menta preenchia-lhe as narinas, asfixiando-a.

Ela estava furiosa por ele ter omitido a informação sobre o ciclista. Qual a utilidade de envolvê-la no caso se ele omitia detalhes cruciais como aquele? Ela não estava certa de que jogo ele estava jogando, mas era óbvio que não era confiável. Conteve o instinto de ir embora e recusar-se a ter qualquer outra coisa a ver com aquela investigação. Ela *tinha* de conhecer Raven. Avaliá-lo. Tinha de descobrir que Foy estava na pista errada. Portanto, ela se calaria a respeito do ciclista. Por enquanto.

– Gostaria de comer alguma coisa? – Steve Foy olhou para o relógio na parede. – Posso pedir algo da cantina.

Megan balançou a cabeça. A última coisa que comera fora o rolinho de presunto naquele café, em Pendleton. Fazia quase nove horas. Mas ela não estava com fome. Ouvir Sean Raven arruinara o seu apetite.

A expressão no rosto de Foy dizia que ele se sentia tão frustrado quanto ela, embora por uma razão diferente. Nada funcionara. A empatia, a resposta de uma pergunta com outra, os meneares de cabeça encorajadores – tudo redundara em um gordo e enorme zero. Como deveria ser, é claro, caso o sujeito fosse inocente.

Ela assistira ao interrogatório pelo espelho falso, dirigindo as perguntas através de um ponto de áudio com Foy e O'Leary. Percebera o modo como ele reagira, suas expressões faciais, o jeito de mover as mãos e mudar de posição. Agora, ela e Foy reviam tudo na fita.

Não era difícil imaginar o que levara Tessa Ledbury a ele. Tinha um rosto angular com maçãs da face bem definidas e um nariz aquilino. Mas a característica mais atraente eram os seus intensos olhos azuis. Durante a entrevista, houve momentos em que Megan sentiu como se ele pudesse vê-la através do espelho. Ele parecia estar olhando diretamente para ela. Mas aquilo era impossível, disse para si mesma.

Ela apertou um botão, congelando o rosto dele na tela. Embora atraente, parecia abatido. Megan podia adivinhar o que se passava na cabeça de Raven. Estava fora da cadeia havia apenas sete semanas. E agora, aquilo. Sim, tivera um caso com Tessa Ledbury. Não, ele não a via desde que saiu da cadeia. Não, não se importava nem um pouco com o fato de ela ter se tornado cristã. E, não, ele não a matou. Ele estava em casa na manhã em que ela morreu. Trabalhando em uma revista que ele edita em seu PC. Sim, era uma revista de contato para troca de casais. E daí?

Foy apertou um botão e a imagem de Raven desapareceu da tela.

– E quanto à mulher dele? – perguntou Megan. – Pensa em conversar com ela hoje à noite?

– Sim – respondeu com um profundo suspiro. – Topa? Precisa ligar para casa? – Ele a olhou com uma expressão maliciosa. – Não vai querer que o jovem Patrick fique acordado até tarde esperando por você, não é mesmo?

Megan sentiu as bochechas corarem. Estava jogando verde ou já sabia? Ela podia imaginá-lo fofocando com os colegas, dizendo que ela estava transando com um dos alunos. Ela fingiu não estar ouvindo enquanto fazia anotações a respeito de Raven no bloco à sua frente.

– Vou mandar trazer café – disse Foy afinal. – A propósito, o nome da mulher dele é Mariel. Como Muriel, só que com "a". Também parece uma bruxa de verdade. Cabelo preto comprido e muitos piercings no corpo.

Megan virou o rosto ligeiramente para exibir de propósito a narina perfurada. Ela sentiu uma perversa satisfação ao vê-lo se remexer, constrangido, e desviar o olhar.

Mariel Raven parecia uma modelo de revista de sadomasoquismo com todas aquelas correntes, piercings e roupas de couro de motociclista, o cabelo azul e preto balançando diante do rosto como uma bandeira de pirata em uma ventania. Tinha 39 anos, mas parecia pelo menos cinco anos mais jovem.

Megan observou através do espelho quando Kate O'Leary entrou na sala e sentou-se ao lado de Steve Foy. Kate era como uma versão light da mulher que estavam prestes a interrogar. Mesmo cabelo longo e negro, embora o dela estivesse arrumado em um denso coque. Tinha a mesma pele clara e os mesmos olhos amendoados de Mariel Raven, mas a única jóia que usava era um par de pequenos brilhantes cravados no lobo de suas orelhas. Catherine Zeta-Jones encontra Cher, pensou Megan com um sorriso irônico.

À medida que a conversa se desenrolava, Megan começou a compreender por que Sean Raven transgredira a lei para se casar com Mariel. Ela era extremamente confiante. O tipo de mulher a quem Megan podia imaginar os homens pagando para serem dominados. Totalmente tranqüila em relação a tudo o que Steve ou Kate perguntavam, ela se saiu muito bem.

– Sim, suponho que vocês possam me descrever como uma adepta do swing – disse ela, reclinando-se na cadeira e cruzando os braços de modo que as correntes em seu peito chocalharam. – Amo Sean, mas nunca me restringi a um único parceiro sexual, seja homem ou mulher. Ele sabe disso. Não espero que ele seja monógamo. Desde que sejamos sinceros um com o outro, isso é o que importa.

– Perguntem se ele foi sincero com ela em relação ao caso com Tessa – disse Megan ao microfone que a conectava aos dois policiais.

Steve Foy fez a pergunta. Megan observou atentamente o rosto de Mariel Raven enquanto respondia. Os lábios se retorceram em um U invertido e as sobrancelhas, uma delas com um piercing prateado, se ergueram em direção à linha do cabelo. Quando vieram, suas palavras estavam carregadas de cáustico sarcasmo.

– Ela era apenas outra bruxa de butique. Aparecem o tempo todo. Donas-de-casa entediadas com um cartaz escrito "Disponível" na bunda.

Megan não conseguiu ver a expressão dos outros policiais, mas ouviu Steve Foy tossir ligeiramente antes de perguntar.

– O que quer dizer com "bruxa de butique"?

– É como wiccas sérios chamam gente que só está brincando. Tudo o que interessa a elas é a aparência. São como crianças brincando de se vestirem de adultos.

– Mas Tessa não passou pela cerimônia de iniciação? – interrompeu Kate. – Certamente isso deve envolver algum grau de comprometimento, certo?

Mariel sorriu debochada.

– Bem, ela foi o que você pode chamar de alguém que pegou o caminho mais rápido – disse ela. – Sean estava desesperado para transar com ela e ele sabia que ela não toparia a não ser que ele lhe dissesse que aquilo fazia parte do ritual para se tornar bruxa. Ela era bem afetada e metida a certinha quando começou a freqüentar, mas ele logo a curou de tudo isso.

– Quanto tempo eles foram... amantes? – Kate hesitou ligeiramente de enunciar esta última palavra como se a achasse inadequada.

– Cerca de um ano, ocasionalmente, acho.

– Você acha? – perguntou Steve Foy. – Quer dizer que não está certa disso?

– Bem, ele não me contava todas as vezes que ficava com ela, se é o que quer dizer – ela respondeu. – Quero dizer, seria um tanto aborrecido, não acha? A princípio eu gostava de saber. É sempre interessante quando algum de nós está transando com alguém novo. Mas ela era tão cheia de coisa...

– O que ela quer dizer com isso? – sussurrou Megan.

– O que quer dizer com isso? – A cabeça de Kate O'Leary inclinou-se ligeiramente para a frente, como se estimulando uma confidência.

– Ah, ela se revelou uma tremenda conversa-fiada. Ficava a maior parte do tempo dizendo para ele quão culpada se sentia por causa do marido e das crianças. É o que quero dizer quando digo que era uma bruxa de butique. Ela gostava de fingir ter um espírito livre, mas o que ela realmente queria era a monogamia. Não conseguia conceber sexo sem compromisso. – Ela fez uma pausa, os dedos remexendo um pentagrama de prata que trazia ao pescoço. – Tenho certeza de que teria dispensado o marido caso achasse que tinha uma chance de conseguir algo fixo com Sean.

– Mas isso não foi aventado? – Kate ainda usava a sua voz simpática.

– Sem chance! – Ela quase cuspiu as palavras, a mão deixando o pentagrama e batendo na mesa.

Houve uma pausa quando os policias trocaram olhares.

– Perguntem por que ela se casou com ele – perguntou Megan.

– Sra. Raven – disse Foy –, posso perguntar por que concordou em se casar com Sean? Veja, não compreendo que atração isso poderia ter para alguém como você. Refiro-me ao casamento.

– Foi por meu filho, não por mim. – Ouviu-se outro chacoalhar metálico quando ela se remexeu na cadeira.

– Seu filho?

– Sim. Ele tinha 7 anos quando conheci Sean e estava tendo problemas na escola. Sean ofereceu-se para se casar comigo e adotá-lo. Achou que isso ajudaria a dar a ele um pouco de estabilidade.

– Mas ele não disse que já era casado?

Megan ouviu um ruído como uma cobra sibilando.

– Não, detetive, ele não me disse que ainda era casado. Não sei por que pergunta, você já conhece todos os detalhes sórdidos, não é mesmo?

– E ainda assim se casou uma segunda vez com ele, enquanto estava na prisão. – Foy continuou como se não tivesse ouvido a última parte do que ela dissera. – Para quê? Certamente, não foi por seu filho, não é? Quero dizer, ele deve ter uns 18, 19 anos agora?

– Tem 21 – disse ela entre dentes. – E, como já disse, amo Sean. Não espero que alguém como você compreenda o modo pelo qual vivemos, mas acho que isso é problema nosso, não é mesmo?

– Desde que isso não envolva transgredir a lei, sim – disse Foy.

Megan podia imaginar a expressão dele ao dizê-lo. As sobrancelhas bastas e brancas teriam se erguido, as narinas se retorceriam um pouco e ele esfregaria no queixo o dedo indicador da mão sobre a qual se apoiava. Ele a fazia lembrar uma raposa. Mas Mariel não era uma galinha idiota acuada em um canto do galinheiro.

Megan viu Foy tentar dobrar a mulher com as táticas de choque que ela sugerira. Em certo ponto, ele estendeu-lhe uma das fotografias da cena do crime, olhando claramente para o pentagrama ao redor do pescoço de Mariel. Ela estremeceu levemente ao ver o rosto mutilado de Tessa Ledbury, mas nenhum outro sinal de emoção.

– Tudo bem – disse ela, meneando a cabeça lentamente. – Agora vejo do que se trata. Mas é uma armação. Tem de ser. Não consegue ver? – Seus olhos brilharam de ódio quando ela atirou as fotografias sobre a mesa. – Houve um bocado de gente que esfregou as mãos, satisfeita, quando Sean foi preso. Precisam ver as cartas que recebi!

– Quer dizer que Sean tinha inimigos? – As palavras de Kate O'Leary eram mais uma afirmação que uma pergunta.

– Vocês sabem que sim!

Ouviu-se um som como o de unhas arrastando em um quadro-negro quando Mariel inclinou-se para a frente, a pulseira de couro com rebites metálicos roçando a mesa. Megan fez uma careta.

– Não, na verdade não sabemos – Steve Foy estava sendo intolerante agora. – Certamente não se refere àquelas boas pessoas da igreja de St. Paul?

– Se está tentando me pegar, pode desistir! – Mariel lançou-lhe um olhar devastador. – São patéticos. Desorientados, caretas mas, principalmente, patéticos. Certamente não teriam coragem para algo assim.

– Mesmo se descobrissem que um de seus novos convertidos andou mexendo com bruxaria?

– Não me pergunte! – respondeu indignada.

Foy deu de ombros. Houve uma longa pausa.

– Perguntem se ela tem uma bicicleta. – Megan fez a pergunta com a voz neutra. Ela observou Foy remexer-se na cadeira e sentiu um surto de adrenalina.

Kate O'Leary olhou para Foy. Nenhum dos dois falou. Foy olhou para o relógio na parede.

– Interrogatório encerrado às 22h13 – resmungou.

Delva não compreendia por que Megan não ligara de volta. Deixara duas mensagens no seu telefone celular e uma na secretária eletrônica de casa. Pensou em tentar pegá-la no escritório, mas resolveu que não adiantava. A central telefônica já devia estar desativada àquela hora.

Sua cabeça parecia querer explodir. A imagem de Richard Ledbury e aquela policial parecia estar gravada em sua mente. As perguntas fervilhavam. O que estariam tramando? E se *Richard* matou Tessa por estar apaixonado por Kate? Mas como ele *poderia* tê-la matado se estava no trabalho o dia inteiro? Teria alguém feito aquilo para ele? Teria sido a *policial*?

Delva estava desesperada para contar a Megan o que vira.

Estava a algumas ruas de casa quando subitamente dobrou à direita. A casa de Megan ficava a apenas cinco minutos dali. Havia a chance de ela já ter chegado e esquecido de verificar a secretária eletrônica.

Não havia luzes acesas, mas Delva tocou a campainha mesmo assim. Quando nada aconteceu, foi até a calçada e olhou para as janelas do quarto para ver se as cortinas estavam fechadas. Delva foi até debaixo de um poste de luz e olhou para o relógio: 22h30. Não estaria na cama?

Ela tocou a campainha outra vez, apertando o rosto contra o vidro como uma criança impaciente. Após alguns minutos ela voltou ao carro, batendo a porta e golpeando o volante com as mãos. Ficou sentada no escuro durante algum tempo antes de pegar o telefone celular e digitar o número de Steve Foy.

Steve Foy estava sentado junto a Megan na sala de vídeo. Ela esperava que ele se desculpasse ou apresentasse alguma justificativa. Mas ele nada disse.

– Por que não perguntou sobre a bicicleta? – Ela o encarou.

– Como é? – perguntou ele com a testa franzida, confuso como alguém que tivesse despertado em uma cama estranha.

– Antes de você terminar o interrogatório, eu pedi para você perguntar a Mariel Raven se ela tinha uma bicicleta. – Megan inclinou a cabeça, esperando uma resposta.

– Ah... – Ele deu de ombros. – Não ouvi. Deve ter sido o ponto de áudio. Acontece às vezes.

Megan recostou-se na cadeira, braços cruzados. Ele realmente esperava que ela engolisse aquela desculpa.

– Por que não me falou do ciclista que foi visto do lado de fora da casa de Tessa? – insistiu. – Só descobri por acaso.

– Desculpe! – Ele bateu na testa com a mão. – Deve ter me escapado com toda esta comoção em torno de Raven. – Ele riu torto. – Estou um tanto exausto, esse é o problema. Não durmo muito desde que tudo isso começou.

Antes de Megan poder responder, Kate O'Leary entrou na sala seguida de Dave Todd.

– O que achou dela, Kate? – perguntou Foy.

Obviamente ele estava feliz com a interrupção, pensou Megan.

– Bem, ela certamente tem um motivo, chefe. – Kate ajeitou um cacho solto de seu coque. Ao longo do dia, Megan vira o coque lentamente se transformar de um penteado severo, matronal, em algo frouxo e sedutor.

– Sim, eles certamente poderiam ter feito aquilo. – Foy meneou a cabeça. – O que acha, Megan?

Os olhos de Megan se estreitaram. Ainda não estava certa de que ele estava sendo correto com ela.

– Bem, devo admitir que ela é o tipo de gente que vai fundo no que quer – disse ela lentamente. – Mas não gostaria de afirmar nada até conversar com aquela mulher que denunciou Sean Raven.

Foy meneou a cabeça.

– Carole-Ann Beddowes. Já temos o depoimento dela, Dave?

– Sim, chefe.

– Onde ela está agora?

– Ainda na sala de interrogatório. Hollis foi buscar algo para ela na cantina.

– Ela sabe da denúncia? – perguntou Megan.

– Não – respondeu Foy, levantando. – Quando Delva Lobelo nos deu a placa do carro e mencionou o nome Raven, juntamos dois e dois. Não precisamos falar com a mulher antes de detê-la. Nós a pegamos há algumas horas. Dissemos que estávamos interrogando todo mundo com alguma ligação com o caso. – Ele deu um passo atrás, mantendo a porta aberta para Megan e disse: – Dave pode levar a Dra. Rhys até a sala de interrogatório? Quero ter outra palavrinha com nosso amigo Sean. Você vem, Kate?

Ao seguir Dave Todd pelo corredor até a sala de interrogatório número 3, Megan viu Mariel Raven através de uma fresta da porta. Ela estava recostada na cadeira, os saltos pontudos de suas botas de couro preto sobre a mesa de fórmica e um copo de isopor fumegante nas mãos. Ela ergueu a cabeça ao ouvir os passos e viu Megan. Seus lábios se retorceram em uma expressão de puro ódio. Megan rapidamente desviou o olhar. Teria Mariel Raven visto o documentário na TV no qual ela aparecera no ano anterior? Adivinhou que ela estava no caso? Bem mais provável, disse Megan para si mesma, que a mulher olhasse assim para todo mundo naquele prédio. Qualquer pessoa remotamente ligada ao sistema de justiça criminal que pôs o seu marido atrás das grades e agora parecia decidido a fazê-lo outra vez.

Quando Megan abriu a porta da sala onde estava Carole-Ann Beddowes, ela sentiu um forte cheiro de bife e torta de rim. Um prato vazio fora empurrado até a borda da mesa e uma mulher que Megan vira pela última vez ao volante de um Fiesta vermelho batia a cinza de seu cigarro.

Parecia menos intimidadora do que no café, mas a forte luz fluorescente revelara algo mais a respeito de seu rosto. Um ano mais jovem que Mariel Raven, parecia velha o bastante para ser a mãe dela. O cabelo louro parecia palha, legado de anos a fio de clareamentos e permanentes. E sua pele lembrava as malhas que todo mundo nos anos 1970 era obrigado a usar na escola, aquele marrom-alaranjado chamado *american tan* que não tinha qualquer semelhança com a cor de suas pernas e que parecia ainda mais ridículo em seus colegas de pele mais clara.

A mulher não demonstrou tê-la reconhecido quando Megan se apresentou. Obviamente estava tão concentrada em Delva naquela manhã que não notou mais nada.

– Eu sei que você já deu um depoimento para a polícia – disse Megan. – Não estou aqui para falar de Sean Raven. – Ela sentiu Dave Todd remexer-se levemente na cadeira. Ele não aprovaria o que ela estava a ponto de fazer, mas era hora de jogar sujo. – O que quero saber – disse ela – é sobre Tessa Ledbury. Gostaria que me dissesse como era ela.

– Não sei por que está me perguntando isso. Eu não a conhecia assim tão bem. – Ouviu-se um chiado quando a cinza da mulher caiu em um pingo de molho.

– É mesmo? Não foi o que ouvi. – Megan inclinou-se ligeiramente para a frente, cotovelos sobre a mesa. – A mulher de Sean Raven acabou de me dizer que vocês e Tessa eram muito amigas.

Ela conteve a respiração, olhando diretamente em seus olhos, esperando que ela mordesse a isca.

– Aquela vaca! Bem, se acredita nela, é capaz de acreditar em qualquer um!

Megan permitiu que as suas sobrancelhas se erguessem ligeiramente, fingindo surpresa.

– Ah, então não é verdade? – Ela fez uma pausa, escolhendo as palavras que diria a seguir, como um arqueiro escolhendo a seta. – Só que ela me disse que você tem fotografias muito explícitas de Sean e Tessa juntos. Disse que Tessa provavelmente as deu para você porque você se excita com esse tipo de coisa...

– Filha-da-puta! – Carole-Ann Beddowes levantou-se da cadeira, caminhando até a porta. – Onde ela está? – gritou. – Vou matar esta desgraçada!

– Sente-se, por favor, Sra. Beddowes. – Dave Todd pegou-lhe o braço e conseguiu fazê-la sentar, lançando um olhar ansioso para Megan antes de aproximar a cadeira da mesa.

– Você sabia que o maldito marido dela me estuprou?

– Sei que ele foi acusado de tê-la estuprado mas foi solto por falta de provas – respondeu Megan com a voz neutra. – Não estou aqui para discutir o mérito dessa questão. Mas Mariel Raven disse outra coisa. – Fez outra pausa, observando a expressão no rosto da mulher. – Disse que o motivo de você acusar Sean de tê-la estuprado foi porque você tinha ciúmes. De Tessa.

– Mentira! – A boca de Carole-Ann Beddowes era a única parte de seu rosto que não estava coberta por uma grossa camada de maquiagem. Seu batom saíra durante a refeição e agora Megan podia ver que os lábios dela, apertados firmemente, estavam brancos de ódio. – Se alguém está com ciúmes é ela! Quer saber como consegui estas fotografias? – Sua cabeça balançava enquanto ela falava. – Foi Sean quem me deu. Disse que Mariel ficou tão furiosa quando as descobriu em casa que prometeu se livrar delas. Mas ele não queria, de modo que pediu que eu as guardasse para ele.

– E esse pequeno favor foi concedido antes ou depois de você acusá-lo de estupro? – perguntou Megan com a voz neutra.

A mulher não se importou em responder.

Foy ouviu silenciosamente o relato de Carole-Ann Beddowes enquanto coçava o queixo.

– Na verdade, não estou convencida, Steve – disse ela. – Quero dizer, se está errado quanto a Raven, se Tessa morreu nas mãos de um estranho, ele pode estar espreitando outra vítima enquanto você está preso aqui tentando tirar leite de pedra.

Os olhos de Foy se estreitaram.

– Ah, mas acho que vamos fazer nosso amigo suar mais um pouco. – Ele gesticulou para uma muda de roupas e uma peruca loura em uma mesa em um canto da sala. – Vamos esperar e ver o que a reconstituição descobre antes de tomarmos decisões precipitadas, hein?

Megan suspirou, exasperada.

– Bem, espero que amanhã você encha aquele centro comercial de policiais à paisana. Porque se estiver errado e eu certa...

– Eu sei, eu sei! – Foy ergueu as mãos. – Não se preocupe. Vou colocar os meus homens lá.

Ela balançou a cabeça ao atravessar a sala para inspecionar a fantasia que Kate O'Leary estaria usando dali a poucas horas. Um par de jeans Armani, uma blusa estampada e um par de mocassins de couro estavam junto à peruca. – Então, descobriram que sapatos ela estava usando?

– Não, não descobrimos. Nenhuma das pessoas que a viram se lembrava, de modo que presumimos que devia ser aquele que combinava com as calças.

Megan olhou para a blusa. Também predominava o creme, com um estampado de pequenas espirais pretas, vermelhas e marrons. Difícil dizer o sapato que Tessa teria escolhido para combinar com aquilo mas, sim, Foy provavelmente estava certo ao escolher os sapatos creme. Ainda assim, irritava não saber. Em sua experiência, freqüentemente eram os pequenos detalhes que forneciam as maiores revelações. Ela queria saber mais sobre aquela mulher, e se Foy estava determinado a se agarrar à sua teoria, ela teria de investigar por conta própria.

Era quase meia-noite quando Megan saiu da delegacia. Deixara o carro na rua porque o estacionamento estava lotado quando chegou. Ela não percebeu o que fora feito com o pára-brisa a não ser quando estava a ponto de dar a partida. Ao girar a chave na ignição, ergueu a cabeça e viu um desenho de linhas escuras obscurecendo-lhe a visão.

– Mas que diabos... – disse ela em voz alta, correndo para fora e observando sob a fraca luz alaranjada dos postes. Era um pentagrama. Alguém rabiscara uma tosca imitação da mesma estrela de cinco pontas que ela vira na cabeça de Tessa Ledbury. Estendendo um dedo ela tocou uma das pontas. Pareceu-lhe oleosa e, ao tirar o dedo, deixou uma mancha no lugar. A ponta de seu dedo estava suja de vermelho. Ela cheirou. Era batom. Alguém traçara um pentagrama no seu carro usando um batom. Ela percebeu que suas mãos estavam trêmulas. Lembrou-se do rosto de Mariel Raven. A expressão de puro ódio que lhe dedicara. Teria ela feito isso? Senão, quem mais poderia ter sido?

Patrick van Zeller recostou-se na cama dura, atônito com o que acabara de ouvir. Ficou ali olhando para o teto, estudando as rachaduras e as marcas de tachas nas paredes deixadas por algum outro ocupante daquele quarto miserável.

O telefone celular ainda estava em sua mão. Ele devia ter mudado o número. Assim ela nunca o encontraria. Ela tentaria o apartamento em Birmingham e descobriria o telefone desligado. Depois, ligaria para Heartland e diriam que ele não mais estava registrado ali como aluno de pós-graduação. Será que diriam a ela que ele se transferira para Liverpool?

Ele suspirou. Era estúpido tentar pensar em meios de evitar aquilo. Ela o encontraria mais cedo ou mais tarde. Começou a digitar um número mas parou, o dedo pairando sobre os botões. Ele não podia contar a Megan por telefone. Ela ficaria absolutamente possessa. Não. Teria de lhe dizer aquilo cara a cara.

Capítulo 8

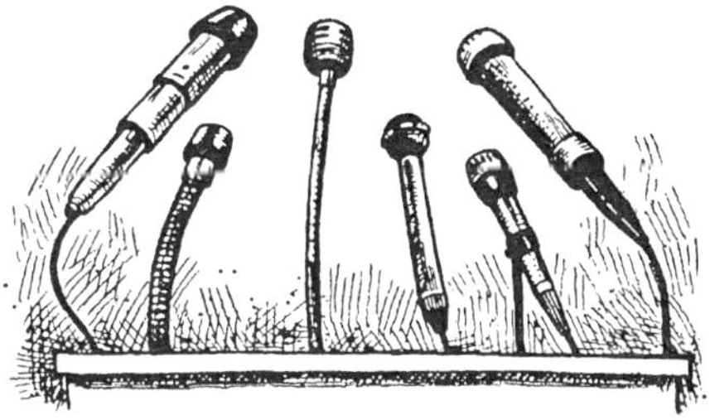

Megan acordou às 5h30 na manhã seguinte. Preocupada com o que fora feito com seu carro, sentira-se tentada a passar a noite na casa de Ceri em vez de voltar para uma casa vazia. Mas era tarde demais para perturbar a irmã. Uma boa dose de uísque em uma caneca de leite quente ajudou-a a dormir mas, após uma série de pesadelos, ela despertou coberta de suor, coração disparado.

Levantou-se e olhou para a rua lá embaixo através da cortina. À luz acinzentada da manhã, pôde ver seu carro. Ainda havia uma pequena mancha no canto inferior do pára-brisa no lado do motorista. Ele deve ter esquecido de limpá-la nos esforços frenéticos que fez para apagar o pentagrama traçado a batom.

Estremeceu ao se lembrar. O policial de plantão na delegacia dissera que Mariel Raven fora liberada meia hora antes de ela sair. O mesmo se aplicava a Carole-Ann Beddowes. Qualquer uma das duas poderia ter feito aquilo. O passe do estacionamento da Universidade de Heartland colado no pára-brisa seria uma clara indicação para qualquer um com meio cérebro.

Às 7h ela estava pronta para sair, tendo tomado café, banho e aplicado o dobro de maquiagem para ocultar as olheiras. Dirigiu-se a Wolverhampton, sabendo que chegaria ao centro comercial de Pendleton uma hora antes da polícia. Não importava. Seria útil dar uma volta por ali e observar antes do circo da mídia começar. Reconstituições de crimes eram como funerais. Se o assassino era do tipo que ela pensava ser, estava certa de que ele não conseguiria deixar de assistir.

Chegou ao estacionamento pouco antes das 8h em ponto. Havia poucas pessoas por ali. Principalmente entregadores descarregando mercadorias nos fundos das lojas. Ficou dentro do carro alguns minutos, observando. Notou um casal de olhos cansados surgir de uma porta e percebeu que havia apartamentos sobre as lojas. Cinco minutos depois uma menina saiu por outra porta. Parecia não ter mais de 18 anos e estava vestida com um suéter largo e jeans, carregando o que parecia ser um portfólio de trabalhos artísticos sob o braço. Uma estudante, pensou Megan. Aqueles apartamentos deviam ser bem convenientes para estudantes, estando a alguns minutos de caminhada da faculdade. Ela ergueu a cabeça e olhou para as janelas dos apartamentos, pensando no quanto seria fácil para os seus ocupantes verem as pessoas indo e vindo no centro comercial abaixo. Havia tantas possibilidades. O que ela precisava era de uma injeção de cafeína para fazer o seu cérebro pegar.

A caminho do café, viu Delva. Ela estava em frente à farmácia, arrumando o equipamento com um cinegrafista. Ela veio em direção a Megan, respondendo ao seu aceno.

– Megan! Tentei falar com você a noite inteira!

– É mesmo? Eu fiquei na delegacia de Wolverhampton até depois da meia-noite.

– Os desgraçados! Liguei por volta das 10h30 e eles disseram que você não estava lá.

– Bem, eu estava trancada em uma sala de interrogatório todo o tempo de modo que não teriam como me encontrar. Tive de desligar o telefone celular. O que houve?

– Na verdade, algo incrível – Delva olhou ao redor. – Podemos falar durante o café?

O homem atrás do balcão trouxe seus cafés, sorrindo para Delva ao servi-los.

– Atarefada?

Ele inclinou a cabeça em direção ao carro de polícia que entrava lentamente na praça principal do centro comercial. Delva sorriu, concordando. Um sorriso ensaiado, pensou Megan. Deve estar de saco cheio de ser reconhecida em toda parte que vai.

– Você acha que tem alguém à paisana por aí? – murmurou Delva quando ele se foi.

Megan olhou por cima dos ombros e balançou a cabeça.

– Eu não gostaria que ouvissem o que vou dizer.

Megan ouviu em silêncio enquanto Delva contava o que viu.

– Então, você deve imaginar – disse Delva. – Eu estava completamente confusa. Quero dizer, quando entrevistei Richard, fiquei convencida de que ele era um sujeito decente, que estava completamente arrasado com a morte da mulher. Mas quando eu os vi se beijando, subitamente tive aquela terrível sensação de que Kate O'Leary podia ser a assassina. Que ela e Richard de algum modo tramaram isso.

– Sim, compreendo. – Megan pensou um instante, mais perturbada com a revelação de Delva do que queria admitir. Havia uma vaga possibilidade de Delva estar certa. Kate era uma especialista em ocultismo. Uma policial acostumada a homicídios. Seria assustadoramente fácil para uma pessoa com tal tipo de conhecimento forjar algo assim. E se tinha uma motivação...

– Não posso crer que sejam idiotas a esse ponto, isto é, se beijarem em público caso houvesse algo sinistro acontecendo, não é mesmo? – disse Megan. – Você diria que foi um beijo ardente, ou um beijinho no rosto?

– Ah, definitivamente não foi um beijo ardente – disse Delva. – De onde eu estava era difícil dizer, mas pareceu mais um beijo rápido nos lábios.

– E pareceu que foi ele quem tomou a iniciativa? – perguntou Megan. – Ele se moveu em direção a ela ou foi o contrário?

– Hum. – Delva pensou um instante. – Aconteceu tão rápido que é difícil dizer. Ambos pareceram se mover ao mesmo tempo.

– Bem, eu sei que *parece* absolutamente comprometedor – admitiu Megan. – Mas gente enlutada faz coisas estranhas. Encare isso do ponto de vista dele. Subitamente ele se vê sozinho com três filhos para cuidar. Pode ser o tipo de homem que nunca esteve por conta própria antes, você sabe, do tipo que saiu direto da casa da mãe para morar com a esposa.

Delva pensou nisso um instante.

– Mas ele voltou a morar com a mãe. Por que ele precisaria de Kate O'Leary?

– Bem, não sabemos direito se ele se dá bem com os pais. E Kate é uma mulher muito atraente, não é mesmo?

– E, ao que parece, esteve com ele quase todos os dias após o crime. – Delva meneou a cabeça. – Lembro-me do dia em que eu o entrevistei. Ele estava sentado no banco de trás do carro, recusando-se a se mexer e ela passou um tempão tentando convencê-lo a sair. – Ela fungou. – Contudo, não parece ser algo muito profissional, certo?

– Ah, eu concordo – respondeu Megan. – Mas acontece. E Richard Ledbury não é exatamente repulsivo, não acha?

A expressão no rosto de Delva a denunciou.

– Ah, Delva – Megan suspirou. – É bom ficar fora dessa, acredite.

– Eu sei. Você está certa. Foi burrice de minha parte mandar aquelas flores. Sempre evitei me envolver emocionalmente com gente que entrevisto mas, desta vez, não sei, eu... – Ela balançou a cabeça e estremeceu, como se tentando afastar os acontecimentos dos últimos dias. – De qualquer modo – disse ela, inclinando-se para a frente –, e quanto a esse Sean Raven? Acha que foi ele? O editor teve uma idéia maluca de infiltrar alguém na assembléia de bruxos dele.

– Hum. Eu o aconselharia a suspender o fogo – disse Megan – A não ser que ele esteja interessado em fazer uma matéria sobre bruxaria por conta própria.

– Você não acredita que Raven seja o assassino?

Megan mordeu o lábio.

– Isso fica só entre nós, mas você pode descobrir sozinha se sondar um pouco. Aquela mulher com quem você se encontrou ontem, Carole-Ann Beddowes, acusou Sean Raven de estupro. Ele foi preso mas o caso não foi a julgamento.

Delva assobiou baixinho.

– Acho que ela ficou com ciúme quando ele começou a ter um caso com Tessa – prosseguiu Megan. – Ameaçou enviar para Richard aquelas fotografias que ofereceu para você. Não tenho provas disso, você compreende, mas para mim é óbvio que ela odeia Sean Raven e está tentando mandá-lo para a cadeia uma segunda vez.

– Uau! – Delva coçou o queixo com as costas da mão. – Como Steve Foy reagiu a tudo isso?

– Não deu bola – disse Megan. – Está requisitando uma permissão para continuar com o interrogatório. – Ela fungou e cruzou os braços. – Na verdade não sei por que ele me chamou. Ele tem a sua própria teoria sobre o crime e está apegado a ela. Acho que quando fez o curso sobre crimes sexuais há algumas semanas, ele ficou um tanto empolgado com a idéia de levantar perfis. É quase como se ele estivesse tentando provar que estou errada perante os seus colegas. E ele é um obcecado com a mídia. Parece mais interessado em aparecer na TV do que em pegar o assassino de Tessa.

– Parece com a idéia que tive dele. Ei, falando no diabo... – Ela virou a cabeça para a janela. Steve Foy estava saindo de um carro que estacionara na praça principal. – É melhor eu cair fora. – Ela olhou para o relógio. – Vão começar em meia hora.

Megan meneou a cabeça.

– Vou ficar aqui um instante. Quero ver quem virá bisbilhotar Foy e seus colegas.

Megan deixou o café cinco minutos antes de Kate O'Leary começar a sua caminhada da escola até o centro comercial. Uma pequena multidão se aglomerava em silêncio melancólico ao longo do caminho para observar a reconstituição. A maioria mulheres, percebeu Megan. Muitas traziam bebês e filhos pequenos. Provavelmente eram mães de alunos da escola, sem dúvida dando graças a Deus por aqueles não serem os *seus* últimos momentos de vida sendo representados por uma policial.

Megan olhou para Kate O'Leary quando esta saiu do consultório médico e caminhou até a farmácia. A peruca loura a tornava quase irreconhecível.

Pensou no que Delva vira. Kate não era uma mulher fácil de lidar, mas não devia deixar aquilo obliterar o seu julgamento. Se havia um romance entre Richard Ledbury e a policial antes da morte de Tessa, seria *realmente* provável que o casal tivesse planejado o crime? Mesmo que Kate fosse capaz de algo assim, raciocinou Megan, o pentagrama teria sido pura loucura. Foy sabia tudo a respeito da familiaridade de Kate com o ocultismo. Aquilo simplesmente não fazia sentido. Ela não faria algo tão óbvio.

Megan avançou por entre os circunstantes, seguindo Kate. O que ela procurava era um homem com uma bicicleta. Ela olhou para as entradas das lojas e os postes da praça. Nem mesmo uma bicicleta estacionada à vista, muito menos alguém andando em uma.

Quando a reconstituição acabou, Megan esperou do lado de fora do café até Foy terminar de falar com os repórteres que aguardavam. Sua linguagem corporal dizia tudo. Antes de as câmeras começarem a rodar, ele se olhou em um pequeno espelho de mão que tirou do bolso do casaco, correndo os dedos através de fios de cabelo cobertos de gel antes de assumir uma expressão adequadamente severa.

– Bem? – ela perguntou, quando o espetáculo terminou. – Aconteceu alguma coisa?

Foy deu de ombros.

– Nenhum suspeito por perto se é o que quer dizer. Vamos ver agora se a televisão faz alguma mágica, certo?

Subitamente, pareceu muito confiante. Não era mais o homem deprimido e frustrado que ela vira na noite anterior. Megan imaginou o que ele estaria escondendo dela. Ela tinha a impressão de que Foy tinha uma carta oculta na manga.

– Gostaria de interrogar o casal da igreja – disse ela. – Tudo bem para você?

Seus olhos se estreitaram.

– Alguma razão em particular? Ambos têm álibis prováveis.

– Eu sei. – Ela sustentou o olhar. – Mas pelo que depreendi, eram os únicos amigos verdadeiros de Tessa. Queria saber mais sobre a vida dela na última semana, não a vida que ela estava vivendo há 18 meses. Acho que isso é importante, você não?

Agora é impossível. Sem chance de sair. Tão frustrante, com a multidão lá fora. Mas a primeira ainda está cozinhando. Nada nos jornais a respeito dela. Deve estar bem adiantado agora, com esse tempo tão quente. Deve haver moscas. Vermes, também, provavelmente. Fazendo o que sabem fazer. Que tomada seria aquela. A câmera varrendo o quarto. Silêncio, só o zumbir dos insetos. A câmera fecha no que parece ser um monte de trapos sobre a cama. Close-up da cabeça. Corte para os créditos...

Capítulo 9

O cálice de prata brilhou sob os raios de sol que entravam pela janela da cozinha. Havia um trapo escurecido ao lado e o ar fedia a polidor de metais. No outro lado da cozinha, a tábua de passar roupa ainda estava armada, uma veste ritual branca sobre ela e o ferro em pé sobre a extremidade à prova de calor. Jenny Spelman deixou tudo como estava e foi abrir a porta. Dissera a Megan que ela e o marido estavam se preparando para ministrar um culto em um lar de idosos.

– Quando Tessa veio até a igreja naquela noite, estava à beira de um colapso nervoso – disse Bob Spelman.

Sentado à mesa da cozinha, olhava diretamente para Megan de um modo desconcertante. Ele era um homem magricela com um rosto sangüíneo e uma rala cabeleira castanha. Não era atraente do modo convencional. Mas havia algo muito arrebatador no jeito dele. Megan não conseguia definir o quê.

– Ela ficou sentada durante todo o serviço religioso. – Jenny Spelman, sentada perto do marido, continuou a história. – Mas quando ela foi embora, uma das pessoas cujo trabalho é dar as boas-vindas aos recém-chegados foi falar com ela. Gwen, creio eu. – Ela se voltou, a sobrancelha erguida em um ponto de interrogação e ele assentiu com um movimento da cabeça. – De qualquer modo, Gwen só perguntou se ela era de Pendleton e Tessa irrompeu em lágrimas.

– A mulher fez uma pausa, baixando os olhos como se estivesse embaraçada por estar traindo a confiança de alguém.

Megan a estudou um instante. O cabelo castanho, longo e naturalmente encaracolado estava ficando ligeiramente grisalho nas têmporas, mas estava puxado para trás por dois prendedores. Sem intenção de ocultar coisa alguma. E nem um pingo de maquiagem. Seus olhos azuis eram aprisionados por óculos de lentes muito grossas.

– Quando foi isso exatamente? – perguntou Megan.

– Faz um ano. Era domingo de Páscoa. Bob e eu estávamos de plantão naquela noite, não estávamos? – Ela voltou a olhar para ele. – Temos um grupo de orações domingo à noite. Se alguém precisa de orações, pode vir após o culto e quem quer que esteja de plantão reza com esta pessoa.

– E Tessa apareceu, não é? – perguntou Megan.

– Não exatamente, não – respondeu Bob Spelman. – Foi Gwen quem a trouxe para nós. Quero dizer, após ela ter começado a chorar.

– E ela lhes disse por que estava tão perturbada?

– Não a história toda, não naquele dia. – Ele pegou o vidro de lustra-móveis e abriu a tampa. – Disse estar tendo problemas com o marido, foi tudo.

– Ela contou que estava tendo um caso?

– Não naquela noite. Só quando passou a freqüentar nosso grupo ela se abriu... – Ele fez uma pausa, trocando olhares com Jenny. – ...bem, a respeito de coisas de seu passado. Desculpe-nos, mas é difícil para nós falar neste assunto. Veja, só descobrimos ontem que...

– Eu sei – disse Megan. – E agradeço estarem falando comigo. – Com o canto do olho, viu Jenny Spelman tirar um lenço da manga do suéter e enxugar os olhos.

– Desculpe ter de lhes perguntar isso – prosseguiu Megan –, mas pode ser importante. Tessa desconfiava que o marido também era infiel?

Bob Spelman balançou a cabeça.

– Não. Quando ela veio a nós, estava vergada pela culpa. Disse ser sua culpa e que queria salvar o seu casamento. Acho que foi perigoso confessar que tivera um caso, mas rezamos para que Richard a perdoasse.

– E você acha que ele perdoou?

– Ah, sim. Eles estavam muito felizes nestes últimos meses. É o que torna tudo tão trágico. – Bob Spelman fungou alto e, por um instante, Megan achou que ele também ia chorar. Em vez disso, pegou o trapo com o qual polia o cálice, esfregando um canto do tecido entre o polegar e o indicador até formar uma ponta dura.

– Ela alguma vez sugeriu estar sendo perseguida de algum modo? Que alguém queria pegá-la? – perguntou Megan.

– No começo, sim – respondeu o homem, olhando-a com um resquício de surpresa. – Por isso pedimos que pusesse tudo em pratos limpos com o marido. Alguém estava ameaçando contar tudo para ele.

– Ela disse quem, exatamente?

Ele balançou a cabeça.

– E não sugeriu que ela fosse à polícia? Afinal, o que estão descrevendo me soa como uma chantagem.

– Não, Dra. Rhys. – Bob Spelman suspirou. – Não era exatamente chantagem. E achamos que orações e transparência eram uma solução melhor do que envolver a polícia. Não creio que isso fosse ajudar alguém.

– Suponho que vocês saibam que o homem que a polícia deteve como suposto assassino de Tessa é seu ex-amante? – A voz de Megan soou mais ríspida do que ela pretendia. Ela ouviu algo como um soluço abafado e esperou Jenny Spelman começar a chorar outra vez. Mas a mulher se recompôs e olhava para o lenço que tinha em mãos.

Bob Spelman pareceu chocado.

– É Sean Raven, não é? Eu não sabia. – Ele suspirou. – Eu o encontrei algumas vezes, nada a ver com Tessa, mas em ocasiões em que ele quis usar o salão da igreja para reuniões de ocultismo. – Ele fez uma pausa, fechando a mão com o trapo dentro dela. – Pelo que vi dele, não parecia ser o tipo de homem que sente ciúmes de uma mulher. Ele vive cercado por elas. Elas ficam ali, bebendo as suas palavras. Tessa o descreveu como viciado em sexo e, até onde posso ver, ele é a última pessoa que acho que seria capaz de cometer um crime passional.

Megan olhou para o homem com certa admiração. Teria sido mais fácil para ele condenar Sean Raven. Afinal, Raven representava tudo que ele desprezava. Ao invés disso, o estava defendendo.

– O que o faz pensar que foi um crime passional? – ela perguntou.

Ele franziu a testa, uma única linha aparecendo entre as sobrancelhas escuras.

– Se Tessa não foi morta pelo ex-amante, que outro tipo de crime pode ser esse?

– Bem, você mencionou o ocultismo, Sr. Spelman.

A linha se aprofundou.

– Está sugerindo que a morte de Tessa foi algum tipo de ritual de magia negra?

– Você já viu algo assim?

Ele fechou os olhos, apertando as pálpebras como se estivesse se concentrando. Então, ele as abriu outra vez, inspirando profundamente.

– Não, Dra. Rhys. Ouvi todo tipo de histórias sobre as coisas horríveis que os bruxos fazem, mas não tenho nenhuma experiência a esse respeito. – Ele olhou para o trapo que tinha nas mãos. – Falei com Sean Raven sobre suas crenças quando eu o visitei na prisão. É basicamente uma religião natural. Obviamente não concordo com ele, mas nada do que ele descreveu pode ser interpretado como deliberadamente malévolo ou malicioso.

Os olhos de Megan se estreitaram.

– Você o visitou na prisão? Por quê?

– Temos um grupo de atividades de campo na igreja de St. Paul – explicou. – Ministramos cultos na prisão de Whiteladies uma vez por mês e alguns de nós fazem visitas também.

O coração de Megan começou a bater mais rápido. Whiteladies era uma prisão aberta em Shropshire, localizada a uns 20 quilômetros de Pendleton. E se Tessa Ledbury estivera envolvida com aquilo? Sendo Pendleton a comunidade mais próxima, havia uma grande possibilidade de os presos de uma cadeia *aberta* terem algum acesso à cidade.

– Tessa fazia parte deste grupo? – perguntou ela.

Bob Spelman balançou a cabeça.

– Era algo que a aconselhamos a não fazer. Pensamos que seria melhor ela evitar Sean Raven completamente. Parar de vê-lo de uma vez.

Megan sentiu-se frustrada. Por um instante achou ter encontrado alguma coisa. Mas ela entendera errado. E, de qualquer modo, pensou, o que um criminoso sexual violento estaria fazendo em uma prisão aberta?

– Na verdade – disse Jenny Spelman –, ela tomou a decisão de parar de ver todas as pessoas que estavam ligadas à sua vida anterior, não é mesmo, Bob? Ela disse que não queria se expor a qualquer tentação. – Seu rosto se retorceu e uma lágrima caiu na borda de seus óculos. – Ela era tão boa pessoa – disse a mulher. – Todos nós gostávamos dela. Não posso crer que tenha morrido!

Bob Spelman pousou um braço ao redor dos ombros da mulher e acariciou-lhe o cabelo. Houve um silêncio incômodo quando Megan perguntou-se se devia tentar continuar.

– Desculpe, Dra. Rhys – disse ele afinal. – Há algo mais que queira perguntar?

Seu tom de voz era mais gentil que desinteressado, de modo que ela decidiu tentar mais uma pergunta.

– Tessa telefonou para vocês minutos antes de morrer – disse ela. – Têm alguma idéia do porquê?

– Creio que devia ser sobre as flores da igreja – murmurou Jenny Spelman. – Você disse isso à polícia, não disse Bob?

– Sim. – Ele sorriu com tristeza. – Ou seja, assim que consegui convencê-los de que realmente passei toda a manhã de quinta-feira dando aulas de direção. Disse-lhes que Tessa provavelmente ligara para saber se deveria fazer os arranjos de flores da igreja. Jenny estava escalada para fazê-lo, mas estava doente, não é?

A mulher meneou a cabeça, erguendo os óculos para enxugar os olhos.

– Sim. Faltei ao estudo da Bíblia na terça-feira e Tessa disse a Bob que cuidaria das flores caso eu não melhorasse.

– Vocês acham que ela pode ter ido à igreja de St. Paul na manhã em que morreu? – perguntou Megan. – Se ela achou que cuidaria das flores, não teria ligado para lá primeiro?

– Não poderia – disse Bob Spelman. – Nas quintas-feiras, a igreja só abre a partir do meio-dia, e ela não tem as chaves.

– Então a igreja é mantida fechada a maior parte do tempo? – Megan franziu a testa. – As pessoas não podem simplesmente entrar e rezar?

– Não. É uma pena, mas é um dos fatos desoladores da vida moderna. Houve um bocado de roubos em Pendleton nos últimos anos e infelizmente a igreja de St. Paul é um alvo preferencial. Por isso começamos a guardar coisas assim em casa. – Tocou a haste do cálice com o indicador e o polegar. – Mas posso adivinhar o que está pensando, Dra. Rhys – disse ele lentamente. – Fanáticos religiosos? Loucos? Não sei qual seria o termo correto. E, sim, às vezes aparece gente assim na igreja de St. Paul. É inevitável. A igreja está lá para ajudar as pessoas com problemas e não mandamos ninguém embora. – Fez uma pausa, encarando-a. – Mas se acha que alguém assim é responsável pelo que houve com Tessa, só posso dizer que não há como ela ter sido seguida da igreja naquela manhã. – Ele fez uma pausa, afastando os dedos do cálice. Em seguida, pegou a mão da mulher e a apertou levemente. – Rezaremos por você – disse ele.

Megan lançou um olhar nervoso para seu carro ao sair da casa dos Spelman. Estava no centro de Pendleton. A cinco minutos da casa de Tessa Ledbury e a algumas ruas do endereço de Sean Raven que constava do arquivo da polícia. Quanto mais pensava a respeito, mais certa ficava de que Mariel Raven era responsável pelo pentagrama desenhado com batom no pára-brisa de seu carro. Com exceção da polícia, ela era a única a saber o que fizeram no corpo de Tessa. Mas por quê? A pergunta ecoava na mente de Megan desde a noite anterior. Teria sido uma imprudência, ou algo muito mais sinistro?

O carro estava exatamente onde ela o deixara. Lá dentro, tirou o mapa do porta-luvas e procurou o nome da rua de Raven. Era ainda mais perto da casa dos Spelman do que ela pensava. Logo ela estava lá, procurando o número 171. Não teve de procurar muito. A dobrar uma curva viu um bocado de gente na calçada. Fotógrafos e jornalistas acampados diante da casa de Raven. Megan acelerou e passou direto. Nada ganharia ali, pensou. Teria acontecido alguma coisa? Sean teria sido solto?

Ela mudou de estação no rádio do carro, tentando pegar um boletim de notícias. Mas ao chegar em casa, tudo o que conseguiu saber foi o resultado do último jogo de críquete e o melhor meio de manter as lesmas longe das plantas sem usar pesticida. A multidão e os repórteres não significavam necessariamente algo novo, refletiu. Podiam estar ali desde que Sean Raven foi preso.

Pendurando o casaco no corrimão, foi direto para o seu estúdio. Nenhum e-mail de Steve Foy. Apenas duas mensagens de Patrick. Uma era sobre uma obra de referência acadêmica que ele não conseguiu achar na biblioteca de Liverpool e a outra dizia simplesmente: vejo você amanhã.

Megan olhou para a tela, franzindo o cenho. Ele enviara um e-mail na véspera para dizer que o seu telefone estava quebrado. Não havia telefone em seu quarto na ala dos residentes de modo que, a não ser que fosse a um telefone público, os e-mails eram os únicos meios de comunicação entre os dois.

Mas as suas mensagens geralmente eram mais longas e muito mais românticas. Ele sempre deixava bilhetinhos pela casa para que ela os encontrasse e agora que ele estava ausente ela esperava que ele fosse, no mínimo, mais comunicativo pelo computador. Ela tinha uma sensação incômoda de que algo estava errado mas, incapaz de falar com ele de modo adequado, era impossível descobrir o que era.

Megan tentou tirar aquilo da mente. Poderiam ter uma longa conversa quando ele voltasse na noite seguinte. Ela desceu a escada e ligou a TV, deixando a porta da sala de estar aberta quando foi à cozinha fazer café. Justo quando a chaleira começou a apitar, ela ouviu o familiar tema de abertura do noticiário local da hora do almoço, e voltou para ver as manchetes. Um grupo de peritos vestindo aventais brancos e atravessando uma rua fechada pelo cordão de isolamento da polícia a alertou antes de o locutor abrir a boca: "*O corpo de uma segunda mulher é encontrado em Wolverhampton e teme-se que haja um assassino em série à solta...*"

Megan sentou-se no sofá, olhando para o locutor mas sem ouvir enquanto ele anunciava demissões em uma montadora de carros local e o nascimento de sêxtuplos em Birmingham. Então, imagens de uma casa vitoriana muito semelhante à de sua irmã apareceu na tela e sua mente voltou a funcionar quando o apresentador retornou à matéria principal: "*A descoberta do corpo de uma mulher em uma casa em Wolverhampton espalha o temor de que um assassino em série voltou a atacar. Joanna Hamilton, de 25 anos, foi encontrada morta depois que a polícia invadiu a sua casa esta manhã.*"

Viu alguns peritos e a van que transportava o corpo se afastando da casa. A mente de Megan acelerou. Se o corpo fora encontrado naquela manhã, refletiu, a mulher provavelmente fora morta na noite anterior. Quando Sean Raven ainda estava sob custódia...

"*A polícia se recusou a confirmar a informação de que a vítima foi morta a facadas. Dizem que não darão nenhuma confirmação oficial da causa da morte até ser feita a autópsia do corpo. Mas não afastam a possibilidade de a morte estar ligada ao assassinato de Tessa Ledbury, mãe de três filhos, morta a facadas em sua casa no subúrbio de Pendleton, em Wolverhampton, há uma semana.*"

O som estridente do telefone celular de Megan superou a voz do apresentador e ela correu até o corredor para pegá-lo na bolsa.

– Megan? É Steve Foy... – Parecia ofegante e agitado.

– Acabei de ver a notícia – interrompeu Megan, frustrando o entusiasmo dele. – Quando aconteceu?

– Ah, nosso amigo Sean ainda não está fora de suspeita. Mas não mesmo. – Ele soava como uma cobra antes do bote. – Estamos esperando confirmação oficial do patologista, é claro, mas se avalia que a pobre mulher deve estar naquela casa há mais de uma semana. – Ele fez uma pausa, esperando as suas palavras serem bem assimiladas. – Achei que gostaria de participar da autópsia – disse ele com a voz suave que ela sabia que ele usava quando estava sendo profundamente sarcástico. – Parece que temos outro caso de homicídio com requintes de violência.

Capítulo 10

Os dedos de Megan deixavam rastros de transpiração no volante enquanto ela lutava para entrar de ré em uma vaga no estacionamento do necrotério. Ainda usava o conjunto de lã azul-marinho que pusera naquela manhã e, agora, queria vestir algo mais fresco. Enquanto ajeitava o carro na vaga, viu uma figura familiar pelo espelho retrovisor. Era Dave Todd. Ele descia a escadaria, curvado, amparando alguém bem mais baixo que ele. Enquanto Megan observava, Kate O'Leary os alcançou. Foram até um Ford Mondeo preto e Dave abriu uma das portas de trás. Agora, Megan podia ver que a pessoa com quem ele estava era uma jovem. Seu rosto parecia muito vermelho e ela trazia um lenço a alguns centímetros da boca, do modo como alguém faria caso estivesse com ânsia de vômito.

Kate entrou depois da mulher, Dave sentou ao volante, saiu da vaga em uma rápida manobra e acelerou em direção à saída no outro lado do estacionamento.

Steve Foy esperava Megan em uma sala pequena e parcamente mobiliada. Um par de cortinas pesadas cor-de-rosa cobria as janelas e um gerânio artificial desbotado podia ser visto em um vaso no peitoril. Havia uma divisão em uma parede e, através dela, podia-se ver uma maca com rodinhas coberta com um lençol branco amarrotado, como se algo pesado estivesse deitado ali. Agora Megan sabia por que a mulher que vira parecia tão abalada. Ali era a sala de reconhecimento. O lugar onde os parentes das vítimas eram trazidos para identificar os corpos.

– Quem era? – Megan inclinou a cabeça para o estacionamento.

– A jovem chama-se Vicky Tomlins – respondeu Foy. Emitiu um suspiro e balançou a cabeça. – Pobre menina. Não é uma visão agradável para ninguém, mas quando é a sua melhor amiga...

Megan suspirou e balançou a cabeça.

– Foi ela quem avisou a polícia – prosseguiu ele. – Tinham marcado de almoçar ontem mas Joanna não apareceu. Vicky disse que ligou várias vezes mas sempre caía na secretária eletrônica. Então resolveu ir até a casa dela. – Foy procurou um pacote de pastilhas de menta no bolso e ofereceu uma para Megan. Ela balançou a cabeça. – De qualquer modo – continuou ele, a pastilha formando um volume em sua bochecha –, há um beco ao lado da casa e, ao olhar pelo portão dos fundos, ela notou que uma das latas de lixo fora derrubada. Um animal arrastara para fora uma carcaça de frango e fizera uma bagunça. Aquilo a deixou desconfiada.

– Por quê? – Megan franziu as sobrancelhas.

– Ela disse que Joanna era obsessivamente organizada. Do tipo que veria aquilo e imediatamente limparia tudo antes de fazer qualquer outra coisa.

– Mas como ela podia saber que Joanna não havia ido a algum outro lugar?

– Porque ela não pôs as latas de lixo na frente da casa. Vicky disse que ela jamais saía sem fazer isso.

– Hum. – Megan pensou um instante. – Não há parentes? Quero dizer, ninguém mais que dê pela falta dela?

– Bem, há um ex-marido, mas ele está na Austrália. Não têm filhos. E, de acordo com Vicky, também não há namorado algum.

– E ela não trabalhava?

– Ah sim, era uma ilustradora freelance. Trabalhava em casa.

– Então, ninguém deu pela falta dela afora esta Vicky?

Foy balançou a cabeça.

– Assustador não é?

– Bem, sim – disse Megan. – Os vizinhos perceberam alguma coisa?

– Não são do tipo de gente que perceba algo – disse Foy. – De um lado há uma senhora acamada e, do outro, uma casa repleta de estudantes. Não creio que sequer saibam o nome dela. Evidentemente, ela se mudou para lá há poucos meses.

– Onde exatamente ela morava? Pareceu ser uma casa antiga. De qualquer modo, antiga demais para Pendleton.

– Não é em Pendleton – disse Foy. – É em Stockhall. A uns 5 quilômetros daqui, em direção ao centro de Wolverhampton.

– Sim, sei onde fica. – Megan sentiu um frio no estômago. – Minha irmã mora lá. Qual é a rua?

Quando Foy disse o nome, Megan fez um esforço de concentração, criando um mapa mental das cercanias da casa de Ceri. Não, não era uma rua que ela fosse capaz de localizar. Mas aquilo não a fazia se sentir menos ansiosa. Teria de olhar o mapa ao voltar para o carro.

A porta se abriu e apareceu um homem de óculos com um jaleco branco de laboratório.

– O Dr. Laine disse que está pronto para começar – disse ele.

O cheiro chegou a Megan antes de ela entrar na sala. Infiltrara-se pelo vão das portas e pelo corredor como algum espírito invisível e malévolo atacando os seus sentidos. Involuntariamente, ela levou a mão à boca.

– Desculpem o mau cheiro – disse o patologista dando de ombros enquanto entravam. – Temos um exaustor funcionando no máximo, mas acho que não está dando conta.

Lentamente, Megan ergueu a cabeça, tentando se preparar para a visão terrível que estava prestes a ter. Ela participara de talvez uma dúzia de autópsias desde que começara a trabalhar para a polícia, mas nunca uma em que o estado de putrefação estivesse tão avançado.

A primeira coisa que olhou foram as pernas e os pés. Ela se concentraria ali e lentamente moveria os olhos para cima, para ver o resto do corpo. Tentaria evitar a cabeça até ter de analisá-la. Sem olhar a cabeça, poderia se distanciar mais. Fingir que os membros verdes com veias escuras marmorizadas não eram reais e, sim, próteses de um cenário de filme de terror.

– Como podem ver – dizia o patologista –, a putrefação no local dos ferimentos está consideravelmente mais avançada do que no restante do corpo.

Os olhos de Megan vagaram das pernas para o tronco. A barriga estava tão inchada que um observador leigo poderia ter pensado equivocadamente que a vítima estava grávida. Mas ela havia previsto aquilo. Depois de uma semana os gases do abdome se expandem, dando aos cadáveres esta aparência caracteristicamente intumescida.

– Isso é consistente com o trauma causado no corpo – prosseguiu o patologista. – A destruição da hemoglobina por bactérias no lugar do ferimento ou abrasão dá uma aparência escurecida à pele em torno.

Megan permitiu-se olhar um pouco mais para cima, de modo que pudesse ver o peito da vítima. A pele verde-pálida do pescoço dava lugar a uma maçaroca escurecida de carne dilacerada.

– Você conseguiu estimar o número de facadas? – Steve Foy curvou-se para se aproximar do corpo, aparentemente indiferente à sua aparência.

– É difícil dizer até começarmos a dissecação – disse o patologista. – O avançado estado de putrefação costuma se confundir com os pontos de entrada. Teremos uma idéia melhor quando examinarmos o coração e os pulmões, embora eu ache que a maioria dos ferimentos foram superficiais.

– Mas pode nos dar uma cifra aproximada? – forçou Foy. – Quero dizer, seriam menos de, digamos, cinqüenta? Mais de vinte?

– Em uma estimativa conservadora, diria que não menos de 25. – O patologista voltou-se para o assistente que lhe entregou um diagrama de um corpo humano. A área do tórax estava pontilhada de marcas de caneta vermelha. – Esta é uma representação da aparência da parte superior do tronco – disse ele.

– Hum. – Foy estudou o diagrama e passou-o para Megan. – O que acha?

– É muito semelhante à distribuição de ferimentos no corpo de Tessa Ledbury, não é? – ela respondeu. – E quanto às roupas? Estava vestida quando a encontraram?

– Sim – disse Foy. – Estava inteiramente vestida. Foi esfaqueada através das roupas, como Tessa, mas não foi despida depois.

– E quanto à arma? – Ela se voltou para o patologista. – A putrefação chegou a ponto de não podermos determinar que tipo de faca foi usada?

– Infelizmente, sim – disse ele. – Repito, teremos uma melhor idéia quando dissecarmos o corpo, mas temos de levar em conta que o inchaço dos órgãos internos altera as dimensões de qualquer laceração de tecido.

– E quanto à cabeça? – Foy deu um passo em direção à parte de cima da maca. – Está um horror, não é mesmo? – Fez a pergunta para o patologista mas seus olhos estavam voltados para Megan. Ela não podia adiar mais. Tinha de se obrigar a olhar.

O rosto mal parecia o de um ser humano. Os traços estavam tão grotescamente alterados que era impossível imaginar como era a mulher em vida. A boca e as faces estavam inchadas e descoradas e a pele ao redor dos olhos estava tão escura e intumescida que ela parecia ter sido socada.

– Não se enganem com o aspecto do rosto – disse o patologista, como se lesse os pensamentos dela. – A única área de trauma é a testa. O resto é consistente com o estágio de putrefação.

Megan permitiu que seu olhar subisse até o rosto da mulher. Aqueles olhos voltariam para assombrá-la, ela sabia. Hoje à noite, talvez. Ou amanhã, quando ela estivesse nos braços de Patrick.

– Como a amiga conseguiu identificá-la? – ela perguntou.

Foy apontou para o ombro direito do corpo.

– Pela tatuagem de um ideograma chinês nas costas – disse ele. – Significa "felicidade".

Megan estremeceu. Ela olhou para a testa da mulher, concentrando-se naquela área de carne escurecida, com cerca de 8 centímetros quadrados, que guardava a chave para aquele homicídio.

– Você viu Tessa Ledbury – disse Foy para o patologista. – Poderia ser esse um tipo de ferimento semelhante?

– É impossível dizer – respondeu, o bisturi pairando sobre a testa da mulher. – Não há como dizer, tal o estado da pele. A única pista possível está no osso imediatamente abaixo. – Ele moveu o bisturi em um movimento circular, como se mexendo uma xícara de chá. – Há uma pequena chance de que o assassino tenha deixado uma impressão de seu instrumento no crânio, embora deva dizer que não foi o caso com Tessa Ledbury. A marca em sua testa era um ferimento que só atingiu a carne.

– Então está dizendo que, a não ser que o assassino tenha exercido mais força ao traçar este pentagrama nesta vítima, não haverá qualquer dano ao osso? – Foy franziu as sobrancelhas.

– É mais ou menos isso, sim – o patologista assentiu.

– E quanto ao cabelo? – Megan olhava para os longos cachos castanho-escuros que brotavam das têmporas. – O cabelo de Tessa Ledbury foi mantido para trás com um par de grampos.

– Desculpe, eu não disse a você – falou Foy rapidamente. – Havia um prendedor de cabelo dourado com bijuterias incrustadas. Foi removido. Vicky Tomlins disse que Joanna o usava freqüentemente.

– Então acha que ela o estava usando quando foi atacada?

– Difícil dizer. Ele pode tê-lo encontrado e usado, em vez dos grampos.

– Alguma mordaça? – Megan olhou para a boca inchada com seus lábios anormalmente escuros. – O assassino de Tessa deixou um pano de prato saindo da boca da vítima.

– Ainda não abrimos a cavidade oral – disse o patologista. – Vocês podem ficar e assistir à dissecação se quiserem, mas eu advirto, vai ser um trabalho demorado e muito sujo. Havia vermes no corpo quando foi encontrado e espero encontrar mais quando abrir.

– Não, está tudo bem. – Pela primeira vez, o rosto de Foy traiu o fato de que ele estava achando aquilo tão desagradável quanto Megan. – Você me liga caso encontre alguma coisa. – Isso foi dito em lugar de suas despedidas, enquanto ele caminhava para a porta tirando a touca cirúrgica que escondia o cabelo cor de cenoura, que parecia ainda mais notável do que o habitual, em contraste com a palidez de sua pele. Por uma fração de segundo, Megan o viu deitado no lugar da mulher na maca. Era aterrorizante, refletiu, pensar que um ser humano podia ser reduzido a nada mais que um monte de ossos fedorentos no espaço de apenas alguns dias.

Ela deixou o lugar invadida por um misto de emoções, como sempre se sentia após encontros como esse. Por um lado sentia um forte impulso de fugir. Recusar-se a ter qualquer contato com a depravação cujo resultado final ela acabara de testemunhar. Sabia que a lembrança do corpo devastado de Joanna Hamilton estaria com ela para o resto da vida, para estragar os seus instantes de felicidade.

Estava no carro agora, seguindo o Audi de Foy até a saída do estacionamento. Ela não tinha de segui-lo. Podia dirigir até a casa da irmã em vez disso, brincar com Emily e Joe, fazer coisas normais. Ela hesitou na esquina, quando Foy dobrou à esquerda. Então, uma voz ecoou em sua cabeça, afogando o resto. *Se se acovardar agora, alguém mais vai morrer. Tire das ruas quem quer que tenha feito isso.*

Ceri estava sentada no café em Pendleton. Estava bem mais lotado do que o habitual, mas ela conseguira arranjar uma mesa. Ela olhou em torno. Graças a Deus não havia outros estudantes ali. Sob a toalha de mesa quadriculada, Justin esfregava o joelho em sua coxa.

– Tem certeza de que quer mesmo isso? – O modo como a olhou fez com que ela se sentisse absolutamente destemida.

– Sabe que quero.

– Quando, então?

– Logo – disse ela sorrindo, tirando o pé do sapato e esfregando os dedos nus na perna dele. – Ele vai viajar.

Ela o encarou, suas fantasias particulares dominando, obscurecendo a visão e os sons do café: a casa estava vazia. Justin nu na cama. A sensação em sua pele quando ele a tomasse nos braços. Ela fechou os olhos.

Megan recapitulou os fatos enquanto seguia Foy de volta à delegacia. O número e o padrão dos ferimentos eram os mesmos em ambas as mulheres. Ambas tinham algo gravado em suas testas e os cabelos afastados do rosto. Mas sem fortes evidências de que o que havia na testa de Joanna Hamilton era um pentagrama, ainda haveria diferenças suficientes para se questionar se as duas mulheres foram vítimas do mesmo assassino.

Tessa tinha 36 anos de idade e era loura enquanto Joanna tinha 25 e era morena. O corpo de Tessa estava despido e o de Joanna foi encontrado vestido. As perguntas se acumulavam na mente de Megan. Ela precisava falar com Vicky Tomlins. Descobrir se havia alguma ligação entre as duas mulheres, mesmo que tênue. O que ela mais queria saber era se Joanna Hamilton alguma vez estivera no centro comercial de Pendleton.

Foy a esperava fora da delegacia. Quando entraram, uma dupla de bêbados gritava com o policial de plantão na portaria. Foy não moveu um músculo.

– Dave e Kate voltaram? – Foi tudo o que ele disse, erguendo a voz ligeiramente acima do burburinho.

– Estão na sala da equipe de investigação, chefe – disse o policial sem erguer a cabeça. Um dos bêbados começou a arrancar um cartaz de "procurado" da parede e o outro cambaleava na direção de Megan, parecendo estar a ponto de vomitar. Subitamente, três policiais uniformizados se materializaram por trás de uma porta. Foy a afastou rapidamente, enquanto gritos os seguiram pelo corredor.

– Chefe? – Dave Todd ergueu a cabeça, ansioso, quando entraram na sala.

– Onde está Kate? – Foy sentou-se pesadamente em uma mesa repleta de sacos de provas.

– Nos fundos, com os peritos – disse ele. – Divertiu-se?

Foy balançou a cabeça.

– O corpo foi um aborto total. Nenhuma prova pericial por causa do estado de decomposição. – Ele deu de ombros. – Se havia algum esperma envolvido neste caso, jamais saberemos. E quanto a você?

– Bem, não encontramos coisa alguma que a ligue a Tessa Ledbury – respondeu. – Mas acho que estamos chegando perto de estabelecer a hora da morte. A tal Vicky disse que elas sempre se encontravam às quartas-feiras.

– É, ela já me disse que deveriam ter se encontrado ontem. – Foy soou impaciente. – Como isso nos ajuda a estabelecer a hora da morte?

– Bem, o motivo de não terem se encontrado na quarta-feira foi porque Joanna estava com vôo marcado para Paris. Partiria no dia seguinte ao último encontro delas, que foi há duas semanas. – Todd espantou uma mosca que pousara no seu braço. – Vicky disse que Joanna estava planejando passar uma semana em Paris para buscar nas galerias de arte a inspiração de que precisava para o próximo livro que lhe fora encomendado. Mas ela não embarcou no Aeroporto Internacional de Birmingham na tarde de quinta-feira. Isso significa que ela deve ter morrido entre 14h30 de quarta-feira e cerca das 11h de quinta-feira.

– Entendo. – Foy meneou a cabeça. – O que quer dizer que estava morta há duas semanas.

– Assim parece, chefe.

– Pode haver um padrão aí, não é mesmo? – Os homens ergueram a cabeça, assustados com o som da voz de Megan, como se tivessem esquecido que ela estava ali. – Tessa morre em uma manhã de quinta-feira. Joanna morre entre a tarde de quarta-feira e a manhã de quinta-feira. Onde as amigas se encontravam para almoçar? – Ela subitamente se lembrou do café em Pendleton e sua mente corria como um trem expresso.

– Na Beatties – disse Todd, derrubando a teoria dela com uma única palavra. – Era onde sempre se encontravam. Aquela, a loja de departamentos no centro de Wolverhampton, conhece?

Megan assentiu.

– Sabemos para onde ela foi depois de almoçarem? Quero dizer, ela disse a Vicky que ia fazer compras ou algo assim?

– Ela disse que iria direto para casa fazer as malas para a viagem.

– E se ela precisou de algo de última hora para levar? – perguntou Megan. – O supermercado mais perto de Stockhall é o de Pendleton.

– Ela pode ter recorrido às lojas locais – disse Foy lentamente. – Ficam a apenas dois minutos da casa dela.

– Sim, mas todas fecham às 5h30 – rebateu Megan. – O supermercado em Pendleton fica aberto pelo menos até as 8h, não é?

– Bem, suponho que ela possa ter feito isso – resmungou Foy. – Mas não creio ser muito provável porque ela não tinha carro.

– Ela podia ter chegado lá de algum outro modo, não podia? – insistiu Megan. – De ônibus. Ou uma bicicleta. – Ela o olhou diretamente. Ainda não o perdoara por omitir o relato daquela testemunha.

– Tudo bem, tudo bem! – Foy olhou para o teto. – Você já verificou a bolsa dela, Dave?

– Sim, chefe. Nenhum recibo posterior ao dia em que ela encontrou Vicky Tomlins para almoçar.

– Mas alguns desses recibos eram de compras feitas em Pendleton? – Foy soava exasperado.

– Eu, ãh, creio que sim, sim. – Ele folheou o bloco de notas. – Eu os estava conferindo mais para estabelecer a hora da morte. – Seu rosto corou e Megan sentiu uma pontada de simpatia por ele. – Terei de verificar.

– Mande os peritos verificarem isso, certo Dave? – latiu Foy. – Faça-os conferir os códigos de barra nos supermercados. Ah, e não esqueça daquele saco de lixo lá fora. – Soou sério o bastante, mas Megan tinha a sensação de que aquilo não passava de encenação. Ele se denunciara naquele telefonema que fizera para ela quando o corpo fora encontrado. Sean Raven ainda era seu principal suspeito.

Houve um silêncio incômodo quando Dave Todd deixou a sala. Megan perguntou-se o que Foy estaria pensando.

– O que acho difícil de acreditar é que Vicky Tomlins fosse a única amiga de Joanna Hamilton – disse ela. – É estranho, não acha? Ambas as vítimas terem um círculo social tão limitado.

Ele franziu as sobrancelhas.

– Bem, no caso de Joanna não era assim tão limitado. Não faz muito tempo que se mudou da Austrália, mas estamos verificando os grupos locais aos quais pode ter se afiliado, esse tipo de coisa.

– Você se refere à assembléia de bruxos de Sean Raven, suponho? – Megan olhou para ele. – E...?

– E nada. – Soou tímido. – Carole-Ann Beddowes disse que nunca a viu. Obtivemos o mesmo nos outros dois que rastreamos.

– E o próprio sujeito? – As sobrancelhas de Megan se arquearam. – Vamos, Steve, não me diga que ele não estava de volta à sala de interrogatório no minuto que o corpo de Joanna foi encontrado?

– Chefe!

Antes de Foy poder dizer qualquer coisa, Kate O'Leary entrou quase cambaleando na sala. Carregava uma enorme pilha de livros, cada um deles metido em um saco de provas.

– Olhe para isso, chefe – disse ela, inclinando-se na mesa de modo que escorregaram suavemente de seus braços.

Foy pegou um e leu a capa através do plástico.

– "O Tarô Thoth" – disse ele. – "Uma introdução aos desenhos de Aleister Crowley inspirados no oculto." – Seus olhos se estreitaram antes de jogar o livro de lado e pegar outro. – "Rainha da Noite" – leu. – "Explorando a lua astrológica." – Megan podia ouvir a excitação em sua voz quando pegou outro volume, desta vez um livro grosso com uma capa vivamente ilustrada. – "A astrologia de Parker: o guia definitivo para o uso da astrologia em todos os aspectos de sua vida." – Ele assobiou alto. – Obrigado, Senhor – suspirou, empurrando os livros em direção a Megan e pegando outro punhado.

– Estavam na estante do quarto dela – disse Kate. Soava sem fôlego. – Não acredito que eu não os tenha percebido.

– Há alguma coisa de bruxaria aí? – Megan olhou os livros que Foy ainda não pegara.

– Bruxaria propriamente dita, não – disse Kate. – Mas há um bocado de tarô e astrologia. Obviamente ela era membro da brigada dos malucos.

– Acho que isso é ir um pouco longe demais, não acha? – disse Megan, tirando da pilha um livro sobre cristais. – Diria que esses são livros muito comuns. Ou está sugerindo que todo mundo que leia horóscopo e acenda velas aromáticas seja ligado ao ocultismo?

Kate olhou-a feio e disse:

– Ora, vamos! Aleister Crowley? Não sabe o tipo de sujeira pervertida em que ele estava metido?

– Claro que sei – respondeu Megan, tomando em mãos o primeiro livro que Foy pegou. – Mas a mulher era uma ilustradora e este aqui tem a palavra "desenhos" no título. Pelo que sabemos, é mais provável que tenha comprado o livro pelas figuras, não pelo conteúdo.

Ela olhou para Foy mas os olhos dele estavam repletos de justificado entusiasmo. Ele inspirou profundamente e recostou-se na cadeira, cruzando os braços. Quando abriu a boca, Megan sentiu um bafo de menta.

– Vamos – disse ele, narinas infladas. – Vamos trazer o desgraçado para cá!

Mariel Raven abriu as grossas cortinas de veludo de sua sala de estar. Não via repórteres ou fotógrafos lá fora, mas não pretendia arriscar. Era difícil atravessar o corredor polonês da imprensa toda vez que saía de casa. Mas, na hora do almoço, eles foram todos embora, como tubarões sentindo cheiro de sangue. Depois, viu as notícias e emitiu um suspiro de alívio. O que ela não conseguia compreender era por que os desgraçados ainda estavam detendo Sean.

Ouviu o som dos pneus da bicicleta do filho sobre as pedrinhas do passeio. Teria de comer rapidamente e se aprontar. Os outros logo estariam ali. Ela abriu um armário e pegou velas, vinho, uma taça de prata e uma faca.

– Justin! – chamou. – Estou aqui!

Uma hora depois, Mariel, seu filho e onze outras pessoas estavam sentadas em círculo na sala de estar. As luzes das velas faziam brilhar as suas túnicas brancas translúcidas sob as quais estavam todos nus.

– Invocarei os espíritos do ar – exclamou Mariel, passando a ponta da faca sobre uma das velas.

Caminhando ao redor do círculo, ela invocou espíritos da terra, fogo e água, cortando o ar em uma sucessão de intrincados padrões.

– Agora, escolha a sua suma sacerdotisa – ela murmurou para o filho. Justin foi até o centro do círculo. Alto, cintura fina, tinha o mesmo cabelo preto da mãe e maçãs do rosto proeminentes. Mariel observou enquanto os olhos do filho pairavam sobre os corpos das seis jovens mulheres entre as quais teria de escolher. À luz de velas, eram todas belíssimas. Ele olhava para os seios grandes e pendulares da menina junto ao altar. Em um movimento súbito, ele se ajoelhou aos pés dela, as dobras da túnica disfarçando seu pênis que se intumescia.

Curvou-se de joelhos e baixou a cabeça. Sua mãe se perguntou o que passava por sua mente. Ele sabia como executar o beijo quíntuplo. Ele já vira Sean fazê-lo diversas vezes. Mariel viu que as pernas da mulher tremiam à medida que os lábios dele subiam pelo seu corpo. Ela estava gostando daquilo tanto quanto ele. E logo seriam deixados a sós.

Vinte minutos depois, Mariel e os demais voltaram da cozinha. A menina estava deitada no chão, junto ao altar. Pegando a faca, Mariel a mergulhou na taça de vinho tinto.

– O Grande Rito está encerrado – sibilou ela. – Ergam o cone!

Os outros se arrojaram ao chão. Mariel pegou a mão de Justin e a ergueu acima do círculo. Sentiu o cheiro da menina em seu corpo.

– Erguemos um cone de poder para nosso irmão, Sean – disse ela. – Invocamos os espíritos da terra, do ar, do fogo e da água! Pelo poder da Deusa! Libertem-no!

– Libertem-no! – repetiram os demais.

Mariel inspirou profunda e lentamente, confortada pelo aroma do óleo de jasmim que queimava no altar. O feitiço funcionaria. Ela *sabia* que funcionaria.

Quando ela abriu os olhos, viu que a túnica de Justin estava manchada de sangue.

Capítulo 11

Dave Todd pegou o telefone e discou um número.

– Al, é Dave. Pode trazer Raven de sua cela?

Ele olhou para Megan ao desligar. A expressão era de resignação e ela tinha a impressão de que ele estava tão infeliz quanto ela a respeito do rumo que a investigação estava tomando.

Steve Foy remexia sacos de provas empilhados em uma mesa no canto da sala. Pegou um e o balançou sob o nariz de Megan. Ela olhou para o pedaço de tecido marrom dentro do saco e, então, viu a etiqueta. Era o sutiã sujo de sangue de Tessa Ledbury.

– Pode vir a calhar! – Foy fungou e inclinou a cabeça em direção à porta. – Você vem?

– Você realmente não precisa de mim para isso, não é, Steve? – Megan tentou manter a voz neutra, mas a raiva e a frustração aumentavam.

Ele pareceu surpreso.

– Bem, suponho que não seja algo *vital*. Mas achei que quisesse...

– Acho que estarei melhor na cena do crime – interrompeu Megan. – Há muito mais que desejo saber. Tudo bem? – Ela o encarou, desafiando-o a confrontá-la.

– Tudo bem. – Ele deu de ombros. – O que preferir.

– Posso levar a Dra. Rhys, chefe? – disse Dave Todd.

Megan se perguntou por que ele estava tão ansioso para escapar. Talvez estivesse pensando como ela.

– Pode ser – resmungou Foy. – Mas não se esqueçam de verificar aquelas receitas. – Havia um toque de sarcasmo em sua voz. *Desgraçado*, pensou Megan. O sujeito se acha demais. Era uma característica desagradável em qualquer ser humano, mas em um policial era positivamente perigoso.

– Vamos pegar Vicky Tomlins a caminho – disse Dave Todd quando entraram no Mondeo preto. – Precisamos dela para saber se algo foi tirado da casa.

– Bom – respondeu Megan. – Também quero falar com ela, se estiver tudo bem.

– Então, sente-se atrás quando chegarmos à casa dela – disse Dave. – Podem falar a caminho da casa de Joanna. Uma vez lá, não haverá lugar algum onde possam conversar em particular. Os peritos estarão por toda parte.

Megan olhou-o de esguelha.

– Você estava lá quando o corpo foi encontrado?

Ele assentiu.

– Nada bonito de ver. Já vi de tudo desde que comecei nesse trabalho, mas esta, definitivamente, foi a pior.

– Não vi direito as fotografias da cena do crime – disse Megan. – Mas ela estava vestida, não estava? O que vestia?

– Camisa e calças vermelhas. – Uma linha irrompeu acima dos óculos de Todd quando ele franziu a testa, concentrando-se. – Sutiã e calcinhas pretas. Um prendedor de cabelo dourado. Nada nos pés.

– Só? – disse Megan. – Sem sapatos?

– Nem meias de qualquer tipo. Devia estar descalça quando ele entrou.

– Como Tessa Ledbury, então?

– Sim. – Todd olhou-a com o canto do olho. – Isso diz alguma coisa para você?

Megan estreitou os lábios.

– Não estou certa. Pode ser por causa do calor, é claro. Mas também pode nos dizer algo a respeito do *modus operandi* do assassino.

– Você acha que ele levou os sapatos delas? Como um troféu ou algo assim?

– É possível. – Ela olhou para ele. – Richard Ledbury foi interrogado se alguma das coisas de sua mulher havia desaparecido?

– Sim, foi. Eu estava lá quando Kate verificou isso com ele.

As sobrancelhas de Megan se ergueram ao ouvir o nome da policial.

– O problema é – disse ela, pensando em voz alta –, será que um homem necessariamente saberia caso estivesse faltando um par de sapatos da esposa?

O sutiã sujo de sangue arremessado através da mesa parou junto à mão esquerda de Sean Raven. A princípio ele não conseguiu identificar o que era. Parecia um trapo de pano marrom.

– Reconhece? – disse Foy. Raven ergueu a cabeça, confuso.

– Vamos! Pegue!

Cuidadosamente ele ergueu o tecido com o polegar e o indicador.

– Meu Deus! – Ele o deixou cair como se estivesse queimando seus dedos e levou a outra mão à boca. – Ah, meu Deus!

– Não é uma exclamação muito adequada a um praticante de magia negra, não é mesmo? – debochou Foy. – Joanna foi outro de seus sacrifícios para Satã?

– Eu... eu não sei do que está falando. – A voz de Sean Raven era um áspero sussurro. – Nunca vi esta *coisa* antes em minha vida.

– Não me venha com essa! – gritou Foy. – Você tirou isso do corpo de Tessa depois de matá-la, não foi? Isso foi antes ou depois de deixar aquela marca doentia na cabeça dela?

Sean Raven olhou para a mesa manchada de café, imóvel.

– Deixe-me adivinhar – prosseguiu Foy. – Você cansou de dançar pelado em volta da fogueira. Quis ver até onde podia ir. Até onde você podia ir com as pobres vagabundas que acreditavam nessa sua baboseira de bruxaria. Você matou Tessa e Joanna, não matou? – Por um instante, só se ouviu o relógio na parede. – Não matou? – gritou.

Raven estremeceu quando o punho cerrado de Foy golpeou a mesa.

– Você não pode fazer isso – balbuciou o interrogado, segurando a cabeça entre as mãos. – Onde está meu advogado?

Vicky Tomlins parecia muito mais jovem do que seus 25 anos. O cabelo curto e ralo emoldurava um rosto gorducho com olhos vermelhos de choro. Falar com ela era como esperar um pingente de gelo cair de um telhado. O modo de segurar a cabeça, o constante abrir e fechar das mãos, denunciavam uma mulher atormentada. Após alguns minutos Megan ficou convencida de que ela estava escondendo alguma coisa. Ela se perguntou se a presença de Dave Todd ao volante era o problema.

– Você se incomoda de parar naquele posto de gasolina? – Megan inclinou-se para frente, buscando os olhos dele no retrovisor. – Estou com dor de cabeça. Preciso de paracetamol ou algo assim.

– Sem problema. – Dave meneou a cabeça e ela viu que ele entendeu a dica. – Vou parar e comprar para você – disse ele, tirando o carro da estrada. – De qualquer modo, precisamos abastecer.

Quando a porta se fechou, Megan olhou para Todd, que se afastava. Sem olhar para Vicky, disse:

– Estranho. A polícia diz que não conseguiu encontrar ninguém ligado a Joanna. Quero dizer, afora seu ex-marido, na Austrália. – Ela fez uma pausa, ainda evitando os olhos de Vicky. – Achei que ela tivesse mais gente em sua vida.

– Sabe, isso é o que está fazendo eu me sentir tão mal. – A voz era um sussurro.

Megan nada disse, mas se voltou para a jovem, o rosto mais neutro possível.

– Ela pediu para eu ir morar com ela – prosseguiu Vicky. – Se eu não tivesse recusado, ela ainda estaria viva agora!

Megan ficou em silêncio enquanto Vicky remexia o bolso em busca de um lenço para enxugar os olhos.

– Desculpe. – Ela fungou. – É só que eu... eu... – O resto da frase se dissolveu em um fluxo de lágrimas.

– Está tudo bem – disse Megan. – Vamos com calma. Você disse que Joanna a convidou para morar com ela?

– Sim. – Ela fungou outra vez e inspirou profundamente. – Sabe, Joanna era... bem... – Ela fez uma pausa, olhando para o lenço amarrotado que tinha em mãos. Ela voltou a suspirar, como se reunindo coragem e olhou diretamente para Megan. – Ela era gay.

– Ah, entendo – Megan respondeu com neutralidade, tentando não deixar a surpresa transparecer em seu rosto.

– Sei que parece estranho, com ela tendo sido casada e tudo o mais. – Vicky piscou para Megan, obviamente frustrada com a falta de reação em relação àquilo que estava revelando. – Mas foi por isso que seu casamento acabou – prosseguiu. – Ela tinha um caso com uma mulher na Austrália mas não deu certo. Ela ficou muito abatida e por isso resolveu voltar.

– Há quanto tempo ela pediu que você se mudasse para a casa dela? – perguntou Megan, evitando a pergunta óbvia a respeito da orientação sexual da própria Vicky.

– Da última vez que a vi – disse Vicky, os olhos cheios de lágrimas. – Até então eu não sabia. Eu não sabia de nada. – Ela assoou o nariz ruidosamente. – Ela nunca explicou exatamente por que o seu casamento fracassou. Eu não fazia idéia de que ela era... – Ela gaguejou, lutando contra a palavra. – Você sabe, uma *lésbica*.

– Então, o que aconteceu? Quero dizer, quando ela contou para você.

– Foi tudo muito rápido. Estávamos no restaurante da Beatties e ela começou a me falar sobre a tal mulher na Austrália. Ela começou a chorar e me disse como estava se sentindo sozinha desde que se mudara para cá. Ela sabia que eu queria sair da casa dos meus pais e então me pediu para mudar para a casa dela.

– O que você disse?

– Bem, fiquei tão chocada que não sabia o que dizer a princípio. Ela começou a se explicar rapidamente, dizendo que não era nada daquilo que eu estava imaginando e que queria que morássemos juntas como amigas.

– Como amigas? – repetiu Megan.

– Bem, foi isso que ela disse. – Vicky mordeu o lábio. – Mas, àquela altura, eu estava tão confusa que não sabia o que dizer ou fazer. – Ela desviou o olhar. – Faz algum tempo que não tenho um relacionamento, mas estou bem feliz por estar solteira há um ano mais ou menos. Joanna sabia disso. Aquilo não podia funcionar se ela achasse que eu poderia estar interessada em um relacionamento gay ou caso fosse esse o motivo verdadeiro para ela me pedir para eu ir morar com ela. – Ela suspirou. – Para ser franca, a coisa toda me deixou assustada.

– Então, o que fez?

– Disse que teria de pensar a respeito. Mas, na verdade, isso foi apenas uma desculpa. Eu queria me levantar e sair correndo dali. Sentia-me tão embaraçada! Marcamos de nos encontrar depois da viagem dela a Paris mas minha cabeça estava a mil. Eu nem mesmo sabia o que decidir.

– Mas decidiu.

– Sim. Pensei naquilo nos dias que se seguiram e resolvi dizer para ela que não ia morar com ela porque aquilo podia estragar a nossa amizade. E era verdade, sabe? Eu realmente gostava de Joanna. Nos conhecíamos desde a escola primária... – Ela parou de falar, piscando, na vã tentativa de afastar as lágrimas dos olhos. – Se ela não me dissesse que era gay, eu talvez tivesse levado aquilo adiante. Mas não conseguia tirar da cabeça a idéia de que, mais cedo ou mais tarde, ela tentaria me cantar. E eu não suportaria aquilo. – Ela fungou e então assoou o nariz outra vez. – Quando ela não apareceu ontem, pensei que foi porque ficou ofendida por eu não ter aceitado o convite. Mas eu queria acertar as coisas entre nós. Quando não consegui achá-la no telefone celular, pensei que era porque ela ainda estava aborrecida. Foi por isso que acabei indo até lá.

O fluxo constante de lágrimas abriu caminho para uma seqüência de soluços.

– Eu... eu não acho que possa fazer isso outra vez – gaguejou Vicky. – Eu... não posso voltar àquela casa!

Megan viu Dave saindo da loja de conveniências. Ela pousou a mão no ombro da jovem.

– Lamento que tenha de passar por isso – sussurrou. – Mas precisamos saber tudo o que pudermos sobre Joanna. Qualquer coisa que possa nos dizer, não importando quão embaraçoso ou insignificante possa parecer, pode nos ajudar a descobrir quem é o assassino. – Megan fez uma pausa, esperando não ter estragado o trabalho dos peritos. – Você faria isso por ela?

Patrick sentou-se na cama dura e estreita onde estivera desperto a maior parte da noite anterior. Ensaiava o que dizer a Megan. No dia seguinte, a esta mesma hora, teria de fazer aquilo de verdade.

Pensou na cama de Megan, no cheiro de seu corpo. O modo como o cabelo dela roçava os seus ombros quando deitava ao seu lado. Ele queria estar com ela agora.

Mas subitamente se deu conta de que provavelmente não voltaria a se deitar naquela cama. Como esperar que ela compreendesse? Que bem faria explicar que não queria que aquilo acontecesse? Que ele fora vítima de uma chantagem emocional?

Ele sabia quão frágil aquilo soava. *Ah, sua pobre e patética criatura*. Ele podia ouvi-la debochando. *Está tentando dizer que não conseguiu se controlar?*

Como responderia àquilo? Ele não tinha defesa. E era tarde demais para evitar as conseqüências. Era a mesma sensação que experimentou quando criança, em sua primeira volta em uma montanha-russa. Lá estava ele, no topo do arco, olhando para baixo, subitamente nauseado, o estômago completamente incapaz de evitar o pesadelo que estava a ponto de tragá-lo.

A noite caía quando o Mondeo preto chegou a Stockhall. Passaram pelo alto da rua de Ceri e pegaram a primeira à direita. Megan estremeceu ao pensar na irmã vivendo tão perto do lugar onde acontecera um assassinato tão brutal.

Vicky Tomlins havia se recomposto o suficiente para voltar a falar sobre Joanna.

– Ela era tão bonita... – disse com tristeza. – Sempre teve roupas fantásticas. Realmente diferentes, sabe? Coisas que comprava em viagens ao Oriente. E era tão magra... – Ela olhou para a própria barriga. – Não era como eu. Ela era vegetariana. Não comia porcarias como eu.

Megan voltou a cabeça abruptamente.

– Vegetariana?

– Sim. Comer fora era um pesadelo. Por isso fomos ao Beatties. Não há muitos lugares que preparem comida vegetariana.

A mente de Megan estava a todo vapor.

– Sabe onde ela comprava comida?

Vicky Tomlins olhou-a, confusa.

– Não por aqui – respondeu. – Por que pergunta?

– Pode ser importante se ela fez compras no dia em que morreu. – Megan podia ver a expressão de Dave Todd no espelho retrovisor. Ele estava pensando a mesma coisa. – Onde ela costumava ir? Havia algum lugar em especial?

– O supermercado, em Pendleton – disse a jovem. – Ela estava sempre se queixando das lojas em Stockhall não terem as coisas de que ela precisava. Pendleton era o lugar mais próximo.

Foi bom ouvir as notícias. Ouvir as pessoas falarem sobre aquilo em surdina. Mal sabiam que o próximo episódio já estava pronto. Cada vez, a atuação era um pouco mais refinada, a cena um pouco mais artística. Que pena que as câmeras de TV não fossem admitidas nos quartos. Era mesmo um desperdício. Estavam perdendo o melhor. A ação principal.

No quadrado azul do céu, as estrelas estão começando a despontar. Amanhã vai fazer sol outra vez. Será que a encontrarão? Ou os dias passarão, os clientes das lojas indo e vindo embaixo da janela, sem saberem o que jaz apodrecendo por trás das venezianas?

Capítulo 12

Vicky Tomlins estava sentada na sala de estar de Joanna Hamilton, segurando uma caneca de café. Nada a persuadia a entrar no quarto da amiga, e Megan podia entender por quê. Ela mesma não gostou nada de subir até lá. O colchão, a roupa de cama e os tapetes foram retirados, mas o cheiro de carne podre permanecia no ar. O peitoril da janela e a penteadeira estavam cobertos de moscas mortas.

Megan olhou para as roupas no guarda-roupa de Joanna Hamilton. Os sapatos e botas estavam arranjados em duas organizadas fileiras no fundo do compartimento. Eram de diversas cores, mas os estilos eram bem diferentes da coleção encontrada na casa de Tessa Ledbury. Com exceção de um par de mocassins, tudo o mais tinha saltos altos. Um par de sapatos de camurça vermelha atraiu a atenção de Megan. Tinha ponta estreita e saltos muito finos. Dave Todd dissera que Joanna estava vestida de vermelho quando foi encontrada. Estaria usando estes sapatos também? Não havia espaços vazios nas fileiras. Nada que sugerisse que faltava um par.

Megan trouxe os sapatos de camurça vermelha para baixo. Ela ainda não os mostrara para Vicky.

– Você se lembra de como Joanna estava vestida quando se viram na última vez? – perguntou ela.

Vicky olhava para as aquarelas emolduradas na parede diante dela, piscando, como se tentasse invocar a imagem da amiga.

– Um vestido, creio – respondeu. – Um vestido azul com um tipo de padrão em batique.

– Hum. – Megan estreitou os lábios. – Quando foi encontrada ela vestia um top sem mangas e calças vermelhas. Tem certeza de que não era isso que ela estava vestindo?

Vicky balançou a cabeça.

– Às vezes ela se vestia de vermelho, mas não naquele dia.

– Quando ela se vestia de vermelho, usava sapatos que combinassem com a cor da roupa?

– Sempre – disse Vicky. – Ela sempre vestia peças que combinavam entre si.

– Achei este par no guarda-roupa. – Megan ergueu os sapatos dentro do saco de provas que pegou com os peritos. – Não vi nenhum outro sapato vermelho. Acredita que ela teria um outro par?

– Não creio. – Vicky franziu as sobrancelhas. – Ela não tinha muito dinheiro para gastar. Ela gostava de coisas boas e preferia qualidade a quantidade.

Então, é esquecer a teoria do troféu, pensou Megan. Aquilo deixava duas possibilidades: ou Joanna tirara os sapatos e os substituíra no guarda-roupa antes de ser atacada, ou o assassino os pôs de volta no lugar. A segunda hipótese era pouco plausível. Ainda assim, pensou Megan, o fato de tanto Joanna e Tessa terem sido encontradas descalças era uma conexão. Ambas também faziam compras em Pendleton. O que mais haveria?

– Você disse que Joanna fazia compras no supermercado de Pendleton – prosseguiu Megan. – Como ela ia até lá?

– De ônibus – respondeu Vicky.

– Ela não tinha uma bicicleta ou algo assim?

A jovem balançou a cabeça.

– Então, afora as compras, ela poderia ter ido ao centro comercial por algum outro motivo? Cabeleireiro, médico, alguma coisa assim?

– Ela não tinha médico – respondeu Vicky. – Era algo que pretendia fazer, mas estava sem tempo.

– E cabeleireiro?

– Ela nunca foi ao cabeleireiro. Ela tinha cabelos longos e retos, e se as pontas precisavam ser aparadas, ela mesma as cortava.

– E quanto à igreja? Ela era religiosa?

Vicky balançou a cabeça.

– Ela era uma pessoa espiritualista, mas não a chamaria de religiosa. Ela me disse que tinha aulas de astrologia à tarde, quando estava na Austrália. Ela gostava mesmo dessas coisas esotéricas.

Megan mordeu o lábio inferior.

– E quanto a ocultismo? Ela tinha alguma ligação com esse tipo de coisa?

Vicky franziu a testa.

– Por que pergunta?

– Ah, apenas alguns livros que a polícia disse que encontrou aqui. Eles acham que ela podia fazer parte de uma assembléia de bruxos ou algo assim. – Megan prendeu a respiração.

– Não que eu saiba. Ela era, tipo... totalmente contrária a qualquer forma de religião organizada, não importando a crença. – Vicky engoliu em seco, lágrimas nos olhos. – Ela era um espírito livre.

Megan viu que a jovem estava a ponto de perder o controle outra vez.

– Só tem mais uma coisa que eu gostaria de perguntar – sussurrou. – Você disse que Joanna estudava à tarde na Austrália. Teria ela se matriculado em algum curso na faculdade de Pendleton?

Vicky balançou a cabeça.

– Não, ela não estava estudando. Mas me disse que tentaria trabalhar lá. Os trabalhos que fazia como autônoma estavam escassos, creio eu.

– Ah? – O estômago de Megan se agitou. – Sabe se lhe ofereceram alguma coisa?

– Acho que conseguiu um trabalho dia sim, dia não. – Vicky fungou. – Ela pretendia conseguir algo mais fixo em setembro.

– Será que ela foi até a faculdade no dia em que você a viu pela última vez?

– Ela não disse. – Vicky tirou um lenço de papel da manga e enxugou o rosto. – Desculpe, não sei.

A cabeça de Dave Todd apareceu na fresta da porta.

– Dra. Rhys? Você tem um minuto?

Delva esperava pelo elevador quando uma voz familiar a saudou. O coração quase parou. Dividir o elevador com Des era tudo de que ela menos precisava. Conseguira evitá-lo todo o dia, fechada em uma das ilhas de edição e agora só queria ir para casa.

– Como está indo? – Ele ofegava pelo esforço de ter de caminhar os poucos metros de sua escrivaninha até o elevador. Um dos botões de sua camisa estava aberto, revelando um trecho pálido da barriga dilatada.

– Oh, ãh, bem! – Delva disse com a voz ríspida. – Acabei de editar a entrevista com Carole-Ann Beddowes. – Ela se encostou na parede do elevador para ficar o mais longe possível dele. – Mas tudo ainda está um pouco no ar, não é mesmo?

– Como assim? – Ele avançou ligeiramente e Delva se retraiu. Des tinha o péssimo hábito de esfregar a barriga de cerveja contra as mulheres da redação quando ficava sozinho com elas no elevador. Se alguma delas se queixasse, ele a acusava de estar com tensão pré-menstrual ou na menopausa, dependendo da idade. E, uma vez que só o fazia no elevador, nunca havia testemunhas.

– Bem, a polícia não confirmou que os assassinatos estão vinculados, não é? – disse Delva. As portas do elevador se abriram e ela saiu apressada. – Então esse negócio de bruxaria pode ser uma completa armação – disse por cima do ombro.

– Ah, não penso assim. – Des saiu atrás dela e sorriu, revelando dentes úmidos que brilharam sob as luzes fluorescentes. Para Delva, parecia um crocodilo.

– Andam falando por aí – disse ele, tocando o lado do nariz – que vai haver uma coletiva na delegacia da rua Tipton. Estou mandando a van de transmissão. Com um pouco de sorte, podemos entrar ao vivo no boletim noturno.

Delva encarou-o. Uma coletiva de imprensa? Será que isso significava que Sean Raven fora indiciado?

Megan seguiu Dave Todd até a cozinha de Joanna Hamilton.

– Encontrei no bolso de um dos casacos. – Ele estendeu um pedaço de papel. – É um recibo do supermercado em Pendleton. Ela esteve lá às 17h15 da tarde de quarta-feira.

Megan pegou o recibo de sua mão estendida. Mostrava que Joanna comprara uma caixa de leite de soja, um condicionador de cabelo, três pacotes de nozes mistas e um adaptador de tomada.

– Então, parece que estava se preparando para viajar?

Todd meneou a cabeça.

– Eu me pergunto por que se deu ao trabalho de pegar um ônibus até Pendleton? – disse Megan, balançando o recibo. – Ela poderia ter comprado todas essas coisas no centro de Wolverhampton, quando foi encontrar Vicky.

– Eu sei. – Ele deu de ombros. – Não faz muito sentido, não é mesmo?

– Em que casaco encontrou isto?

Todd apontou para um casaco de couro preto pendurado no gancho atrás da porta da cozinha.

– Havia alguma mala ou bolsa de viagem pela casa quando esteve aqui na primeira vez? – perguntou Megan. – Algo que sugerisse que ela havia começado a fazer as malas?

– Não. – Todd coçou o queixo. – Cada vez mais me parece que ela foi morta na noite de quarta-feira.

Megan meneou a cabeça lentamente.

– Vicky me disse que, quando viu Joanna pela última vez, ela estava usando roupas diferentes daquelas com que você a encontrou – disse Megan. – Portanto, ela deve ter vindo se trocar por algum motivo antes de sair de novo. – Ela inclinou a cabeça para o lado, lembrando dos sapatos de camurça vermelha. Uma escolha estranha de calçado para ir ao supermercado, pensou. – A não ser que ela tenha trocado de roupa *depois* de voltar do supermercado. – Ela olhou para Todd. – Por que faria isso?

– Não sei. A não ser que fosse sair outra vez?

Megan franziu as sobrancelhas.

– Suponho que haja uma chance de ela apenas estar experimentando roupas para o fim de semana, sabe como é, decidindo o que levar?

– É, pode ser. – O rosto de Todd denunciou que aquele era um conceito totalmente estranho para ele. Megan se perguntou se ele era casado ou se morava com alguém. Possivelmente não, pensou.

Meia hora depois, ele a estava levando de carro de volta para a delegacia.

– Se *foi* o mesmo assassino, por que ele deixaria as roupas de Joanna mas tiraria as de Tessa? – perguntou Todd.

– Lembra-se da minha primeira apreciação, quando eu disse que, quem quer que tenha matado Tessa, já havia matado antes?

Ele meneou a cabeça.

– Você disse que o longo tempo que ele passou com o corpo *post mortem* sugere um certo grau de experiência.

– Sim. Agora eu me pergunto se a morte de Joanna foi onde ele adquiriu tal experiência. Tirar as roupas dela pode ser uma progressão. Refiro-me em termos do que ele obtém com isso. Mas se Joanna foi a sua primeira vítima, ele pode não ter tido a confiança de deter-se por lá.

Dave franziu as sobrancelhas.

– Isso muda a sua teoria, então? Sobre ele ter antecedentes criminais?

– Significa que não é tão definitiva quanto parecia ser – admitiu. – Mas ainda acho que é alguém que cumpriu pena. Alguém cujo DNA está arquivado.

– Por causa da preocupação com a perícia?

– Sim. Quero dizer, eu sei que o corpo de Joanna estava tão deteriorado que não dava para detectar a presença de sêmen, mas os peritos nada descobriram no resto da casa, certo? Nem uma impressão digital, cabelo ou algo assim?

Todd balançou a cabeça.

– Foy fez a pesquisa que eu pedi?

– Sim. Temos informações sobre cada transgressor sexual liberto da cadeia nos últimos seis meses.

– E?

– Seis moram em um raio de 35 quilômetros de Pendleton. Todos os álibis se confirmam.

– Hum. – Megan olhou-o de esguelha. – Trinta e cinco quilômetros não é muito. Eu ampliaria o âmbito da pesquisa.

– Mas, e se for o ciclista? O que a vizinha de Tessa viu?

Antes de Megan poder responder, o telefone celular de Todd tocou. Ele pegou o pequeno fone pendurado no ombro e inseriu-o no ouvido.

– Nada após 4h35? – disse ele para o pequeno microfone preso à lapela. – Verifique este número, então. Tudo bem. Tchau. – Ele se voltou para Megan, arrancando o fone do ouvido. – O telefone celular de Joanna – disse ele. – A última ligação que ela recebeu foi às 4h35 da tarde de quarta-feira. Foi feita de outro telefone celular. Estão verificando agora.

– E ela não fez nenhuma ligação naquela tarde?

Ele balançou a cabeça.

– Nada o dia inteiro. E não havia telefone fixo na casa.

– Portanto, sem e-mails também – disse Megan, pensando em voz alta. – Vicky Tomlins disse que Joanna andou fazendo algum trabalho para a faculdade de Pendleton. Pergunto-me se ela não apareceu por lá antes de ir ao supermercado. Faz mais sentido do que ela ir tão longe só para comprar algumas besteirinhas de última hora que poderia ter comprado na cidade.

– Por que iria até lá quando estava prestes a viajar?

Ela estreitou os lábios.

– Vicky disse que ela estava tentando conseguir um contrato fixo com a universidade. E se ela recebeu uma ligação deles naquela tarde pedindo que comparecesse a algum tipo de entrevista? Aquilo explicaria as roupas vermelhas e o casaco de couro, tipo de vestimenta que causaria alguma impressão.

– Mas teríamos sabido caso a ligação fosse da universidade. Teria aparecido no computador.

– Isso não necessariamente descarta a hipótese, não é? Podia ser alguém do quadro de funcionários usando o telefone celular por algum motivo?

Megan sabia que era uma especulação ousada. O recibo do supermercado era a única prova concreta da ligação de Joanna com Pendleton. Mas quando o carro chegou à rua Tipton, ela decidiu que iria à universidade pela manhã. Era uma intuição que provavelmente tinha mais a ver com seus temores por Ceri que qualquer outra coisa, mas era algo que ela se sentia tentada a fazer.

– Que diabos está acontecendo?

O tom de voz de Todd a assustou. Erguendo a cabeça, foi ofuscada pelos faróis. Enquanto piscava, ela viu uma grande van branca estacionada em frente à delegacia. O logotipo da *BTV* estava estampado sobre o pára-brisa.

– É a van de transmissão externa. – Todd fez uma careta enquanto estacionava. – O que será que o chefe está escondendo na manga desta vez?

Puderam ouvir o burburinho na delegacia antes de atravessarem as portas. A ante-sala estava repleta de fotógrafos, cinegrafistas e repórteres. Todd abriu caminho entre eles e levou Megan até a sala de reuniões onde os microfones estavam sendo dispostos sobre uma longa mesa de tampo de vidro.

– O que está acontecendo? – perguntou Todd a um dos guardas uniformizados à porta.

O homem riu.

– O chefe está a ponto de jogar Raven aos lobos.

Dez minutos depois, Megan estava ao fundo da sala lotada observando a atuação de Steve Foy, perguntando-se o que diabos ele pretendia.

– O ocultismo é um estrato social em que é difícil penetrar – disse ele, inclinando-se para o microfone. – Não temos muitas unidades de inteligência no meio, ao contrário do terrorismo ou do crime organizado. É uma área muito secreta.

– O que o levou a crer que ambas as vítimas têm vínculo com o ocultismo? – A pergunta veio de um repórter com o logotipo da *BTV* no microfone de mão.

– Lamento não poder divulgar tal informação por motivos operacionais – respondeu Foy.

– Mas Tessa Ledbury era uma professora de escola dominical – disse uma mulher a alguns metros de Megan.

– Sim – Foy concordou. – Mas sabemos que antes de se envolver com a igreja ela era membro de um grupo de ocultismo, uma assembléia de bruxos, e acreditamos que esta ligação pode ter tido vínculo com o seu assassinato. – Ouviu-se um burburinho no andar enquanto os jornalistas digeriam o prato saboroso.

– Sabemos que o homem que vocês estão interrogando tem vínculos com o ocultismo – disse outra vez o repórter da *BTV*. – É um dos bruxos?

Megan saiu da sala. Ela já ouvira o bastante. Foy obviamente não conseguiu esperar pelo seu estrelato no *Crimewatch*. Não conseguira nada com Raven, de modo que estava fazendo com que a imprensa fizesse o trabalho sujo para ele, jogando tudo na esperança de que alguém se adiantasse e dissesse que vira Joanna Hamilton em uma assembléia de bruxos. Talvez achasse que Raven operava uma rede de assembléias com diferentes mulheres em cada uma. Os tablóides teriam um dia e tanto.

Quando chegou em casa, passava o noticiário da noite. *Mortes teriam ligações com o ocultismo*. Era o tipo de manchete que faria qualquer pessoa prestar atenção. Foy era um verdadeiro manipulador, não havia dúvidas quanto a isso. Megan esperava que ele pudesse dormir à noite, porque ela estava certa de que Raven não dormiria.

Ali naquela cama estreita e miserável as memórias voltam à minha mente. As duas dançando em volta da árvore de Natal em vestidos de tafetá e anáguas rendadas. A TV sendo ligada a tempo de ver o filme. Dorothy sendo levada pelo furação. A casa pousando em cima da bruxa. Ergo a cabeça ao ouvir o som de chave na porta. O rosto de papai à soleira, pegando as duas em flagrante. A vergonha das roupas sendo rasgadas. Mamãe gritando atrás do sofá. Dorothy atravessando a Estrada de Tijolos Amarelos enquanto papai espancava as duas violentamente.

Capítulo 13

Patrick voltava a Birmingham apreensivo. Ele vira as notícias a respeito de um segundo corpo encontrado e enviara um e-mail para Megan sobre o assunto que ela não respondeu. Talvez tivesse ficado acordada a noite inteira. Perguntava-se qual seria o estado de espírito dela quando ele voltasse. Provavelmente não dos melhores. Ela o abraçaria, sentaria no sofá, sugeriria uísques na banheira e, a seguir, cama. Talvez estivesse cansada demais para fazer amor. *Fazer amor?* No que ele estava pensando? Sexo ficaria fora de questão quando ele soltasse a bomba.

Talvez fosse melhor esperar até sábado pela manhã. Dizer depois que ela tivesse uma boa noite de sono. Tentou persuadir a si mesmo que seria o melhor a fazer, dando-se conta de que, na verdade, estava pensando em si mesmo, e não nela. Porque, caso esperasse até o dia seguinte, eles quase certamente fariam amor. Senão naquela noite, com certeza seria a primeira coisa a fazerem na manhã seguinte. E era isso o que ele queria. Mais que qualquer coisa. Porque provavelmente seria a última vez.

Megan chegou ao escritório antes do resto do pessoal. Havia uma pilha de correspondência fechada em sua escrivaninha, e uma pilha de provas a corrigir. Mas seus olhos continuavam a voltar ao jornal que ela comprara.

O ASSASSINO DA MAGIA NEGRA gritavam as manchetes em letras garrafais que ocupavam quase toda a primeira página. Um relatório da última coletiva de imprensa fora ilustrado com uma fotografia de Steve Foy em frente a uma fileira de microfones. Então, no interior, o cartaz de página dupla fez Megan ofegar. As palavras do artigo foram cuidadosamente escolhidas, mas a insinuação era clara. Havia um retrato de Sean Raven ao lado de fotografias de Tessa Ledbury e Joanna Hamilton.

Contudo, dominando a página, havia uma imagem maior de um homem em um hábito negro estendendo os braços para cima. O rosto era o de Sean Raven e a única pista de que aquela fotografia não passava de um truque de computador era a legenda que vinha embaixo, em que se lia: "Sean Raven, como pareceria em uma assembléia de bruxos."

Mais adiante, havia uma fotografia de Mariel Raven protegendo o rosto com as mãos. No fundo, via-se a casa por onde Megan passara na véspera. Mariel obviamente estava tentando escapar da tempestade que Foy desencadeara com a coletiva da noite anterior. Megan pensou no pentagrama desenhado a batom no seu pára-brisa. Se aquela mulher era responsável por isso, certamente estava tendo o que merecia.

Ela se perguntou quanto tempo mais Foy manteria Raven preso sem indiciá-lo. Teoricamente, com a prorrogação que conseguira do juiz, podia mantê-lo na rua Tipton por um total de 96 horas. Então, pensou ela, ele teria de ser solto no domingo à tarde. A não ser que Foy conseguisse a informação que esperava.

Megan pegou o telefone e discou o número que Dave Todd lhe dera.

– Dave, é a Dra. Rhys. Alguma informação sobre aquele celular?

– Não, ainda não. – Sua voz soava diferente. Distraída. Ela tinha a sensação de que o pegara no meio de algo importante.

– Alguma novidade com Raven?

Ela devia ter telefonado para Foy para perguntar aquilo mas, após a noite anterior, ela não achava que poderia ser cortês com o sujeito.

– Não, nada que possa ser levado a sério. – Ela ouviu um ruído ao fundo que parecia uma porta batendo. – Muitos malucos ligando, mas é assim mesmo, você sabe. Ah, uma coisa... – Houve outra pausa e um ruído na linha. – O patologista encontrou um pano de prato na boca de Joanna Hamilton. Mesma cor e tipo do que aquele encontrado na de Tessa Ledbury.

– Ah, então isso é uma prova clara da conexão entre os dois crimes, certo? – As notícias fortaleceram sua determinação. – Vou a Pendleton mais tarde – disse ela. – Achei que seria bom dar uma pesquisada. – Silêncio do outro lado da linha. – Só para você saber – acrescentou ela.

– Por mim, tudo bem. – Ela podia ouvir a voz de outra pessoa ao fundo. Soava feminina. Megan perguntou-se onde ele estaria. – Ligue para mim se precisar de alguma coisa, está bem?

Quando desligou, Megan ponderou exatamente o que ele queria dizer. Será que Todd pensava que ela precisaria de algum tipo de reforço? O que ela tinha em mente era algo bastante simples. Bisbilhotar, diria Patrick. Ela suspirou quando pegou o casaco. Patrick logo estaria de volta, seria bom poder falar com ele sobre aquilo. Obter o ponto de vista dele sobre tudo o que aconteceu nos últimos três dias. Antes de chegar à porta, o telefone tocou.

– Megan, é Delva. Você tem um minuto?

– Ãhn, sim, se for rápido. – Megan podia ouvir o burburinho da redação ao fundo.

– Não vou atrasá-la. Só queria saber sua opinião a respeito dessa segunda mulher que encontraram ontem. Meu chefe está querendo que eu explore a questão da magia negra. Esse negócio que Steve Foy inventou... é verdade?

– Você se refere às duas vítimas terem ligação com o ocultismo?

– Sim. – Houve uma pausa. – Quero dizer, sei que não pode falar muito.

– Tudo bem. – Megan franziu as sobrancelhas.

Nos meses que se passaram desde que fizeram um documentário juntas, Megan começou a considerar Delva como uma amiga.

Teve de lembrar diversas vezes que, como jornalista, ela tinha uma lealdade dividida.

– Não fale sobre isso para Des nem para ninguém mais, mas encontraram alguns livros na casa de Joanna Hamilton. Nada particularmente fora do comum: astrologia, tarô, esse tipo de coisa.

– E esta é a tal conexão com o ocultismo? – resmungou Delva.

– Também acho ridículo – disse Megan. – Mas Foy decidiu levar isso adiante. Daí a coletiva de imprensa.

– O que fará agora?

– Digamos apenas que sigo outras linhas de investigação. Se algo sair daí, eu lhe conto.

– Obrigada, Megan. Cuide-se, está me ouvindo?

Megan riu ao desligar. Delva parecia bem mais positiva do que da última vez em que a vira. Parecia que ela estava ocupada demais para mexer com o assunto a respeito de Richard Ledbury.

Na saída do prédio, Megan topou com Christopher Jessop. Lutava contra as portas de vidro enquanto carregava nos braços uma pilha de caixas.

– Bom dia, Megan – disse ele com um sorriso que não alcançou seus grandes olhos verdes. – De folga outra vez? – O sarcasmo em sua voz era inconfundível e ela não lhe concedeu a graça de uma resposta, limitando-se a menear a cabeça enquanto passava. Perguntou-se se ele sabia de sua reunião com o vice-reitor na semana seguinte. Inspirando, endireitou os ombros e caminhou determinada até o carro. Não importa o que aconteça, ela não se deixaria atingir por *ele*.

Na faculdade de Pendleton, Megan encontrou uma vaga sob uma frondosa nogueira. Jovens e pálidas folhagens roçaram o pára-brisa traseiro quando ela deu ré. Era um bom lugar de onde observar quem entrava e saía do sombrio edifício à sua frente. A universidade fora construída nos anos 1960. Tinha muros cinzentos e o projeto arquitetônico era pobre de espírito. As árvores que orlavam o caminho para a entrada principal eram os únicos elementos que amenizavam a austeridade do local.

À direita da entrada, grupos de estudantes estavam sentados na grama segurando latas, copos e cigarros. Eram de diferentes idades, percebeu Megan. De crianças que mal passaram da adolescência até homens e mulheres que podiam ser seus avós. O caminho de cascalho se bifurcava a certa altura, um ramo levando ao estacionamento, outro virando à esquerda através de um campo que flanqueava o centro comercial. Ela se perguntou se Joanna caminhara por ali com os sapatos vermelhos de salto alto. Improvável, ponderou, olhando para a poeira levantada por duas meninas que passaram.

Ela precisava saber se havia algum fundamento na intuição que tinha a respeito da universidade. Na recepção veria se tinham algum livro de visitantes. Uma rápida consulta diria se Joanna estivera ali no dia em que fora vista pela última vez.

Megan fez menção de abrir a porta do carro mas desistiu. Teria visto Ceri passando por ali? Ela viu uma mulher com o mesmo cabelo preto da irmã pegando a bifurcação que levava ao centro comercial. Grandes óculos escuros obscureciam seu rosto. Será que Ceri tem um par assim? Ao olhar melhor através do pára-brisa, algo mais chamou a sua atenção. Uma figura usando capacete e pedalando uma *mountain bike* apareceu detrás de uma árvore. Ele olhava para a mulher de óculos escuros. Megan o viu olhar para a entrada da faculdade e, depois, para trás, por sobre os ombros, como se verificando se ninguém estava olhando para ele. Então, montou na bicicleta e começou a pedalar lentamente ao longo do caminho, gradualmente se aproximando da mulher. Em dado momento, ambos desapareceram de vista ao dobrarem a esquina do edifício.

Megan ficou paralisada, coração acelerado. *E se fosse ele? E se aquela mulher fosse Ceri?* O que deveria fazer? Correr atrás deles? Não, aquela não era a resposta. Se ele *fosse* o assassino, ele a veria correndo e desapareceria. Girou a chave na ignição. Tinha de ir de carro até o centro comercial e descobrir onde aquele caminho terminava. Uma vez lá, ela poderia rastrear seus movimentos sem que ele a notasse.

Seu coração quase parou ao chegar lá. O Peugeot amarelo de Ceri estava estacionado junto à entrada do estacionamento. Não havia vagas em parte alguma por ali e ela ziguezagueou por entre as fileiras de carros, freneticamente procurando uma vaga. Encontrou uma no outro lado do parque e entrou de uma vez, batendo com o espelho retrovisor lateral no veículo ao lado. Saiu do carro às pressas, esgueirando-se por trás do espelho, agora dobrado para trás, e correu para a praça principal do centro comercial.

Protegendo os olhos do sol, ela vasculhou as fileiras de lojas. Onde terminava aquele caminho? Ela passou em frente à farmácia, à banca de jornais, dobrou uma esquina e fez uma pausa ao chegar ao lago. Havia um caminho ao redor da margem mas ela não podia ver onde ia dar porque o terreno se erguia em uma série de colinas baixas. Havia uma senhora de idade sentada em um banco a alguns metros dali.

– Desculpe – disse Megan, ofegante. – Pode me dizer como chegar à faculdade de Pendleton daqui?

A mulher apontou para o centro comercial.

– Você precisa voltar por ali e virar à direita na igreja, querida.

Megan agradeceu quase sem fôlego e correu de volta à praça principal. Ao passar pela banca de jornal, viu a mulher de óculos escuros. Ela estava passando diante do supermercado, indo em direção ao estacionamento. Alguns metros mais atrás dela, estava o ciclista, de costas para Megan, olhando a vitrine da loja de aparelhos eletrônicos. Sob a forte luz do sol, pôde ver que seu capacete era preto – exatamente como a vizinha de Tessa Ledbury descrevera para a polícia.

Megan acelerou o passo quando a mulher sumiu de vista. Ela viu o ciclista montar na bicicleta e pedalar na mesma direção. Megan correu o mais que pôde mas, ao chegar ao estacionamento, não havia sinal da mulher ou do ciclista. Enquanto recuperava o fôlego, viu um carro amarelo saindo do estacionamento. O carro de Ceri. *Era* ela mesmo. Então, onde estava o ciclista? Não havia como alcançar Ceri a pé, de modo que Megan correu para o carro. Se estava seguindo Ceri, ele deveria ter ido na frente até a bifurcação para ver para onde ela iria quando o sinal abrisse.

Quando Megan chegou na bifurcação, o carro de Ceri tinha ido embora e o sinal estava vermelho.

– Droga! – Megan golpeou o painel com o punho. Ao menos sabia para onde Ceri estava indo. Se pisasse fundo, conseguiria alcançá-la antes de chegar em casa. *Casa?* Ela franziu as sobrancelhas. Por que iria para casa? Por que não à creche de Pendleton, para pegar os filhos? Era bem ao lado do estacionamento, mas ela não poderia tê-las pego no curto espaço de tempo que Megan demorou para localizá-la fora do centro comercial. Neil deve estar tomando conta delas, imaginou. Ela fervorosamente esperava que sim. Que Ceri não estivesse voltando para uma casa vazia.

Pegou o celular na bolsa e discou o número de Dave Todd. Ela estava certa de que ele pensaria que estava exagerando, mas não se importou.

– Dave? Preciso de sua ajuda. – Em algumas frases, contou o que viu.

– Estou em Stockhall agora – disse ele. – Qual o endereço? – Pelo seu tom de voz, ele estava levando a coisa a sério. – Tudo bem, estarei lá em cinco minutos. – E foi só. Sem perguntas. *Graças a Deus*, pensou Megan.

O sinal abriu, e logo ela passava ao largo de campos de cevada verde na estrada que levava a Stockhall. Alguns segundos depois, foi forçada a reduzir quando um trator apareceu, saindo da porteira de uma fazenda à sua frente. Ela esticou o pescoço, tentando ver se podia ultrapassar, mas era impossível. Quando ela chegou à rua de Ceri, o suor grudava as roupas na pele.

Estacionou bruscamente diante da casa. O carro dela estava na garagem. Nenhum sinal de bicicleta. No espelho retrovisor, ela viu Dave Todd ao volante de um Mondeo preto. Havia quatro outras pessoas no carro. Então ela viu um carro-patrulha descendo a rua em sua direção. Maldição, pensou, ele chamou todo mundo.

Ao saltar do carro, algo brilhante atraiu sua atenção. Sentiu um frio no estômago. Era o aro de uma roda de bicicleta, quase escondida pelo latão de lixo da irmã.

– Ah, meu Deus! – Ela ficou imóvel na calçada, como se tivesse criado raízes no chão.

Uma fração de segundo depois, Dave Todd estava ao lado dela.

– Ninguém mais na casa tem bicicleta? – Ela sentiu a urgência na voz.

Ela balançou a cabeça.

– Tenho a chave da porta da frente. – A mão tremia enquanto remexia a bolsa.

– Certo. Não faz sentido ficar na espreita aqui fora. – Todd sinalizou para os policiais no carro. – Vá até a porta da frente com Penny – disse para Megan. – Não chame por ela, nem nada. Apenas fique na entrada, certo?

As pernas de Megan pareciam gelatina quando ela caminhou até a casa. Ela olhou para as janelas do andar de cima. E se a irmã estivesse morta no quarto? Tentou afastar as imagens que tomavam conta de sua mente. O braço tremia tanto quando ergueu a chave que ela teve de segurar o pulso com a outra mão. A policial empurrou a porta lentamente.

O corredor estava deserto. Megan pôde ver os anoraques das crianças pendurados em ganchos à porta da cozinha. Na fração de segundo anterior a Dave Todd e os outros correrem rumo à casa, Megan ouviu alguém tossindo. Um homem. E viera do andar de cima.

Capítulo 14

Megan encostou-se contra a parede enquanto Dave e cinco outros policiais passaram por ela. O estrondo de passos nas escadas foi seguido de gritos e o som de móveis e de corpos tombando no chão. Em meio ao caos, Megan achou ter ouvido um grito.

– Ah, meu Deus! – exclamou. – Ceri!

Antes que o policial pudesse detê-la, Megan correu escada acima e ficou estática diante da porta do quarto da irmã. Ceri estava na cama, nua, com exceção de um par de sapatos de saltos altos. Os pulsos e tornozelos haviam sido amarrados aos trilhos de bronze com aquilo que parecia ser as próprias meias pretas. Megan não conseguia ver seu rosto. Estava voltado para outro lado, não para a porta.

Megan sentiu o corpo paralisado. Queria correr em direção a Ceri, mas não conseguia se mexer. Além da cama, no chão junto à janela, os detetives seguravam um homem com o rosto voltado para o chão. Estava só de cueca branca e, enquanto se debatia, seu rabo-de-cavalo preto roçava as tábuas de madeira do chão. Um dos policiais segurou-lhe a crina e ele foi dominado.

Por uma fração de segundo, ninguém se moveu. O quarto e as pessoas ali dentro pareciam imagens congeladas de um filme. Subitamente, um berro preencheu os ouvidos de Megan. O corpo de Ceri começou a se contorcer na cama.

– Justin! – gritou Ceri, as costas arqueadas enquanto lutava contra as amarras. – Deixem-no em paz! Desgraçados!

Mariel Raven estava hospedada na casa de um amigo que morava a menos de 20 quilômetros de sua casa, em Pendleton. Dirigira à noite em alta velocidade, seguida por repórteres da imprensa marrom, e só conseguira se livrar deles em um edifício-garagem no centro de Wolverhampton. Abandonando o carro, escondeu-se no banheiro feminino enquanto ligava para o amigo, que a pegou em um beco mal iluminado algumas ruas mais adiante.

Estava feliz por Justin ter amigos com os quais pudesse ficar. Ela não gostaria que ele voltasse para casa. Perguntou-se quanto tempo demoraria antes que os abutres desistissem. Sua mão tremeu quando ela pegou o jornal sobre a mesinha de centro. Estava aberto na fotografia de seu marido, aplicada sobre uma figura com hábito negro. "*Sean Raven, como pareceria em uma assembléia de bruxos.*" Que baboseira! Como *ousavam* fazer aquilo com ele! Agarrando o jornal com ambas as mãos, ela o amassou em uma bola e pisoteou com os saltos altos.

– Meu nome é Justin Preece. Estudo comunicação na faculdade de Pendleton. – O rapaz parecia recém-saído da adolescência. Estava de pé agora, algemado. – Ela vai contar para vocês! Diga-lhes, Ceri! Você me convidou a vir até aqui, não foi?

Megan trincou os dentes enquanto observava a irmã vestir o jeans e o suéter. Ceri nem mesmo olhou para ela.

– Ele está dizendo a verdade, Sra. Richardson? – perguntou Dave Todd.

O uso do sobrenome de Ceri soou mal no contexto.

– Sim! Claro que está dizendo a verdade! – Os olhos se estreitaram e as narinas inflaram. – Vocês se incomodariam de me explicar o que está acontecendo?

– Estamos investigando os assassinatos de Tessa Ledbury e Joanna Hamilton, Sra. Richardson – disse Todd, a voz neutra. Ele voltou a atenção para o rapaz. – Seu endereço?

– Um sete um, Linden Close, Pendleton, Wolverhampton WV3O 1QR – recitou ele roboticamente, olhando para o teto.

Megan piscou. Linden Close? Esse era o nome da rua de Sean e Mariel Raven. Ela viu Dave Todd trocar olhares com o policial que fazia anotações.

– Sr. Preece – disse Todd, enfatizando o título com uma nota de sarcasmo –, você tem algum tipo de relacionamento com o Sr. Sean Raven?

O lábio de Justin se retorceu.

– Você sabe muito bem que sim – debochou. – O que é isso? Alguma maldita vingança? Primeiro meu padrasto, agora eu! Por que não aproveita e prende minha mãe também para não perder a viagem?

Megan voltou o olhar do rapaz para Ceri. A expressão de confusão no rosto da irmã dizia-lhe que o nome Sean Raven nada significava para Ceri. A não ser que ela tivesse visto os jornais pela manhã, não havia por que conhecê-lo.

– Onde você estava entre 9h50 e 11h da manhã de quinta-feira, 24 de maio? – Todd mantinha-se de pé diante de Justin. Megan não podia ver a expressão no rosto do rapaz.

– Ele estava comigo! – A voz de Ceri estava trêmula. – Ele assistia à minha aula na faculdade de Pendleton! Satisfeito?

Todd olhou para ela e, então, voltou-se para o rapaz.

– Pode nos dizer onde estava entre 14h30 de quarta-feira, dia 16 de maio, e as 11h de quinta-feira, dia 17?

Houve um instante de silêncio. Megan viu que a cabeça da irmã balançava em sinal de descrença.

– Ele estava na universidade, certo, Justin? – Agora havia um tom de histeria em sua voz. – Ele sempre freqüenta as minhas aulas nas quintas-feiras pela manhã! Devia estar em outra aula na tarde de quarta-feira!

Todd meneou a cabeça sem se voltar para ela.

– E na noite de quarta-feira? – disse para Justin. – Onde estava?

– Em casa com minha mãe e meu padrasto. – O tom era desafiador. – Mas estou certo de que não acreditam em uma palavra do que eu lhes digo, como não acreditaram em nenhuma palavra que *eles* lhes disseram!

– Justin Preece – disse Todd. – Estou prendendo você como suspeito de homicídio. – Ele recitou a cláusula padrão sobre os direitos do rapaz de permanecer em silêncio antes de escoltá-lo do quarto.

– Não! Justin! – Ceri tentou tocá-lo mas ele foi puxado para trás pela policial feminina e outro tira. Megan tinha vontade de chorar ao olhar para ela. Parecia completamente infeliz, como se o chão tivesse saído debaixo de seus pés.

– Por favor – disse Megan. – Deixe-me falar com ela.

Ceri virou o rosto.

– Precisaremos colher o depoimento dela antes – disse a policial feminina. – Mas podemos fazer isso aqui se preferir, Sra. Richardson? – Ceri meneou a cabeça, atônita. – Poderá falar com a sua irmã assim que terminarmos, Dra. Rhys.

Megan saiu do quarto atordoada. Foi até o lado de fora da casa e viu o carro-patrulha indo embora, Justin Preece no banco de trás entre dois policiais.

Dave Todd estava na calçada, de costas para ela, falando ao celular.

– Ela é professora dele, sim – dizia Todd. Sem dúvida estava passando para Steve Foy todos os detalhes sórdidos. Ela sentiu-se oca. Será que Justin realmente era o assassino? Teriam ele e Sean Raven praticado os crimes a dois? Ou ela teria apenas submetido a irmã a uma experiência terrível e degradante por nada?

Ceri *convidara* Justin à sua casa. Ela estava tendo um *caso* com ele. Aquilo em si era devastador o bastante para sua família, mas não significava que ele era culpado de homicídio. Pensou em Tessa Ledbury. Ela tivera um caso com Sean Raven. E se tivessem começado tudo outra vez? E se tivesse sido envolvida em algum triângulo bizarro com o padrasto e o enteado? Mas e quanto a Joanna Hamilton? Sim, ela tinha uma ligação com a universidade e poderia ter conhecido Justin lá. Mas era lésbica. Tentara persuadir Vicky Tomlins a morar com ela. Não, pensou Megan, não batia.

– Sim, chefe – ouviu Todd dizer. – Vou perguntar à Dra. Rhys se ela virá. – guardou o celular no bolso e virou-se. Atrás dos óculos de aro dourado, seus olhos estavam repletos de preocupação. – Isso deve estar sendo terrível para você – disse ele. – Lamento.

Megan meneou a cabeça. Não conseguia falar.

– Não sei como se sente a respeito de ir à delegacia, mas o chefe gostaria que você estivesse lá para sentir o clima.

Ela engoliu em seco.

– Posso ir depois. – A voz estava rouca de emoção. – Primeiro, eu gostaria de ficar algum tempo com minha irmã.

– Claro – disse Todd. – O tempo que precisar. Gostaria que um dos policiais ficasse com você?

Ela balançou a cabeça.

– Gostaria de ficar a sós com ela, se você não se importa.

Meia hora depois, os outros policiais já haviam ido embora. Megan sentou-se na cadeira na sala de estar, a irmã no sofá. O ambiente estava mais arrumado que o comum. Nenhum brinquedo no tapete ou roupas penduradas nos radiadores de calefação. Ceri deve ter querido que o lugar estivesse em ordem para agradar o amante. Megan perguntou-se qual seria a idade dele. Ela não acreditava que a irmã tivesse arriscado o casamento, seu lar, *tudo* por um caso com um de seus alunos. Ela abriu a boca para falar mas se conteve. Quem era *ela* para julgar?

– Sei como deve estar se sentindo – disse afinal. Soou falso. No que dizia respeito a Ceri, ela fora invadida. Invadida e humilhada. Ela provavelmente achava que ter sido assassinada não seria muito pior do que a experiência que a polícia a fizera passar.

– Não sei como pode dizer uma coisa dessas. – A voz de Ceri estava repleta de amargura. – E não quero falar sobre isso, nem com você nem com ninguém! – Ela se levantou. – Preciso pegar as crianças.

– Onde elas estão?

– Na creche, é claro! – Os cantos de sua boca se voltaram para baixo. – Acha que eu os abandonei em algum lugar? Que sou uma mãe ruim e promíscua?

– Não, claro que não – disse Megan. – Pensei que Neil...

– Ele está em uma conferência em Bruxelas – interrompeu Ceri. Ela fez uma pausa à porta. – Se quer saber por que não lhe disse nada, é porque eu sabia que você não aprovaria!

Meu Deus, é isso que ela pensa de mim? Megan desviou o olhar, lágrimas embaralhando sua visão. Ambas ficaram em silêncio. Ela esperou a porta bater. Em vez disso, ouviu o som estranho e abafado de um soluço. Correndo até o corredor, ela viu Ceri inclinada contra o cabideiro, os ombros subindo e descendo por causa dos soluços.

– Ah, Ceri! Por favor não chore! – Megan abraçou a irmã. – Nunca imaginei que estivesse envolvida com isso mas, quando eu o vi seguindo você...

– Eu... sei! – disse Ceri entre as lágrimas. – Eu... compreendo.

Megan a levou de volta à sala de estar e sentou-se no sofá a seu lado.

– Posso pegar uma xícara de chá para você? Ou prefere conhaque?

Ceri balançou a cabeça.

– Do modo como me sinto, vou acabar bebendo a garrafa toda. – Ela pegou um guardanapo de papel e assoou o nariz.

– Farei um pouco de chá, então – disse Megan. – Quando terá de pegar as crianças?

– Não antes das 15h30 – disse Ceri.

Ela seguiu Megan até a cozinha. Quando a chaleira ferveu, ela já havia começado a contar a história de seu caso com Justin. Descreveu como as coisas estavam ruins entre ela e Neil. Como ela começou a se sentir atraente nas roupas novas que comprou para trabalhar. Os olhares admirados que recebeu de outros alunos e sua irresistível atração por Justin.

– Sabia que era loucura – disse ela. – Mas não consegui me conter. Era como uma droga, Meg. Não conseguia parar de pensar nele.

– Qual a idade do rapaz? – Megan tentou manter a voz neutra.

– Vinte e um. – Ceri deu um tapinha no lado da cabeça. – Mas aqui ele é muito mais velho que isso. – Ela olhou para Megan com um olhar de súplica. – Você não acredita que ele é um assassino, acredita?

– Não sei, Ceri. – Megan suspirou. – Não sei o que pensar. – Ela olhou para a irmã, com medo de fazer a pergunta que estava em sua mente desde o instante em que viu Ceri na cama. – Há algo que preciso saber – disse ela. – Por favor, não me odeie por isso, mas esses sapatos... aqueles que você estava usando quando, você sabe... – ela parou de falar, medindo a reação da irmã.

– Ah, meu Deus! – Ceri escondeu o rosto entre as mãos. – Não consigo suportar a idéia de toda aquela gente me vendo daquele jeito! – Ela balançou-se para frente e para trás na cadeira e Megan estendeu a mão para tocar-lhe o ombro. – Ele quis que eu me vestisse para ele. – A voz de Ceri estava abafada por suas mãos. – Fazia parte do jogo erótico. Comprei meias e ligas e aqueles sapatos sensuais e ele... – Ela parou de falar, limpando as lágrimas que agora escorriam por seu rosto.

– Ele o quê, Ceri? – Megan prendeu a respiração. Pensava no sapato de camurça vermelha no guarda-roupa de Joanna Hamilton. O que devia estar usando quando fora morta. – Ele pediu que você vestisse sapatos vermelhos?

Ceri olhou para ela, olhos inchados de tanto chorar.

– Por quê? Era o que as outras mulheres estavam usando? Tessa Ledbury e a tal de Joanna?

Megan mordeu o lábio inferior. Ela não devia dar a Ceri a oportunidade de proteger Justin Preece caso ele fosse culpado. Era óbvio que a irmã estava apaixonada por ele e que o defenderia até a morte.

– Elas não estavam usando sapato algum – respondeu. – Mas a polícia tem a teoria de que o assassino busca mulheres que se vestem de vermelho.

Aquilo era uma mentira, mas desviou a atenção dela dos sapatos. Ela se sentiu mal por fazer aquilo com a irmã, mas precisava descobrir a verdade.

– Na verdade, ele queria que eu me vestisse de preto. – Ceri cobriu a boca e o nariz com as mãos em concha, como se desejasse conter a próxima frase que diria para Megan. Megan esperou. Afinal, as mãos baixaram e Ceri começou a falar, olhos fixos no chão. – Ele disse que tinha fantasias comigo dando aula usando uma minissaia preta. Falou que imaginara como seria caso eu vestisse meias e ligas e ele as visse de relance quando eu me voltasse para escrever alguma coisa no quadro-negro. – Ceri fechou os olhos e estreitou os lábios até ficarem brancos.

– E os sapatos? – A voz de Megan era quase um sussurro. Era como pisar em ovos.

– Foram idéia minha. – Ceri inspirou profundamente e inclinou a cabeça para trás. – Eu os arrematei no e-Bay – disse para o teto.

Patrick abriu a porta e pegou as cartas no tapete. Ele esperava que Megan estivesse em casa, mas o lugar estava desarrumado, o que sugeria que ela estivera ocupada demais para perder tempo ali. Havia pratos sujos na pia e a lixeira da cozinha pedia para ser esvaziada. Quando estava levando o lixo pelo corredor, o telefone tocou. Ele hesitou um instante antes de atender. Ele estava quase certo de que devia ser Megan ligando para ver se ele já estava lá. Tocou cinco vezes antes de a secretária eletrônica atender. Ficou ali ouvindo a gravação da voz dela, o estômago se contorcendo. Ele sabia que devia atender. Mas se fosse Megan, ele sabia que não seria capaz de falar sem se denunciar.

A máquina apitou. Ninguém deixou mensagem.

Megan não queria deixar a irmã sozinha. Saíram ao mesmo tempo, cada uma em seu carro, Megan a caminho da delegacia na rua Tipton e Ceri para a creche. Megan sugeriu que ela levasse as crianças para a casa dela naquela noite. Ela teria de avisar Patrick. Megan olhou para o relógio. Provavelmente ele ainda não teria chegado. Tinha de se lembrar de ligar mais tarde.

Enquanto avançava em meio ao tráfego de sexta-feira à tarde no centro de Wolverhampton, Megan perguntou-se o que diabos a irmã faria. Neil não chegaria senão na quarta-feira seguinte. Aquilo significava que ela teria muito tempo para pensar. Mas Megan não conseguia imaginar como Ceri evitaria abrir o jogo a respeito de Justin. Mesmo que ela decidisse tentar esconder tudo de Neil, havia uma boa chance de ele descobrir o que acontecera. Se Justin Preece fosse indiciado, Ceri certamente acabaria no tribunal como testemunha. E mesmo que não fosse, a universidade certamente descobriria que Ceri fora pega *em flagrante* com um de seus alunos. Ela certamente perderia o emprego. Como explicaria *aquilo* para Neil?

Megan estremeceu. Não conseguia evitar de pensar nas crianças. Seu pequeno mundo estava a ponto de ruir e ela queria protegê-las desesperadamente. Mas ela nada podia fazer. Tudo dependia de Ceri.

Na delegacia, Dave Todd veio recebê-la no saguão.

– O chefe pôs Sean Raven na Número Um – disse ele, guiando-a ao longo do corredor até a suíte com espelho falso. – Achei que gostaria de assistir.

Ela se sentou em silêncio à mesa diante do espelho falso. Foy e Kate O'Leary estavam na sala ao lado, sentados diante de um Sean Raven profundamente abatido. Ela olhou para o relógio na parede. Ele estivera sob custódia mais de 48 horas, tempo no qual provavelmente não dormiu. Não admirava estar tão abatido.

– Seu enteado está preso em uma cela lá embaixo. O jovem Justin. – Foy estava de costas para Megan mas ela conseguia detectar o sarcasmo em sua voz. – Ele nos contou tudo a respeito de seus hábitos pervertidos. – Houve uma pausa. – Sobre as coisas doentias que o excitam!

Megan olhou para Dave Todd, as sobrancelhas erguidas. Ele balançou a cabeça. Ela se levantou e saiu da sala. Todd a seguiu.

– Desculpe, Dave, vou embora. Não consigo ver isso. – Foy fora longe demais, tentando jogar um contra o outro com mentiras deslavadas. Uma coisa era jogar sujo com gente como Carole-Ann Beddowes, mas quando se tratava de gente enfrentando uma acusação de homicídio...

– Mantenha-me informada, por favor – pediu ela. – E diga ao seu chefe que não poderei ir ao *Crimewatch* amanhã à noite.

Megan abriu caminho no trânsito cada vez pior e discou o número de casa ao parar em um dos inevitáveis engarrafamentos. Tudo o que conseguiu foi falar com a secretária eletrônica. Talvez o táxi que Patrick pegou na estação também estivesse preso no engarrafamento. Ela esperava que ele não tivesse perdido o trem. Quando ela desligou, seu celular tocou. Era Ceri, dizendo que teria de ficar em casa porque Emily fora convidada para uma festa. Megan sugeriu que fossem mais tarde mas Ceri disse que as crianças estariam muito cansadas. Em vez disso, iria no dia seguinte.

Quando o trânsito voltou a fluir, Megan flexionou os ombros, esfregando a nuca com as mãos. Sentia-se exausta. A mente estava um tumulto, pensando em milhares de coisas ao mesmo tempo. Ela precisava contar tudo a Patrick. Talvez pela manhã tivesse uma idéia mais clara do que fazer. O estômago roncou e ela se deu conta de que não comera nada além de uma torrada no café-da-manhã. E não havia comida em casa. Ela resmungou. Tudo bem. Ela compraria comida para viagem e uma garrafa de vinho.

As páginas do jornal flutuavam, levadas pela brisa da janela aberta. O assassino da magia negra. Em letras com 10 centímetros de altura. E nas páginas 3, 6 e 7 uma trama e um elenco de personagens capaz de enganar um mundo ingênuo. A fotografia do bruxo era ridícula. É assim que esses jornalistas idiotas acham que um bruxo se parece? Como parecerão ridículos quando encontrarem a próxima. Só assim, eles se darão conta de que estão lidando com alguém muito mais inteligente.

– Oh, que bom vê-lo! Pensei que tivesse perdido o trem. – Megan abraçou Patrick. Ele viera até a porta da frente, ao ouvir a chave na maçaneta.

– Senti sua falta – sussurrou ele.

– Eu também. Tive um dia horrível. – Ela trazia a tiracolo um recipiente de plástico volumoso e quando Patrick a abraçou aquilo esbarrou nele.

– Ai – disse ele, recuando.

– Ah, desculpe. É comida pronta. Não tive tempo de fazer compras, de modo que parei em um chinês a caminho de casa.

Patrick olhou para os olhos dela e viu que estavam repletos de lágrimas.

– Meg! O que houve?

– Desculpe – gaguejou ela. – É só que... é Ceri... algo terrível aconteceu...

– O quê? Oh, meu Deus! Ela não...

– Não, não... ela não está ferida ou algo assim – disse Megan.

– Então o que foi?

– É uma longa história e muito deprimente – disse ela, tirando um lenço de papel do bolso e enxugando o rosto. – E vou precisar de uma taça de vinho. – Ela olhou para o recipiente de comida para viagem que trazia nas mãos e o estendeu. – Deve estar gelada. Você podia pôr a comida no microondas enquanto abro o vinho? – disse ela a caminho da cozinha.

Patrick ficou no corredor como uma criança perdida. Vê-la mudou tudo. Antes de Megan chegar, ele decidira exatamente o que dizer. Mas como poderia fazê-lo agora?

Ele a seguiu até a cozinha. Mecanicamente, pegou vasilhas no armário e retirou o conteúdo das quentinhas de alumínio. Talvez pudesse ir para a Holanda sem dizer nada. Fingir que estava voltando a Liverpool. Ele poderia fazer isso facilmente sem que ela descobrisse. Depois decidiria o que fazer. Talvez nunca precisasse contar para ela...

– Patrick, o que há com você? – Megan estava diante dele, uma taça de vinho em mãos.

– Ah, nada. – Ele forçou um sorriso.

Ela retribuiu o sorriso, coçando o queixo.

– Vou levar isto para a sala – disse ela, pegando a garrafa de vinho e a outra taça. – Você pode trazer a comida?

Ele meneou a cabeça, recostado à beira da mesa enquanto esperava o microondas. As quentinhas haviam sido embrulhadas em jornais da véspera. Ele olhou para as páginas. Havia uma fotografia de Joanna Hamilton, o rosto manchado de molho agridoce que vazara de uma das quentinhas. Como desejava que o tempo voltasse atrás!

Quando levou a bandeja para a sala, Megan já havia bebido metade da taça. Ele voltou a enchê-la e observou-a comer sem ânimo enquanto falava de sua frustração com a investigação de homicídio e o trauma da invasão da casa da irmã pela polícia.

– Não sei o que Ceri vai fazer – disse ela, empurrando um pedaço de abacaxi no prato com o garfo. – Fico pensando nas crianças. O que será delas se ela e Neil se separarem?

Patrick olhou para a comida, incapaz de encarar Megan.

– Patrick? – Ela afastou o prato. – O que houve? – Ela pegou a mão dele e olhou-o. – Você tem estado quieto a noite inteira. Aconteceu alguma coisa, não foi? Por favor, diga-me o que está errado.

Ele inspirou profundamente, ainda evitando o olhar dela.

– Eu não ia dizer – murmurou. – Não queria estragar tudo...

– Dizer o quê?

Ele ergueu a cabeça lentamente, afastando as lágrimas que se acumulavam no canto dos olhos.

– Se eu lhe contar, há algo que quero que se lembre.

Ela olhou para Patrick, balançando a cabeça, confusa.

– Eu te amo Megan. – Ele a puxou para perto, agarrando-a como alguém que está se afogando.

– Eu também te amo! – Suas palavras foram abafadas pelo peito dele.

– É Kristine – sussurrou ele no cabelo de Megan. Ela se afastou ao ouvir o nome da ex-noiva de Patrick. A mulher com quem ele planejava se casar. *Teria* se casado caso não viesse estudar em Heartland.

– Kristine? – ela franziu as sobrancelhas. – O que tem Kristine?

– Megan, ela está grávida.

Por um instante ela olhou para ele, confusa.

– Quer dizer que ela conheceu outra pessoa?

Seus olhos voltaram-se para o tapete.

– Mas isso é bom, não é mesmo? – disse Megan. – Isso torna tudo mais...

– Isso vai estragar tudo. Ela está grávida de seis meses, Megan, e disse que o filho é meu.

Capítulo 15

Megan olhou para Patrick, incapaz de acreditar no que ouvia.

– Como assim? Como o filho pode ser *seu*?

Sua mente já fizera os cálculos. Seis meses.

Dezembro. Natal. Ele voltara à Holanda no Natal. Para *romper* com Kristine.

– Você transou com Kristine no Natal, não é? – Megan pulou do sofá. – Seu desgraçado insensível! Trepa com ela e depois a descarta...

– Meg, não foi assim! – Patrick tentou agarrar-lhe os braços enquanto ela corria para a porta. Meg se livrou e ele ouviu seus passos escada acima. Correu atrás dela, que entrou correndo no banheiro. Ouviu o ruído da tranca quando ela se fechou lá dentro. – Eu sei que você não vai acreditar nisso – disse ele através da porta –, mas nunca pretendi fazê-lo. Era você quem eu queria. Você sabe disso! Só voltei para explicar por que estava rompendo o compromisso. – Patrick suspirou, reclinando-se pesadamente contra a porta. – Quando cheguei ao apartamento, ela estava fora de si. Ameaçando se suicidar. Ela me pediu para passar a noite lá e eu tinha medo de, caso a deixasse, ela fizesse alguma besteira. Bebi muito então, bem, quando dei por mim ela estava em cima de mim. – Patrick parou de falar, dando-se conta de que nada que dissesse tornaria aquilo mais aceitável.

– Então você trepou com ela para alegrá-la? Meu Deus, que herói! – A voz de Megan estava abafada, mas o veneno que continha era evidente.

– Ela fez aquilo de propósito, Megan! Não vê? – Ele bateu à porta. – Por favor, deixe-me entrar!

Ele ouviu o som de torneiras sendo ligadas.

– Por que acha que esperou tanto tempo? – Ele fez uma pausa mas não ouviu outro som além do barulho da água caindo na banheira. – Ela sabe que é tarde demais para que se possa fazer qualquer coisa. Não vê? Está usando o bebê para fazer com que eu volte.

– Bem, ao que eu saiba ela foi muito bem-sucedida! – A voz de Megan era tão alta que fez Patrick recuar. Ela devia estar bem atrás da porta.

– Ora, por favor, Meg! – Ele mexeu na fechadura outra vez. – Não iremos a lugar algum desse jeito!

– Ir a algum lugar? Você honestamente acredita que vai conseguir sair dessa na base da conversa?

– Ouça, tente ver a coisa do meu ponto de vista. – Agora, havia um toque de raiva em sua voz. – Pelo amor de Deus, no Natal passado a gente ainda mal se conhecia, não é mesmo? Eu nem mesmo sabia se você ainda estaria interessada em mim quando eu voltasse da Holanda.

– Ah, estava cercando as suas apostas, não é mesmo?

O ruído de água das torneiras parou subitamente. Ele ouviu seus passos sobre o chão de madeira e um espadanar quando ela entrou na banheira. Nenhuma chance dela deixá-lo entrar agora. Ele sentou no tapete, agarrando os joelhos. Foi um idiota de acreditar que poderia persuadi-la a conversar racionalmente sobre algo tão doloroso. De todas as coisas que ele poderia fazer para feri-la...

O som da risada dela rompeu o silêncio. Era um riso oco, e a água da banheira dotou-o de um eco assustador.

– Que ironia. – Soava como se falasse para si mesma em vez de para ele. – O homem que sequer pronunciava a palavra *bebê* está prestes a ser pai.

– Ora, vamos Megan, isso não é justo! – Agora ele estava de pé, o rosto colado à porta. – Se nunca falei sobre filhos foi porque a idéia de tê-los nunca realmente me ocorreu anteriormente. Eu estava feliz com o modo que as coisas estavam entre nós dois! – Ele bateu à porta. – Sei que isso é uma trapalhada mas pode me dar a chance de tentar me explicar?

– Vá embora, Patrick! – Ela cuspiu o nome dele como se fosse algo venenoso.

– Então é isso? – Ele tentou gritar mas sua voz estava rouca de emoção. – Simplesmente vai jogar tudo fora?

– Apenas vá!

As palavras dela ainda estavam em seus ouvidos quando ele desceu as escadas furtivamente.

Megan olhou para o relógio, tentando adivinhar se era manhã ou tarde. O sol entrava por uma fresta das cortinas da sala de estar. Ela piscou. Por que estava no sofá? Quando tentou se levantar, um pé pisou nos restos frios de um prato de camarão agridoce e o outro chutou para longe uma garrafa vazia de uísque. Foi quando ela se lembrou.

– Merda! Merda! Merda! – Seu primeiro impulso foi o de voltar ao sofá e esconder a cabeça sob as almofadas. Desligar tudo. Mas a sola de seu pé estava toda melada. Esfregar aquilo no móvel não ajudaria a tornar aquele dia miserável nem um pouco melhor.

Em vez disso, subiu as escadas até o banheiro, a cabeça pulsando a cada movimento. Ela entrou na banheira, abriu a torneira e xingou outra vez quando a água fria atingiu sua pele.

– Meu Deus, você está horrível! – O espelho do banheiro não costuma ser lisonjeiro mas, naquele dia, seu reflexo obrigou-a a uma careta. Ela olhou para a pele intumescida e a maquiagem manchada, repetindo as palavras de Patrick em sua mente. Seus olhos se encheram de lágrimas e ela virou o rosto, sentindo as lágrimas correrem por seu rosto e pingarem na banheira. Ela saiu da água e tombou sobre o chão do banheiro, tomada por uma súbita onda de náusea. Arrastando-se até a privada, ela se curvou como um animal ferido, odiando-se por ter se deixado ficar nesse estado.

Ainda estava ali dez minutos depois, quando o telefone tocou. Patrick, pensou. Não atenda. Após alguns toques, a secretária eletrônica atendeu. Tomada por uma súbita ânsia de ouvir a voz dele, ela se arrastou até o corrimão da escada em busca de apoio.

– Oi, Megan. – Era uma voz de mulher. – Há uma notícia nos jornais da manhã que eu gostaria de comentar com você: algo um tanto estranho. A propósito, é Delva quem está falando... desculpe esqueci de dizer. Estou em casa e, se quiser, pode me ligar de volta. Tchau.

Megan foi em direção à escada e então parou. Não podia ligar para Delva. Ainda não. Não conseguiria começar a falar sem se entregar. Podia estar um caco, mas havia algo de que ela tinha certeza. Não diria a ninguém o que acontecera com Patrick. Nem para Delva. Nem mesmo para Ceri. Era muito doloroso. Muito humilhante. Se alguma delas perguntasse, ela simplesmente diria que ele voltara para a Holanda para resolver um problema de família. Mais tarde diria que ele teve de ficar por lá. Seria fácil inventar um motivo. Ninguém se surpreenderia quando ela dissesse que o relacionamento deles acabara.

Já vestida, começou a racionalizar sobre o que havia acontecido. Foi melhor assim, pensou. Cedo ou tarde Patrick se daria conta de que queria filhos. Melhor se separarem agora do que cinco anos mais adiante. Subitamente sua mente foi ocupada pela imagem dele ninando um recém-nascido em seus braços. As pernas dela bambearam e ela caiu no chão, escondendo a cabeça entre os joelhos. As lágrimas molharam o tecido de sua saia e quando ela finalmente se recompôs havia duas marcas úmidas onde seus olhos estavam.

Megan caminhou mecanicamente para o guarda-roupa e tirou uma muda de roupa. Ela superaria aquilo. Se sobrevivera ao rompimento de um casamento de cinco anos, certamente poderia superar algo que durou meros cinco meses. Ela inspirou profundamente e desceu até a cozinha. Pegou um saco de lixo preto do armário e caminhou decidida até a sala de estar. Fez uma pausa apenas para abrir as cortinas e pegou tudo o que encontrou pelo caminho: os pratos de comida chinesa, os talheres, as garrafas vazias e as taças de vinho. Marchou até o quintal dos fundos e jogou o saco em uma lixeira com rodinhas, onde aterrissou com um estrondo satisfatório. Depois ela voltou para dentro, preparou uma grande xícara de café preto e ligou para Delva.

– Oi, Meg, obrigada por retomar a ligação – disse Delva. – Foi algo que vi em um dos tablóides.

– Não consigo ouvir bem – disse Megan. – Você disse tablóides?

– Sim... desculpe. – Delva ergueu um pouco a voz. – É esse telefone sem fio. Na verdade, estou no jardim. Tentando dar uma melhorada no aspecto dele.

– Ah, você precisa ver o meu – disse Megan. – O gramado parece uma selva. – Estava feliz que a ligação estivesse ruim. Delva não perceberia o tremor em sua voz. – O que diz a matéria? – perguntou.

– Espere um minuto – disse Delva. – Vou lê-la para você. – Ouviu-se um ruído enquanto ela ia buscar o jornal. Quando voltou a falar, a voz parecia bem mais clara. – A manchete diz "Polícia invade quarto de casal pervertido". Tem uma matéria nas páginas internas. – O estômago de Megan embrulhou e ela lutou contra a ânsia de vômito. Delva prosseguiu: – "Na tentativa de captura do assassino da magia negra de Wolverhampton, a polícia interveio naquilo que acreditava ser o terceiro ataque do assassino, apenas para encontrar um casal praticando sexo pervertido. Acredita-se que os policiais que participaram da invasão da casa teriam sido convocados por uma mulher envolvida na investigação, que temia que o assassino tivesse escolhido sua irmã. Mas acabou-se descobrindo que a irmã fugira do local de trabalho em uma faculdade local para uma sessão de sadomasoquismo com um de seus alunos. Uma fonte ligada à polícia afirmou que: 'Ela estava amarrada na cama usando um par de sapatos vermelhos de saltos altos e um sorriso. A expressão de seu rosto era impagável. Imagine estar no auge da paixão quando meia dúzia de tiras entram pela porta. A irmã também ficou muito envergonhada.' Um porta-voz da polícia de West Midlands recusou-se a confirmar se a operação de fato ocorreu."

Megan olhou para a parede à sua frente, coração disparado.

– Megan? Ainda está aí? – disse Delva.

– Desculpe, eu, ãhn... – murmurou Megan. – Em que jornal saiu isso? – Ela se perguntou se Delva conseguia discernir o pânico em sua voz.

– No *The Sun* – respondeu Delva. – O que acha? Estava me perguntando se a mulher de que estão falando seria irmã de Kate O'Leary? Ou talvez a polícia tenha sido acionada por Carole-Ann Beddowes?

– Não – disse Megan com o coração pesaroso –, não foi nenhuma das duas.

– Você estava lá, não estava? – A voz de Delva era de dúvida. Então, a ficha caiu. – Ah, meu Deus! Era você, não era? Ah, Megan, me perdoe... você deve achar que fiz isso de propósito, mas, sinceramente, eu achei...

– Tudo bem – interrompeu. – Não havia como saberem que era eu a partir dessa matéria. – Ela inspirou profundamente. – Só queria saber quem foi o desgraçado que vazou isso para o jornal.

– Ouça, Megan, não quero me intrometer. Só liguei por estar imaginando quem seria tal pessoa. A matéria dá a impressão de que a polícia a considerou inocente e me pergunto se o *The Sun* entendeu direito.

– Não, não entendeu – suspirou Megan. – Até onde sei, a polícia ainda o mantém preso. – Ela fez uma pausa. Delva já sabia tanto que não parecia fazer sentido esconder a verdade dela. Sem dúvida Foy se certificaria de que o nome de Justin vazasse para a imprensa antes do fim do dia. – Seu nome é Justin Preece – disse ela. – E é enteado de Sean Raven.

Houve um ofegar do outro lado da linha.

– E ele estava...? – Delva deixou a frase no ar, constrangida demais para terminá-la.

– Sim, ele tinha um caso com minha irmã. – Megan não conseguiu usar a palavra usada pelo *The Sun*.

– Megan, posso lhe dar um conselho? – O tom de voz de Delva era sério. Não havia resquício de sarcasmo. – Cuidado antes de abrir a porta para alguém e deixe a secretária eletrônica ligada. Se alguém descobrir quem são os personagens desta história, eles vão bater à sua porta.

Megan fechou os olhos, imaginando como aquele dia poderia ficar ainda pior.

– E quanto a você, Delva? – Se alguma vez teria um conflito de lealdade com a amiga, pensou Megan, certamente aquilo aconteceria agora.

– Não se preocupe. Não é o tipo de coisa a se mostrar na hora do chá. – A voz de Delva soou pouco natural desta vez. Megan se perguntou se ela estava tentando não rir. Imaginou que era o tipo de notícia que divertiria os repórteres.

Ela ficou no corredor durante vários minutos depois que a conversa com Delva terminou, imaginando o que fazer. A vontade de fugir era quase avassaladora. Ela, Ceri e as crianças podiam ir de carro para a casa que a avó galesa lhes deixara. O pequeno chalé de pescador defronte à Cardigan Bay. Ali estariam a salvo dos repórteres, dos amantes e dos detetives de duas caras... O som do telefone a interrompeu.

– Meg, sou eu. – Era Ceri. Soava muito mais calma do que quando Megan falou com ela pela última vez. – Sei que disse que passaria por aí hoje mas eu pensei um bocado nas coisas e realmente acho que seria melhor se eu e as crianças ficássemos aqui. Mais cedo ou mais tarde terei de enfrentar as pessoas, e fugir não vai ajudar.

Megan mordeu o lábio.

– Ah, Ceri, você está sendo muito corajosa, mas há algo que devo lhe dizer. – Não se ouviu um som do outro lado quando ela relatou o que Delva lhe dissera. – Portanto, não deve ser boa idéia ficar em casa.

– Não vou me deixar abater, Meg. – A voz de Ceri era calma mas determinada. – As pessoas vão acabar descobrindo. Melhor enfrentar logo de uma vez, não é?

– E quanto a Neil? Já decidiu o que vai dizer para ele?

Ouviu-se um longo suspiro do outro lado da linha.

– Acabou, Meg. Para ser franca, sabia disso já havia muito tempo. Nada tem a ver com Justin. Ele foi só a gota-d'água. – Houve uma pausa. – Por falar nisso, você sabe o que aconteceu com ele? – O súbito tremor na voz traiu a fragilidade de suas emoções. – Tento ligar para o celular dele, mas está desligado.

– Quer que eu descubra?

– Sim, por favor, Meg. – A voz de Ceri tornara-se um rouco sussurro. – Não consigo imaginá-lo em uma cadeia.

Megan estava decidida quando discou o número de Dave Todd. Perguntar por Justin Preece daria a ela uma desculpa para saber se fora ele quem soprara a notícia para o *The Sun*. Do fundo do coração, não queria que fosse verdade. Ele parecera tão agradável, tão disposto a ajudá-la apesar de seu chefe. Ela resmungou. Ela conseguiu perceber tão bem tudo o mais... por que seu julgamento a respeito *dele* seria diferente?

O celular tocou diversas vezes antes de ele atender.

– Dave Todd. – Ele parecia estar sem fôlego. Ela se perguntou se o teria pegado em uma caminhada matinal.

– É a Dra. Rhys. – Havia dois dias, ela pediria que ele a chamasse de Megan. Agora, se sentia inclinada a ser formal. – Alguma novidade sobre Justin Preece?

– Ainda detido – disse Todd. – Eu estava na delegacia faz uma hora. No momento, nenhuma perspectiva de indiciá-lo por qualquer coisa, creio eu.

– Ah? Por que diz isso?

– Bem, como você disse a respeito de Sean Raven, é tudo circunstancial, não é mesmo? Quero dizer, ao menos Raven tem uma ligação clara com Tessa Ledbury. Acho que o chefe vai estar pisando em ovos caso tente deter Justin além de amanhã pela manhã.

– Então acha que ele o soltará? – Megan perguntou-se o que os jornais fariam ao saberem disso. – E quanto a Raven?

– Não me surpreenderia se ele soltasse os dois amanhã. Se forem liberados sem serem indiciados, os jornais estarão à vontade para jogar ainda mais merda no ventilador. Talvez esse seja o plano dele.

– Hum. – Era a hora de dizer o que tinha em mente. – Falando dos jornais, já viu o *Sun* de hoje?

Fez-se silêncio no outro lado da linha.

– Está aí, Dave?

Ela o ouviu tossir.

– Sim, vi. Espero que não esteja achando que partiu de mim...

Aquilo a deixou confusa. Ela hesitou um instante, então disse:

– Eu não sei de onde veio, mas acho que tenho direito de saber, não é?

– Bem, se eu fosse você também desejaria saber! – disse ele. – Não sei quem foi. Pode ter sido qualquer um na delegacia da rua Tipton. Até mesmo um parente de um policial. Infelizmente, este tipo de coisa se espalha muito rapidamente. – Ele parecia realmente furioso, pensou Megan. Desejava poder ver seu rosto. Era tão fácil mentir pelo telefone.

– Eu ia ligar para você de qualquer modo – disse ele mudando o tom de voz. – Tenho novidades sobre aquela ligação para o celular de Joanna Hamilton.

– É?

Estaria tentando distraí-la?

– Foi de Bob Spelman... lembra-se? O instrutor de auto-escola da igreja?

– Spelman?

– Eu sei – disse Todd. – Muita coincidência... foi o que pensei. Mas estivemos lá. Ele disse que ela andara perguntando sobre aulas de direção. Disse que ligou para marcar um encontro.

– Então, por que ele não disse isso antes?

– Ele disse que apenas a conhecia como Jo. Não sabia o sobrenome dela. Disse que pegaria os detalhes na primeira aula. Viu as notícias mas não fez a ligação.

Ceri estava no andar de cima da casa, agachada no chão do banheiro. Ela ergueu um canto do retângulo de musselina estampada que cobria a janela. Estava certa. *Era* um fotógrafo. O telefone a alertara. Tocara havia dez minutos mas ela seguira o conselho de Megan e deixara a secretária eletrônica ligada. Não havia mensagem, mas por uma fração de segundo ela ouviu sons de escritório. Uma redação de jornal, supôs. Saiu do banheiro arrastando-se, levantando-se apenas depois de ter fechado a porta atrás de si. Caminhando pelo patamar da escadaria, chamou Emily, que brincava no quarto. Então, foi até o berço, pegou Joe ainda adormecido e desceu a escada.

Havia um portão no muro do jardim dos fundos que dava para uma trilha coberta de mato. Seguia ao longo das casas e desembocava junto às lojas.

– Vamos – disse ela para Emily. – Vamos dar um passeio. – Pousando Joe gentilmente no seu carrinho, atravessou o pátio revestido de seixos. Iriam até o parque. O dia estava quente e haveria muita gente. Ninguém a reconheceria com o boné de beisebol e os óculos escuros.

Megan tirara o telefone do gancho. Quem quisesse falar com ela poderia achá-la no celular. Pegou o pequeno aparelho prateado no bolso do casaco e procurou o número da casa dos Spelman. Estava ocupado. Teria de tentar depois. Quanto mais pensava naquilo, mais estranho parecia o fato de Bob Spelman ter sido a última pessoa a ligar para Tessa e Joanna. Ela se perguntou se a polícia verificara o álibi dele na noite da morte de Joanna. Instrutores de auto-escola devem trabalhar um bocado à noite, refletiu. Como explicar os intervalos entre uma aula e outra? Momentos em que ele dirigia de um compromisso a outro? E certamente devia haver aquela aula vaga quando um aluno não compareceu...

Fazia-se tais perguntas enquanto procurava a bolsa. Onde a deixara na noite anterior? Não havia nem uma casca de pão velho na casa e ela precisava fazer compras. Não que estivesse com fome. Patrick cuidara daquilo. Encontrou a bolsa no corredor, onde a deixara quando chegara na noite anterior com a embalagem de comida chinesa. Sentiu as entranhas se revolverem ao se lembrar de Patrick vindo abraçá-la.

– Ah, meu Deus – gemeu. – Quanto tempo até eu parar de pensar nele?

Ela engoliu em seco e caminhou até a porta. Mas parou antes de abri-la. E se houvesse repórteres lá fora? Ela correu até a sala de estar e olhou através do fino tecido de sári que lhe servia de cortina. Não viu ninguém. Bom.

Seu carro estava estacionado próximo à casa e ela entrou às pressas. Ainda nenhum sinal de repórteres. Foi até o Sainsbury's, cerca de meia hora de distância de sua casa. Quando terminou de fazer as compras, decidiu permanecer no café durante um tempo. A idéia de voltar para casa a deprimiu. Quando Patrick se foi, o lugar subitamente pareceu tão vazio. Comprou um exemplar do jornal da tarde local, enfiou-o debaixo do braço e foi tomar um café. Havia diversas mesas vazias e ela escolheu uma em um canto junto à janela que dava para o estacionamento. Esvaziou dois saquinhos de açúcar mascavo na xícara e, enquanto mexia o café, observou as pessoas indo e voltando dos carros. Ficou surpresa de como seria escolher uma mulher solitária e segui-la até em casa. Até mesmo em uma bicicleta seria possível, refletiu, dado o congestionamento das estradas.

Ela tomou um gole de café e olhou para a primeira página do jornal. "Assassinatos do Ocultismo: segundo suspeito detido", dizia a manchete. Olhou rapidamente para ver se o nome de Justin Preece fora citado. Aparentemente não, mas a coluna terminava no meio de uma frase. Veja na página 3, dizia. Ela virou a página e surpreendeu-se ao ver o seu próprio rosto olhando para ela.

Dave Todd estava na cantina da delegacia da rua Tipton. Através da janela, podia ver Sean Raven e Justin Preece a caminho de um carro-patrulha. Mais além, um bando de repórteres e fotógrafos a postos. Perguntou-se para onde levariam os dois. Certamente, não para casa, pensou. Subitamente, um jornal deslizou sobre a mesa em sua direção, quase derrubando a sua xícara do pires.

– Parece que sua amiga virou a Garota da Página 3!

Ele ergueu a cabeça e viu o detetive Craig Hollis do outro lado da mesa com um sorriso idiota nos lábios. Todd abriu o jornal e olhou para a fotografia na página 3.

"A irmã de uma grande analista de perfis de criminosos revelou-se envolvida em jogos eróticos que precipitaram uma ação da polícia em Wolverhampton", dizia o texto. "Ceri Richardson, irmã da professora da Universidade de Heartland, Dra. Megan Rhys, foi reconhecida como a mulher encontrada amarrada pela polícia que invadiu a casa no bairro de Stockhall. Casada, mãe de dois filhos, Ceri Richardson, 34, moradora do número 23 da Church Terrace, em Stockhall, é professora na Faculdade de Pendleton." Dave Todd arqueou as sobrancelhas ao ler que Ceri foi flagrada usando apenas sapatos vermelhos de salto alto e um sorriso. A última linha do artigo dizia: "Nem a Dra. Rhys e nem a sua irmã foram encontradas para comentar o fato."

Aposto que não, pensou.

Megan pegou o celular e ligou para Ceri. Tocou cinco vezes antes da secretária eletrônica atender. Depois, tentou o celular da irmã, mas estava desligado. Ela ligou para casa uma segunda vez.

– Ceri, é Meg – disse ela quando ouviu o bipe. – Há uma matéria no jornal desta noite. Cita os nossos nomes e o seu endereço. Realmente não creio ser uma boa idéia você ficar aí. Poderia me ligar de volta?

Megan correu de volta para o carro e guardou as compras no porta-malas. Pensou em dirigir até a casa da irmã. Mas teria Ceri voltado quando Megan chegasse lá? Teria talvez ido para a casa de uma amiga? Faria mais sentido voltar para casa e esperar que ela ligasse.

Megan passou por sua rua duas vezes antes de estacionar algumas casas mais adiante da sua. Olhou para os dois lados da calçada antes de ir até a porta da frente, atenta a possíveis repórteres à espreita. Talvez estivesse sendo paranóica. Talvez, agora que a matéria fora publicada, perdessem o interesse.

Após guardar as compras, tentou se distrair preparando uma salada de muçarela, tomates e basílico. Ainda estava sem nenhum apetite, mas precisava comer algo. As frases do artigo de jornal ecoavam em sua mente. Como Ceri superaria aquilo?

Já estava quase escuro quando a irmã ligou. Ela vira a matéria no jornal local e decidira não voltar para casa antes de escurecer. Contou a Megan a respeito do fotógrafo que vira mais cedo do lado de fora de sua casa, mas parecia incrivelmente calma.

– Achei que ia ficar transtornada ao ver o jornal – disse Megan.

– Ah, fiquei – disse Ceri. – Mas o que podia fazer? Estou com a crianças. Não podia me desesperar diante delas, certo?

– O que vai fazer? Vai passar por aqui?

– Não, mas obrigada pelo convite. Vou levar as crianças para o País de Gales amanha de manhã cedo. Ficarei no chalé alguns dias.

Esperar as coisas esfriarem. – Megan ouviu-a suspirar profundamente. – Terei de voltar na terça-feira à noite porque Neil volta de Bruxelas na quarta-feira.

– Já decidiu o que vai dizer a ele? – Megan conteve a respiração.

– Temos de saber o que vai ser feito da casa – disse Ceri, voz trêmula. – Chamar um corretor para fazer uma avaliação.

– A casa? Você vai vender?

– Creio que sim, Meg. – Houve uma pausa, então o som de Ceri assoando o nariz. – O que eu disse antes a respeito de enfrentar a coisa... não vai funcionar. Imagine como será para as crianças quando ficarem um pouco mais velhas, as outras crianças debochando delas na escola por causa da mãe. O pessoal aqui tem uma memória de elefante.

– E quanto a...? – Megan mal conseguia dizer o nome.

– Justin? – interrompeu Ceri. – Não sei, Meg. Ainda não acredito que ele tenha feito algo de errado.

– Você vai vê-lo? Quando voltar, quero dizer?

– Se esses desgraçados o soltarem, sim, provavelmente verei.

A televisão estava ligada enquanto Megan falava com Ceri. Ligara para assistir ao *Crimewatch*, para saber até onde Steve Foy iria em sua tentativa de incriminar Sean Raven. Quando se despediu da irmã, seu rosto subitamente preencheu a tela.

Foy era a cara do policial veterano confiante. Exalava segurança e expressava-se com perfeição.

– Tessa Ledbury esteve envolvida com bruxaria antes de se converter ao cristianismo – disse ele. – Foi vista pela última vez em um centro comercial perto de sua casa, em Pendleton. – Seu rosto desapareceu, para ser substituído por uma tomada de Kate O'Leary de peruca loura, caminhando em direção à farmácia do centro comercial de Pendleton.

Megan remexeu a salada murcha que restava intocada na mesinha de centro. Perguntou-se por que Steve Foy estava sendo tão afoito. *Mas e se ele tivesse razão?* A voz que ouviu em sua mente era a de Patrick. E se ambos os crimes estivessem de fato ligados ao ocultismo? Ela balançou a cabeça. A notícia-bomba de Patrick lhe roubara a confiança. Lembrava-se de que a única razão para a teoria do ocultismo era o pentagrama no rosto de Tessa Ledbury. Ninguém sabia se os ferimentos no rosto de Joanna eram um pentagrama, e mesmo que fossem, aquilo não *provava* que o assassino estava envolvido com ocultismo. Havias outras linhas de investigação a serem seguidas. Precisava saber mais sobre Bob Spelman. Descobrir detalhes sobre o telefonema para Joanna Hamilton.

Também queria saber mais sobre a ligação entre a igreja de St. Paul e a prisão aberta de Whiteladies. Se ministravam serviços religiosos ali, talvez também o fizessem em outras prisões da área. E quanto a Featherstone? Ficava perto de Wolverhampton e tinha criminosos de Categoria A. E se alguém da igreja de St. Paul tivesse se associado a um transgressor sexual que, ao ser libertado, ficou em Pendleton por falta de outro lugar para onde ir?

Mas, quando tentou ligar para os Spelman, ninguém atendeu. Ela olhou para o relógio e resmungou. Eram quase 2h, tarde demais para continuar tentando. Então ela teve uma idéia. Poderia pegá-los se fosse à igreja de Pendleton pela manhã.

A voz de Foy a fez olhar de volta para a televisão.

– Gostaria de fazer um apelo a qualquer pessoa que saiba a respeito de algum envolvimento das duas vítimas com a magia negra para que se apresente – disse ele, olhando sério para a câmera. – Qualquer informação que recebermos será tratada dentro da mais estrita confidencialidade.

– Confidencialidade? Vá à merda! – Megan atirou o chinelo na tela.

É apenas um aparelho de TV portátil mas ver a reconstituição foi tão bom quanto assistir a um sucesso de Hollywood. Também conseguiram encontrar uma nova fotografia de Joanna Hamilton, bronzeada e feliz, em alguma praia da Austrália. Um grande plano do estúdio ao lado, com todos aqueles tiras atendendo os telefones. Então, não sabem da terceira mulher. É tão tentador ligar. Fácil de fazer, graças ao celular roubado. Escondê-lo no forro do capacete de ciclista, com a faca artesanal, foi um toque de gênio. Nenhuma chance de encontrá-los ali. Encontrar uma arma para matá-las foi moleza.

Uma faca de cortar verdura encontrada nas gavetas de suas próprias cozinhas foi suficiente nas três ocasiões. A faca artesanal era apenas para o trabalho artístico. Ah. Estão divulgando um número. Melhor anotá-lo.

Uma policial atendeu o telefone. Foy estava ao lado, de pé, ansioso por novidades.

– Alô, meu nome é Dorothy e tenho algo importante para dizer a vocês. – A policial franziu as sobrancelhas. Não soava como uma mulher. Difícil dizer. A ligação não estava muito boa.

– Pode falar – disse a policial. – Não estou ouvindo muito bem.

– Meu nome é Dorothy e estou usando os chinelos vermelhos da bruxa. Há uma terceira vítima, vocês deviam saber – disse a voz.

A policial piscou.

– Como é? – A ligação caiu.

– Alguma coisa? – perguntou Foy, curvando-se sobre ela.

– Apenas outro trote, chefe – ela respondeu.

Capítulo 16

Megan tivera uma noite ruim. Ficou desperta até o amanhecer começar a iluminar as cortinas, revolvendo as coisas em sua mente até a cabeça começar a doer. Acabou dormindo afinal e sonhou com Patrick. Despertou pouco depois, apenas para se dar conta de que ele não estava ali.

Resmungou e foi até o banheiro. Precisava se vestir e dirigir até Pendleton. Tomou um banho rápido e passou base sob os olhos na vã esperança de esconder as olheiras. Olhou para o próprio reflexo e inspirou profundamente. No passado, o trabalho sempre lhe fornecera um refúgio dos problemas de sua vida pessoal. Não importava o que acontecesse, não deixaria que afetasse seu trabalho.

Era estranho dirigir pelo centro de Birmingham em um domingo de manhã. Era algo que Megan não fazia muito freqüentemente. As ruas estavam desertas, sem carros. *E se ele estiver por aí, matando outra vez?* O pensamento ocorreu-lhe do nada.

– Mas não creio que esteja – disse ela em voz alta. Os domingos eram dias em que as mulheres geralmente não ficavam a sós em casa. Mulheres normais. Não mulheres como Delva ou ela. Ou Joanna Hamilton.

Quando dobrou na Birmingham New Road ouviu as notícias no rádio. Sean Raven e Justin Preece haviam sido soltos. Ela suspirou aliviada. Então, Foy deve estar ficando desesperado.

No centro comercial de Pendleton, a banca de jornal e o supermercado eram as únicas lojas abertas. Megan parou diante da banca, correndo os olhos pelos jornais expostos. A manchete do *News of the World* atraiu sua atenção. *ASSASSINO SUSPEITO DE RELACIONAMENTO SEXUAL COM VÍTIMA*. Ela tirou o jornal da estante. Havia fotos em plano americano de Sean Raven e Tessa Ledbury na primeira página. A matéria em si tinha alguns poucos parágrafos, mas havia uma linha em negrito no fim dizendo que a matéria completa, com fotografias, podia ser encontrada nas páginas centrais. Seriam as fotografias que Carole-Ann Beddowes tentara vender para Delva, perguntou-se Megan?

Estava a ponto de abrir o jornal quando ouviu alguém tossindo dentro da loja. Uma jovem a encarava por trás do caixa. Megan levou o jornal para dentro e remexeu a bolsa em busca de dinheiro.

– Minha mãe conhece ele – disse a jovem, inclinando a cabeça para a foto de Sean Raven enquanto passava o jornal pelo leitor óptico do caixa.

– Ah, é mesmo? – respondeu Megan, olhando-a com um pouco mais de interesse.

– Tessa também costumava vir aqui – prosseguiu a jovem. – Vinha comprar doces para as crianças depois da escola.

Megan pegou o jornal e o troco, recebendo a informação com ligeiro menear de cabeça. A jovem obviamente estava se expondo, mas Megan tinha a impressão de que qualquer pergunta direta a faria se fechar. Assim, ela remexeu o interior da bolsa tentando prolongar o encontro caso ela dissesse algo mais. Não teve de esperar muito.

– Richard Ledbury também esteve aqui hoje mais cedo, sabia?

– Ah, esteve? – Megan simulou uma expressão de preocupação moderada.

– Não consegui acreditar quando vi – disse a garota, dando de ombros. – Ele não entrou, só ficou do lado de fora da loja quando a mulher com quem ele estava entrou para comprar jornal. – Megan viu de relance que a jovem mascava chicletes. – Era de esperar que ele fosse a última pessoa a querer ver isso, não é?

– Sim, era. – Megan fez uma pausa um pouco mais longa mas a jovem se voltou e começou a abastecer as prateleiras atrás dela com pacotes de cigarro.

Que mulher? Megan pensou nas palavras da jovem ao sair da loja. Seria Kate O'Leary? Ela consultou o relógio. Demoraria mais dez minutos antes do fim da missa. Havia um muro baixo ao longo do caminho e ela se sentou para ler o jornal.

As fotografias eram tão sórdidas quanto ela imaginara. Sean Raven deve tê-las tirado com a própria câmera. As imagens haviam sido censuradas com tarjas pretas nos pontos onde os corpos nus se tocavam. Na fotografia principal, o rosto de Sean Raven estava voltado para a câmera. Estava sobre Tessa. Ela olhava para o lado, mas seu perfil era inconfundível. Megan pensou no que a jovem na banca de jornal lhe dissera. Por que Richard Ledbury desejaria se torturar com aquilo? Teria sido idéia da mulher, fosse quem fosse? Para aceitar o fato e superá-lo?

Megan levantou-se e cruzou o caminho que levava à igreja, mas parou subitamente. Havia um fotógrafo atrás de um arbusto, alguns metros diante dela. A teleobjetiva estava voltada para a entrada da igreja. Ela se escondeu atrás de uma grande lixeira de concreto, perguntando-se o que fazer. Devia estar atrás de Richard Ledbury. Tentando captar a sua reação à matéria do *News of the World*. Richard devia ter comprado o jornal a caminho da missa. Teria de descobrir um meio de pegar Bob Spelman sem passar pelo abutre que espreitava atrás do arbusto.

Ela olhou para os arbustos que contornavam as paredes cor de salmão da igreja e viu um relance de movimento. Três pessoas afastavam-se lentamente dos fundos do prédio, corpos curvados. A última da fila olhava para trás a todo instante. Ao se aproximarem, a primeira pegou a mão da segunda e os dois começaram a correr. Megan conteve a respiração. Eram Kate O'Leary e Richard Ledbury. Ela os viu desaparecer contornando o supermercado. Ela olhou para o fotógrafo, cuja postura não se alterou. Obviamente não os vira. A terceira pessoa parara a alguns metros de Megan. Era Bob Spelman. Protegia os olhos do sol, como se verificando se os dois haviam escapado em segurança. Então, girou nos calcanhares e voltou pelo mesmo caminho por onde veio. Megan correu atrás dele.

– Sr. Spelman! – Ela não queria gritar com medo de alertar o fotógrafo.

Ela o alcançou e ele se voltou.

– Ah! Dra. Rhys! – Pareceu perturbado.

– Desculpe, não pretendia assustá-lo – disse ela, ofegante. – Preciso falar com você. Tentei ligar ontem, mas não consegui.

– Estivemos fora o dia inteiro – respondeu ele, o rosto voltando a assumir a serena expressão da qual ela se lembrava da última vez. – Gostaria de entrar na sacristia?

Ele a conduziu através de uma porta estreita que dava em uma pequena sala.

Podia ouvir o som abafado de cantoria e percebeu que a missa ainda estava em andamento. Spelman puxou uma cadeira e Megan sentou-se junto a uma mesa coberta de bandejas contendo pequenos copos e garrafas de vinho de comunhão.

– Lamento incomodá-lo outra vez – disse ela. – É sobre Joanna Hamilton.

– Achei que fosse. – Ele baixou a cabeça, as mãos sobre o colo com os dedos entrelaçados.

– Sei que a polícia já o procurou – prosseguiu ela. – Mas gostaria de fazer-lhe mais algumas perguntas, se não se importa.

– Bem, se acha que isso pode ajudar. – Ele ergueu a cabeça, seus olhos azuis inescrutáveis.

– Você nunca falou pessoalmente com Joanna, não é?

Ele balançou a cabeça.

– Só conversamos por telefone. Ela me ligou mais cedo naque la semana para falar sobre aulas de direção. Eu disse que voltaria a ligar. Esperava que alguém cancelasse, mas só consegui encaixá-la em meados de junho.

– Por que ela o escolheu como instrutor? – perguntou Megan.

Spelman abriu as mãos com as palmas voltadas para cima.

– Não sei, Dra. Rhys. Não faço propaganda. A maioria dos meus alunos vem de recomendações boca a boca.

– E ela não disse como conseguiu seu número?

– Não. Mas poderia tê-lo visto em qualquer lugar. Está em um cartaz no teto do carro.

Megan franziu as sobrancelhas. Nada havia em suas respostas ou comportamento que lhe provasse alguma suspeita. Ela resolveu tentar uma abordagem diferente.

– Na última vez em que nos vimos você disse que a igreja de St. Paul fazia trabalho de campo na prisão de Whiteladies.

– Sim, celebramos uma missa lá uma vez por mês. Por quê?

– Fazem isso em alguma outra prisão desta área? – perguntou Megan, ignorando a pergunta dele. – Featherstone, por exemplo?

– Não – respondeu, confuso. – Apenas Whiteladies. Do que se trata?

Megan franziu a testa.

– Ah, se vocês só trabalham com Whiteladies, provavelmente estou tomando o seu tempo. Se alguma das congregações estivesse envolvida com prisioneiros da Featherstone, seria uma questão diferente. Veja, minha preocupação é a de que alguém na igreja tivesse feito amizade com um detento com um histórico de comportamento violento e que essa pessoa tivesse sido solta recentemente...

– ...e assassinado Tessa. – Bob Spelman terminou a frase para ela e suspirou profundamente. – Sim, compreendo o seu raciocínio – prosseguiu. – Mas, como sabe, Whiteladies não é este tipo de prisão. Temos cerca de meia dúzia de ex-detentos que freqüentam a igreja de St. Paul atualmente, e há alguns em regime semi-aberto que comparecem às missas do meio da semana.

– Sei – disse Megan. Não era o que ela estava esperando. – Uma última coisa, se não se importa – disse ela. – Vi Richard Ledbury fugindo da igreja com uma policial da equipe de investigação do assassinato de Tessa. – Ela o olhou diretamente nos olhos. – Pode me dizer o que estavam fazendo aqui?

– Temos tido alguns problemas com a imprensa – respondeu ele, mantendo o olhar. – A sargento-detetive O'Leary estava aqui para oferecer proteção a Richard.

Ah, então foi isso que ela lhe disse, não é mesmo? Megan pensou ao se levantar. Parecia improvável. Uma policial não adiantaria muito contra um bando de repórteres determinados.

Ela pensou em Kate O'Leary ao voltar para o carro. Delva impressionara-se o suficiente com seu comportamento com Richard Ledbury a ponto de suspeitar que fosse a assassina. Mas que motivo teria Kate para matar Joanna Hamilton? Megan franziu as sobrancelhas. E se ela usou Joanna como um tipo de disfarce para o assassinato de Tessa? Como detetive sabia o bastante para forjar algo, fazer parecer que havia um assassino em série a solta. Mas, neste caso, raciocinou Megan, deu tudo muito errado, porque o corpo de Joanna não foi descoberto senão *após* o assassinato de Tessa. Era muito improvável que alguém usando Joanna deste modo cometesse um segundo assassinato antes de o primeiro ser notícia.

Quando Megan abriu a porta do carro, seu celular tocou.

– Megan, é Dave Todd. – Parecia nervoso. – Recebemos uma ligação de uma mulher que viu Joanna Hamilton em Pendleton na quarta-feira à tarde. Você não vai acreditar.

– O quê? – Ela sentiu um surto de adrenalina.

– Ela foi a uma agência de encontros de casais. Uma agência de encontros de lésbicas e gays.

– Em Pendleton? – Megan não conseguia acreditar naquilo.

– Eu sei. Estranho, não é mesmo? É administrada por uma mulher, de sua própria casa. Joanna ligou para se registrar e fazer um vídeo dela mesma. Foi lá após o supermercado.

– E você já falou com esta mulher?

– Estou a caminho de lá.

– Posso ir com você? – perguntou Megan. – Estou no centro comercial.

Dave Todd esperava no carro quando ela encontrou a casa.

– Por que ela não se apresentou antes? – perguntou Megan enquanto atravessavam o caminho de entrada.

– Acabou de voltar de uma temporada de 15 dias em Barbados. – Todd deu de ombros. – Deve ganhar muito dinheiro com lésbicas solitárias, hein?

A mulher alta que atendeu a porta parecia ter 40 anos. Estava muito bronzeada e trajava um vestido de linho creme aparentemente muito caro. Tinha os olhos mais incomuns que Megan já vira. As íris eram da cor lilás com um anel interior castanho-claro ao redor das pupilas. Devem ser lentes de contato coloridas, pensou.

A mulher se apresentou como Dee Lake, da Lakeland Connections, e os conduziu até um quarto nos fundos que fora convertido em um escritório. Havia uma pequena televisão a um canto e ela pegou um controle remoto sobre a mesa.

Megan observou surpresa, embora em silêncio, o rosto de Joanna Hamilton aparecer na tela. Viu-a descrever seu estilo de vida, seus interesses. A câmera recuou para uma tomada mais ampla. Agora Megan podia ver o casaco de couro preto, o top vermelho e as calças. Nos pés, os sapatos de camurça vermelha.

– Este vídeo foi visto por alguma de suas outras clientes? – perguntou Megan.

– Não. – Dee Lake piscou e as lentes lilases moveram-se ligeiramente, dando-lhe um aspecto claramente alienígena. – Eu disse a Joanna que não poderia fazê-lo antes de voltar de minhas férias.

– E Joanna disse o tipo de parceira que buscava?

– Alguém da mesma faixa de idade e interesses semelhantes aos dela – disse a mulher. – Era muito atraente. Não teria sido difícil arranjar alguém para ela.

– Suponho que ela tenha pago algum tipo de taxa de adesão? – perguntou Megan.

– Ah, sim. – Os olhos de cor lilás encontraram os dela. – É a política da empresa.

– Então, o que achou de Madame Lake? – perguntou Dave mais tarde, enquanto tomavam café em um Little Chef alguns quilômetros mais adiante. – Seu álibi se confirma. Ela foi buscar os filhos na escola logo depois de Joanna ter ido embora. Depois os levou a uma festa.

– Ela disse não ser lésbica. – Megan franziu as sobrancelhas. – Você acha que ela estava dizendo a verdade?

– Bem, ela mora com o marido e têm dois filhos. Portanto, me parece que sim.

– Mas que trabalho estranho, não acha? – disse Megan. – Quero dizer, você não sendo gay...

Dave suspirou.

– De qualquer modo, não nos leva muito longe, não é? Suponho que tenha ouvido as notícias a respeito de Sean Raven e Justin Preece?

Ela assentiu.

– E vi a matéria no *News of the World*. Suponho que seu chefe esteja esperando conseguir algo mais nesta mesma linha, acrescentando um pouco de violência?

– Acho que é uma previsão bastante razoável. – Ele olhou para ela, e Megan se perguntou por que Dave estava sendo tão aberto no que dizia respeito ao seu desagrado para com os métodos utilizados por Foy. Para a maioria dos policiais que ela conhecia, a lealdade entre colegas era fundamental.

– Diga-me, foi você quem prendeu Justin na casa de minha irmã – disse ela, franzindo as sobrancelhas. – Você realmente acredita que ele possa ser o assassino?

– Estava mantendo a mente aberta – respondeu. – Quando me dei conta de que ele era enteado de Sean Raven, achei que o chefe desejaria prendê-lo. Para ser sincero, só estava limpando a minha barra... afinal, ele nada tem a ver com aquele perfil que você nos deu, não é? – Ele a encarou demoradamente e ela voltou o olhar para a mesa.

– Não. – Ela se levantou, incomodada com o modo que o olhar dele a fez se sentir. – Tenho de voltar – disse. – Mas poderia me fazer um favor? Gostaria de ver a lista de criminosos sexuais recentemente divulgada, aqueles que você disse que sua equipe verificou.

– Bem, sim, posso conseguir para você – disse ele. – Importa-se se eu perguntar por quê?

– Só curiosidade, nada mais. – Desta vez não estava mentindo. Precisava ver aquela lista.

– Posso enviá-la por e-mail se quiser. Posso fazê-lo de casa.

Ela anotou o endereço de e-mail e ele guardou-o no bolso.

Homens e mulheres moviam-se lentamente em meio às sombras do entardecer nas ruínas da Abadia de Whiteladies. Velas dentro de jarros de vidro foram depositadas sobre as pedras, cones de incenso acesos e ornamentos cerimoniais dispostos no amplo beiral de janela que servia de altar.

Mariel Raven ergueu os braços para o céu noturno, o crescente de prata em sua testa brilhando à luz bruxuleante.

– Espíritos da Terra, Ar, Fogo e Água, agradecemos por nos devolver nossos irmãos Sean e Justin daqueles que lhes desejavam mal – disse ela. – Grande Deusa, nós agradecemos!

Ouviu-se o roçar de tecidos sobre pele nua quando os outros também ergueram os braços.

– Nós a agradecemos – murmuraram.

Mariel Raven tirou algo do bolso da túnica. Era um recorte de jornal. No centro, havia uma fotografia de Megan.

– Que o mal recaia sobre aquela que o vê! – Suas palavras ecoaram na escuridão. O rosto de Megan iluminou-se uma fração de segundo. Então escureceu e se retorceu até transformar-se em um fiapo de cinza, flutuando em direção ao céu noturno.

Capítulo 17

Megan despertou sobressaltada. Sentou-se na cama, coração disparado. A nuca estava úmida de suor. No pesadelo, ela tentava respirar enquanto um sujeito mascarado enfiava um pano de prato branco em sua boca.

Olhou para o mostrador de quartzo vermelho do despertador. Eram 6h45. Ela sabia que não fazia sentido tentar voltar a dormir. A cabeça latejava quando jogou as pernas para fora da cama e tateou com os pés em busca dos chinelos. Aquele era o dia que ela temia. O encontro com o vice-reitor seria às 9h. Tudo o que acontecera nos últimos dias voltava à sua cabeça. Não havia como fugir. Teria de enfrentar. E tudo seria mais difícil de suportar agora que ela e Patrick se separaram.

Preparou um café e levou-o ao estúdio. Na noite anterior estivera cansada demais para verificar seus e-mails. Ela se perguntou se Dave Todd já enviara a lista de criminosos sexuais. Ligou o computador e abriu a gaveta, tirando dali um maço de cigarros e um isqueiro. Ela os pousou sobre a mesa e franziu a testa. Não tocava em um cigarro desde antes do Natal. Patrick a ajudara a parar. O maço ficara na gaveta todo aquele tempo. Só por garantia. Ela o abriu e tirou um cigarro. Sentiu estranheza ao levá-lo à boca. Muito grande e deselegante. Ela tentou acender o isqueiro mas não conseguiu. Tentou outra vez, então o chacoalhou. Vazio.

– Porcaria! – Cuspiu o cigarro, partiu-o ao meio, jogando-o com o maço na lixeira. Ela girou na cadeira, olhando fixamente para a tela do computador. Sim, recebera e-mails. Algo lhe dizia antes mesmo de clicar o mouse que receberia uma mensagem de Patrick.

– Em *Amsterdã?!* – disse ela em voz alta ao ler o texto. – Meu Deus, você não sossega mesmo!

Na mensagem ele dizia disse que fora a Amsterdã para acertar as coisas com Kristine. Concordaria em pagar pensão assim que o bebê nascesse, desde que ela concordasse em fazer um teste de DNA para provar que o filho realmente era seu. O fato de ela ter concordado com isso tornava evidente para ele que não estava sendo enganado.

Ele sabia que para poder pagar a pensão teria de abrir mão de seu doutorado e voltar ao seu antigo emprego na polícia holandesa. Assim, retornaria a Liverpool para empacotar as suas coisas e ligaria para a casa de Megan na quinta-feira por volta das 2h da tarde, para pegar as suas botas e alguns CDs que deixara no armário debaixo da escada. Se ela não quisesse vê-lo, se incomodaria de deixar tudo na varanda da entrada?

E era tudo. Nenhum pedido apaixonado para que ela o aceitasse de volta. Apenas: "Com amor, como sempre, Patrick." O que deveria fazer com aquilo? Agarrando o mouse, apagou a mensagem da tela. As mãos ficaram trêmulas de infelicidade e a raiva se acumulando dentro dela. Patrick tornara aquele dia de merda ainda pior, pensou. Desesperada em busca de distração, ela verificou a caixa de entrada. Havia uma mensagem de Dave Todd. Bom.

Ela imprimiu a lista que ele enviara, levou-a para a cama com uma caneca de café e algumas torradas. Era uma leitura deprimente. Os crimes cometidos pelos homens da lista iam desde estupro múltiplo até pedofilia. Sob cada nome havia detalhes da prisão ou prisões em que a sentença fora cumprida e uma lista de condenações anteriores. Também informava o endereço atual do criminoso e o período desde a sua libertação. Estava ainda na metade da leitura quando olhou para o relógio e deu-se conta de que tinha apenas quarenta minutos para se vestir e chegar na universidade.

O gabinete do vice-reitor ficava em uma casa antiga coberta de heras que outrora abrigara a universidade. Era a única construção realmente atraente no campus. O restante fora acrescentado em partes, de 1950 em diante. Quando seguiu pelo tapete vermelho do corredor sentiu o estômago se revirar. Nunca em sua carreira fora repreendida. Os colegas comentavam, invejosos, sua ascensão meteórica à diretoria do departamento. Aos 36 anos de idade, ela era a pessoa mais jovem a ocupar o cargo. E a primeira mulher. Embora soubesse que, tecnicamente, nada fizera de errado, sentia que desapontara todas as pessoas que acreditaram nela o bastante para lhe dar aquela chance.

Foi conduzida a uma sala que cheirava a lustra-móveis e charuto. Havia uma escrivaninha antiga com tampo de couro junto à janela e duas enormes poltronas de couro diante da lareira. A cabeça do vice-reitor estava completamente oculta pelo descanso de cabeça de uma delas, e, quando falou, ela se assustou.

– Dra. Rhys. – Sua voz era gutural, legado de uma vida inteira de tabagismo. – Sente-se, por favor.

Ele a indagou a respeito de seu romance com Patrick, fazendo com que se sentisse uma colegial malcomportada chamada à sala do diretor. Ela tentou explicar que não houvera qualquer intimidade entre eles até Patrick ter mudado de orientador no curso de doutorado. Que ela jamais pensara em investir em uma relação com alguém cujo trabalho ela tinha a responsabilidade de avaliar. Parou pouco antes de dizer que haviam se separado. Ela não queria lhe dar esse gostinho.

– Mas não parece boa coisa, certo? – Ele a olhou firme por trás de seus óculos de armação preta. – Não é algo que deva se tornar habitual.

Meu Deus, ela pensou, *pelo que ele me toma? Será que acha que dormi com outros alunos?* Abriu a boca para protestar mas ele se antecipou.

– E isso não ajuda. – Pegou um jornal ao lado de sua cadeira e mostrou para ela. Era a edição do jornal de sábado, aberto na página com a fotografia dela. Ele o balançou sob o nariz de Megan. – Este tipo de coisa não é bom para a imagem da universidade.

– Mas eu não... – ela começou a dizer.

– Uma advertência, Dra. Rhys – interveio o vice-reitor. – Nada de "confraternizações" com os alunos. E talvez deva pensar em largar o trabalho na polícia. Dedicar-se mais à universidade. Para isso é paga.

Quando ela voltou ao carro, tremia de raiva e vergonha. As lágrimas nos olhos e o latejar do cérebro tornavam difícil a concentração ao dirigir. Tudo o que ela queria era ir para casa se esconder. Foi um milagre ter chegado inteira.

Ela tirou as roupas e entrou no chuveiro, como se os violentos jatos de água pudessem afastar as lembranças do que acontecera. Enrolando o cabelo em uma toalha, apertou o robe de banho ao redor do corpo molhado e correu para o quarto, enfiando-se debaixo do edredom como se fosse um animal ferido.

Na cálida escuridão ela pensou nas palavras do vice-reitor. Fora apenas uma advertência. Não a demissão. Ao menos era alguma coisa. Mas o que realmente a aborrecera fora o comentário sobre seu trabalho na polícia. Quando ela chegou às manchetes por desvendar uma série de estupros na Escócia e a morte de três prostitutas de Birmingham, a universidade ficara muito feliz por ter aparecido na mídia.

Ela ergueu as cobertas e olhou para o relógio. Ao lado havia a lista que Dave Todd enviara por e-mail. Ela a pegou, olhando as páginas com determinação renovada. Imagine se ela abriria mão daquele caso! Com ou *sem* o vice-reitor.

Estava tão concentrada em seus pensamentos que o telefone a assustou.

– Megan, é Delva. – A voz estava longe e Megan podia ouvir barulho de tráfego ao fundo. – Estou em Pendleton. Encontraram outro corpo... sabia?

– O quê? – Megan apertou o fone com força.

– É uma mulher. É tudo o que sei. Des recebeu uma ligação do colega na delegacia da rua Tipton. Estou a caminho do apartamento onde a encontraram.

– Onde fica? – Megan começou a recolher as roupas, apertando o aparelho entre a orelha e o ombro.

– Em cima da loja de eletrônicos, no centro comercial – disse Delva. – Número 7A.

Dave Todd olhou para a mulher deitada na cama. As coxas dela estavam como que marmorizadas por faixas marrom-escuras onde os vasos sangüíneos começaram a apodrecer. O abdome esverdeado inchara sob uma carne enegrecida que outrora tinham sido os seus seios. Uma ponta de tecido manchado de sangue despontava entre os seus lábios inchados e, na pele distendida da testa, havia as linhas indefectíveis de um pentagrama.

– Seu nome era Susan Thompson. – Steve Foy estava junto às venezianas que cobriam a janela do banheiro dos olhares curiosos dos clientes lá embaixo. – Quarenta e seis anos. Trabalhava como recepcionista do médico. – Ele apontou na direção do centro médico. – Vieram procurá-la quando não apareceu esta manhã.

– Há quanto tempo está morta? – Todd tirou um lenço do bolso e segurou-o contra a boca.

– Mais de 36 horas, segundo o patologista. A autópsia pode nos dar uma idéia melhor.

Todd olhou para ele.

– A que horas Raven e Preece foram soltos?

– Era o que eu estava pensando. – Foy meneou a cabeça lentamente. – Cinco horas da tarde de sábado. Portanto, cerca de 42 horas. Eles estão no páreo.

– Quando ela foi vista pela última vez?

– Às 5h30 da tarde da última quinta-feira. Foi quando saiu do centro médico. Ela não trabalha às sextas-feiras, de modo que ninguém deu por falta dela até hoje de manhã.

Todd franziu as sobrancelhas.

– Ela morava só, então, como Joanna Hamilton?

– Era viúva – respondeu Foy. – Uma filha morando nos EUA.

– Sem namorado?

– Nenhum que os colegas de trabalho conhecessem.

Megan parava o carro no estacionamento do centro comercial quando Dave Todd ligou.

– Estou aqui fora – disse ela.

Houve uma pausa do outro lado da linha.

– Como soube?

– Uma amiga da imprensa que soube através de alguém do seu bando.

– Hum. – Todd sabia que não adiantava perguntar quem era a amiga. – Vou até aí encontrá-la.

Megan esperou à entrada do supermercado. De costas para ela na praça central, viu uma figura baixa e uniformizada, com cabelo ruivo espetado. Era Steve Foy. Estava sendo entrevistado por Delva, que o posicionou diante da loja sobre a qual o corpo fora encontrado.

Dave Todd apareceu vindo da direção oposta, tendo entrado pela porta dos fundos do apartamento. Em algumas breves frases, contou-lhe o que vira.

– Vou ao centro médico conversar com os colegas que a encontraram – disse ele. – Quer vir?

Megan olhou para a praça.

– E quanto ao seu chefe?

– Vai ao necrotério assim que terminar com o pessoal da TV – disse Todd.

– Muito bem, Steve – murmurou Megan enquanto se encaminhavam ao centro médico. – Nada como saber estabelecer prioridades.

A colega que encontrara o corpo de Susan Thompson era uma mulher frágil de cabelo grisalho curto. O rosto era anêmico e as mãos tremiam enquanto ela relatava a terrível experiência que teve ao entrar no apartamento em cima da loja de aparelhos eletrônicos.

– Ela me dera uma chave para o caso de emergência – disse a mulher, a voz quase inaudível. – Quando ela não apareceu esta manhã, logo percebi que algo estava errado. Sue nunca ficava doente mas, nas poucas vezes em que isso aconteceu, ela sempre ligou para avisar.

– Desculpe ter de lhe fazer essas perguntas, Sra. Green – disse Todd. – Mas pode me dizer exatamente quando a viu pela última vez?

– Eram 17h40 da tarde da última quinta-feira – respondeu a mulher. – Lembro-me porque devíamos fechar o consultório às 17h30. Eu disse: "Ora, vamos, Sue, é hora de ir para casa." – Ela contorcia as mãos sobre o colo. Não havia lágrimas em seus olhos. Estas viriam depois, pensou Megan.

– Então teve a impressão de que ela não queria ir para casa? – Todd perguntou. – Quero dizer, ela era solitária?

A mulher balançou a cabeça.

– Ela nunca disse isso. Tinha muitos amigos.

Todd reclinou-se na cadeira, cruzando os braços.

– E, no entanto, ninguém a procurou durante quatro dias?

A mulher fechou os olhos, os pés-de-galinha se aprofundando enquanto ela ficava tensa.

– Foi culpa minha – murmurou. – Íamos viajar no fim de semana, mas tive de cancelar porque meu filho e minha nora precisaram de mim para cuidar das crianças.

Uma policial uniformizada entrou na sala com uma bandeja de chá e a mulher pegou um copo entre as mãos.

– Sra. Green, isso pode soar como uma pergunta estranha – adiantou Megan –, mas se lembra exatamente o que sua amiga estava vestindo quando a viu pela última vez? – Ela percebeu o olhar de esguelha de Dave Todd.

– Bem, sim. Eu *acho* que sim. – A mulher franziu as sobrancelhas. – Era uma saia azul-marinho à altura do joelho e uma blusa estampada. Era uma bela blusa da Marks & Spencer's. Ela a usava um bocado. – A mulher fez uma pausa, mordendo o lábio. – E comprou um par de sapatos novos. Lembro-me dela comentando como eram confortáveis, apesar de serem novos. Eram vermelhos.

Então, eles a encontraram afinal. Não estragada como a primeira, mas ainda assim, bem feia de se ver. Aquela repórter negra furou a BBC, *conseguindo uma entrevista do lado de fora da loja. E estava na primeira página do jornal.* ASSASSINO DA MAGIA NEGRA FAZ TER-

CEIRA VÍTIMA. *Outro recorte para a coleção. Está ficando cada vez mais fácil. Só mais dois dias e eles terão a número quatro. Quem seria desta vez a candidata a celebridade? Uma mulher já passou no teste. Não será preciso nem segui-la até em casa. Seu endereço está ali, em cima da escrivaninha, preto no branco.*

Capítulo 18

– Pendleton é uma comunidade que vive amedrontada.

Delva Lobelo estava na praça principal do centro comercial. Ao fundo viam-se grupos de clientes de rostos sisudos e, à sua direita, havia uma mulher de avental.

– Ao meu lado, está Molly Hutchins – anunciou Delva. – Molly trabalha no café de Pendleton. – Ela se voltou para a mulher. – Molly, como tem sido o clima por aqui nos últimos dias?

Megan estava de pijamas, em frente ao aparelho de televisão. A mesinha à sua frente estava repleta de listas e tabelas que ela passara a noite compilando. Tudo o que ela sabia de Tessa Ledbury, Joanna Hamilton e Susan Thompson fora armazenado no computador e conferido.

Olhou para a imagem na tela de TV. A mulher do Café Pendleton dizia como ficara chocada ao saber das notícias sobre um corpo encontrado em um quarto apenas a alguns metros da loja. Que alguém que, como ela, mora e trabalha no centro comercial, podia ficar morto durante quatro dias sem ninguém se dar conta.

Mas alguém se deu conta, pensou Megan, soturna. Na véspera, Dave Todd e o resto da equipe fizeram incontáveis ligações telefônicas e visitas casa a casa. Ela fora com ele nos apartamentos de ambos os lados da loja de eletrônicos. Ninguém vira ou ouvira ninguém. Nem havia registro de alguém suspeito vagando por ali. Nada de surpreendente, de fato, pensou Megan, uma vez que o crime acontecera em cima de um centro comercial agitado onde estranhos entravam e saíam o dia inteiro.

Pegou uma das listas da pilha sobre a mesa. Mostrava aspectos dos crimes e detalhes sobre as vítimas que eram coincidentes nos três casos. Todas foram esfaqueadas no peito pelo menos trinta vezes. Todas foram encontradas com um pano de prato do mesmo tecido e estilo enfiado na boca. Todas moravam em casas cujas portas da frente e dos fundos possuíam trancas do tipo Yale, que um ladrão experiente não teria dificuldade para abrir, e todas foram vistas pela última vez em um raio de 800 metros do centro comercial de Pendleton.

Havia outros detalhes que diferiam em cada caso: a idade das mulheres abrangia três décadas. Tessa era loura, Joanna tinha cabelos castanho-escuros e Susan, uma mistura de grisalho e preto. Uma delas era casada com filhos pequenos; outra, uma lésbica solteira e a terceira, uma viúva com uma filha adulta. Havia mais diferenças entre as mulheres do que semelhanças, refletiu Megan.

Ela pensou na teoria de Foy, a de haver uma conexão com o ocultismo. Nada fora encontrado na casa de Susan Thompson que sugerisse interesse em algo desta natureza. E sua amiga no centro médico dissera-lhes que Susan era o tipo de mulher que nem mesmo lia o horóscopo por achar que não passava de "um bando de besteiras".

Voltou a olhar para a lista de semelhanças entre as três mulheres. Embora Tessa e Susan estivessem nuas e Joanna completamente vestida, todas estavam descalças quando seus corpos foram encontrados. As roupas de Susan, assim como as de Tessa, estavam acumuladas em uma pilha ao lado da cama, mas – como foi o caso tanto para Tessa quanto Joanna – não havia sapatos ou chinelos no chão. Os sapatos que a amiga de Susan lembrava que ela estava usando estavam guardados no armário do corredor com outros calçados. Seria significativo o fato de duas das vítimas estarem usando sapatos vermelhos quando foram vistas vivas pela última vez? Megan franziu as sobrancelhas. Se ao menos soubesse o que Tessa estava calçando. Embora possuísse um par de sapatos vermelhos, ninguém conseguiu se lembrar se ela os estava usando quando foi ao centro comercial.

Ela pensou no estilo de sapatos que Joanna e Susan estavam usando. Os de Joanna eram de salto alto, elegantes enquanto os de Susan eram baixos. Os vermelhos que Megan vira na casa de Tessa eram mais parecidos com os de Susan do que com os de Joanna. A única semelhança entre os três pares era a cor e o fato de serem sapatos que cobriam os dedos em vez de serem sandálias.

Megan pegou a xícara de café morno que a impedia de ficar cabeceando de sono diante da TV. Ela já lidara com fetiche por sapatos durante sua pesquisa sobre criminosos sexuais. Um caso em particular veio-lhe à mente, o de um homem que escolhia mulheres em ônibus em Wolverhampton na década de 1950. Armado com uma navalha, ele se sentava nos longos bancos laterais, aparentemente olhando para o chão, mas o que ele estava fazendo na verdade era estudando os pés das mulheres sentadas do outro lado. Se visse uma mulher usando sapatos de salto alto com correia no tornozelo, ele se inclinava para a frente, como se para pegar alguma coisa que deixara cair, e cortava o tornozelo da mulher com a navalha. Ele sempre esperava para atacar quando o ônibus estava parando e ele já estava longe quando alguém se dava conta do que fizera. Suas vítimas ficavam berrando de dor, banhadas no sangue que escorria das pernas. Ele acabou preso, mas o motivo de sua bizarra obsessão nunca foi descoberto porque ele cometeu suicídio enquanto aguardava julgamento.

Ela olhou para a lista que tinha no colo. Seria o assassino alguém assim? Alguém fixado por mulheres que usassem sapatos vermelhos? Aquilo certamente explicaria por que as três vítimas eram tão diferentes em outros aspectos. A natureza maníaca dos golpes desferidos sugeria que as vítimas representavam uma mulher que provocava ódio incontrolável no assassino. Alguém que, na vida real, ele não podia matar. E quanto ao pentagrama? Qual o significado daquilo?

Com um suspiro, ela substituiu a lista por outra. Essa mostrava a hora em que as três vítimas foram vistas pela última vez e a hora estimada de suas mortes. O relatório de Susan Thompson dizia que ela morrera de três a quatro dias antes do corpo ter sido descoberto. A hora da morte de Joanna era ainda mais difícil de determinar. Mas Tessa morrera por volta de duas horas depois de deixar o centro comercial de Pendleton. Trabalhando com a hipótese de as mulheres terem sido mortas em horário semelhante, Joanna teria sido assassinada no início da noite de quarta-feira, e Susan à mesma hora na quinta-feira.

Megan olhou para as datas. Ocorrera um assassinato por semana nas últimas três semanas, com as vítimas tendo sido vistas pela última vez em um período de 24 horas entre as noites de quarta e quinta-feira. Uma idéia apavorante ocorreu-lhe. Amanhã é quarta-feira. Teremos uma *quarta* vítima amanhã à noite?

Ela consultou o relógio, sabendo que deveria estar no seu escritório na universidade. Desde o encontro com o vice-reitor ela aparecera por lá apenas brevemente para pegar uma pilha de provas para correção, que agora permaneciam intocadas em seu escritório em casa. Ela ligaria e daria alguma desculpa. *Você está apostando alto*. Ela resmungou, ignorando a voz de Patrick dentro de sua cabeça. Sim, era um jogo. Ela arriscava-se a provocar a ira do vice-reitor, possivelmente sua posição como chefe de departamento, ao resolver este caso. Mas como poderia voltar atrás agora?

O som da voz de Delva atraiu a atenção de Megan de volta à TV.

– Notícias que acabam de chegar informam que a equipe de investigação dos homicídios das três mulheres voltaram a prender um homem que interrogaram no fim de semana. A polícia não deu o nome do suspeito que mantém sob custódia. Teremos mais detalhes em nosso boletim de notícias às 10h45. – O rosto de Delva desapareceu da tela quando entrou um comercial.

Quem seria?, perguntou-se Megan. Certamente não Sean Raven? Ele estava em uma cela na delegacia quando Susan Thompson foi assassinada. Tinha de ser Justin Preece, então. Ela discou o número do celular de Dave Todd mas o aparelho estava desligado.

Mariel Raven entrou na recepção da delegacia da rua Tipton arrastando atrás de si uma jovem com a expressão horrorizada.

– Onde ele está? – gritou para o homem atrás da divisória de vidro. – O que fizeram com meu filho, seus desgraçados?

A jovem começou a soluçar, os grandes seios pressionando o tecido de seu vestido. Um botão se abriu e ela tentou fechá-lo, os dedos molhados manchando o algodão rosa.

– Ela vai lhes dizer! – Mariel Raven pegou a jovem pelos ombros e a empurrou contra o guichê. – Vamos lá! – gritou. – Diga-lhes o que você e Justin estavam fazendo às 6h da noite de quinta-feira!

Dave Todd foi chamado para colher o depoimento da jovem. Mariel Raven fora levada para outra sala e a garota parecia mais calma agora que ela se fora. Seu rosto, manchado de maquiagem, parecia ser muito mais jovem do que os seus 18 anos.

– Aqui está, pegue um desses. – Todd ofereceu-lhe uma caixa de lenços de papel. – Se você preferir falar com uma policial feminina, posso chamar outra pessoa para colher o seu depoimento.

– Não – interrompeu a menina. – Só quero acabar com isso.

– Certo. – Todd pegou a caneta. – Você disse que estava com Justin na casa da mãe dele?

Ela assentiu.

– Só vocês dois ou havia outras pessoas lá?

– Havia outras – ela murmurou.

– E o que faziam?

A jovem mordeu o lábio inferior, olhos fixos na superfície cor de grafite da mesa.

– Fizemos sexo – murmurou ela.

Todd franziu as sobrancelhas.

– Você fez sexo com Justin? E havia outras pessoas na casa? Era uma festa?

– Era para o ritual. Os outros saíram da sala quando o fizemos. – Ela piscou e uma lágrima escorreu pelo seu rosto. – Ele ficou aborrecido comigo.

– Por quê? – perguntou Todd gentilmente. – Por que ele estava aborrecido com você?

– Porque aquilo me machucou – fungou a menina. – Ele não sabia que eu era virgem.

Megan olhava para a lista de criminosos sexuais que Dave Todd enviara. Algo chamara a sua atenção quando ela leu sobre as condenações anteriores de um deles. Clive Birkinshaw era um estuprador. Fora descartado pela equipe de Steve Foy por atualmente estar detido em Winson Green por uma acusação de lesões corporais graves.

Birkinshaw fora liberado da prisão de Durham pouco antes do Natal, após cumprir seis anos por ter atacado uma mulher em Derby. Antes disso ele ficara uma temporada em Sudbury por receptação de objetos roubados. Foram as datas dessas duas detenções que chamaram a atenção de Megan. A data do estupro coincidia com o período em que ele ainda estava detido em Sudbury. Como era possível?

Ela franziu as sobrancelhas. Sudbury era uma prisão aberta. *Assim como Whiteladies*. O que Bob Spelman dissera sobre presos em regime semi-aberto? Ela sentiu os cabelos de sua nuca se eriçarem. E se o assassino era alguém como Birkinshaw? Alguém preso por um pequeno delito que se graduou assassino na prisão? *A Universidade do Crime*. Era assim que alguns condenados à prisão perpétua que ela entrevistou chamavam o sistema prisional. Não era difícil imaginar como as fantasias devem amadurecer e se desenvolver em uma atmosfera como aquela. Birkinshaw deve ter cometido o estupro quando estava em liberdade durante o dia. Ela tinha de ir a Whiteladies. Descobrir quais detentos tinham permissão para trabalhar em Pendleton.

Fez menção de ligar para Dave Todd mas o telefone tocou antes.

– Meg, sou eu.

– Ceri! – Era um alívio ouvir a voz da irmã. Ela desligara o telefone havia dois dias.

– Volto esta noite, mas sairei tarde. Vou esperar até as crianças estarem prontas para ir para cama, de modo que dormirão na viagem.

– Você está bem? – perguntou Megan. Era uma pergunta idiota. Como a irmã podia estar bem depois de tudo que acontecera nos últimos dias?

– Estou bem, sinceramente – respondeu Ceri. Mas ela não parecia estar. – Sabe o que houve com Justin? Não podem continuar a mantê-lo preso agora que encontraram aquela outra mulher, certo?

– Não sei o que está acontecendo no momento.

Não era mentira. Ela não tinha certeza se Justin era a pessoa que a polícia voltara a prender.

– Mas ele não está atendendo o celular – prosseguiu Ceri. – Queria falar com ele... antes de ver Neil, quero dizer.

Megan mordeu o lábio inferior.

– Você acha que essa é uma atitude inteligente?

– Tenho de deixar as coisas claras em minha cabeça, Meg. Tenho estado confusa nos últimos dias. – Houve uma pausa. – Neil volta amanhã na hora do almoço. Jill aqui da rua se ofereceu para ficar com as crianças para que possamos conversar com calma. – Ouviu-se um riso seco do outro lado da linha. – É a única vizinha que ainda fala comigo.

– Ceri, você não vai passar por Pendleton, certo?

– Claro que não. Mas acho que aquilo lá agora deve ser uma cidade fantasma. Quem vai querer fazer compras ali depois do que aconteceu?

– Você ficaria surpresa – suspirou Megan. – Algumas pessoas são muito mórbidas.

Steve Foy olhou feio para seu sargento.

– Então, onde estão as outras testemunhas? – Ele jogou o depoimento da jovem sobre a mesa. – A mãe dele obviamente armou tudo isso!

Todd encarou Foy. Havia um cheiro de uísque revelador no hálito de menta do chefe.

– Já falamos com duas pessoas – respondeu. – Ambas sustentam a história da menina.

Foy resmungou.

– Que surpresa! É uma maldita assembléia de bruxos, cara! Mama Raven tem poder sobre todos eles!

Todd limpou a garganta.

– Com todo respeito, chefe, não creio que isso se sustente no tribunal.

Foy bateu com o punho sobre a mesa.

– Então, solte o desgraçado! – Seus olhos claros se estreitaram. – Mas diga a ele que ainda não terminamos!

Não há estrelas hoje à noite. Mas não terei de esperar muito. Logo vou sair desse buraco. Pedalar alguns quilômetros e, então, me sentir livre como um pássaro.

Houve uma época em que isso parecia ser um sonho impossível. O que mamãe criou foi uma cela de prisão invisível.

"Quero que você se pareça com Dorothy." Ouço a sua voz através do tempo. Ela dizia isso freqüentemente. Enquanto comprava vestidos de festa no setor infantil da Beatties. Enquanto enrolava meus cabelos em cachos que coçavam à noite. E enquanto escolhia sapatos que um menino nunca deveria usar.

Sim. A liberdade tem seu preço.

Capítulo 19

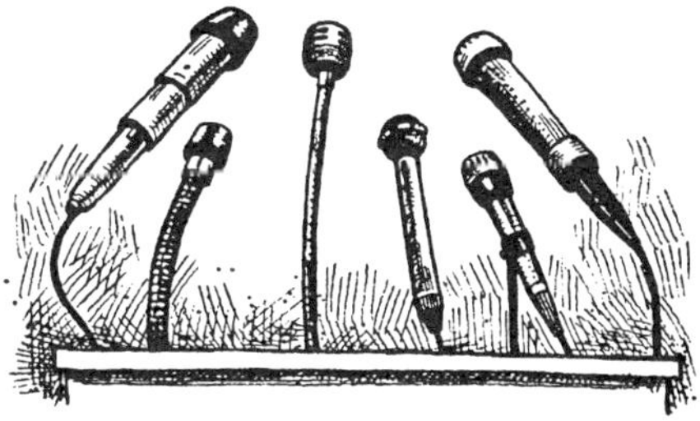

Entrar em Whiteladies mostrou-se quase tão difícil quanto penetrar na prisão de segurança máxima na qual Megan fizera a maior parte de sua pesquisa. O único meio de contornar a burocracia seria conseguindo autorização da polícia.

Não fazia sentido pedir a Steve Foy, que ainda parecia determinado a perseguir sua teoria do ocultismo. De acordo com Dave Todd, a nova prisão de Justin Preece baseava-se na premissa de que ele tinha registro no centro médico de Pendleton, logo ele conhecia Susan Thompson. "Assim como outros 3 mil pacientes ali registrados", dissera Dave ao contar isso a ela.

Ele telefonara na noite anterior para dizer que Justin fora solto. Após ouvir a idéia dela sobre Whiteladies, ele entrara em contato com o próprio diretor do presídio e obteve permissão para que os dois fizessem uma visita às 9h da manhã seguinte. Como conseguiu sem Foy ser informado, Megan não perguntou. O que importava agora era obter os nomes daqueles semi-internos o mais rapidamente possível.

Ceri preparava-se para o confronto com Neil. Ela deixara as crianças e correu para o banho. Precisava de um pequeno oásis de calma para pensar. Para planejar o que diria ao chegar em casa.

Ela sabia que ele não devia ter visto a matéria no jornal. Ele telefonara todas as noites em que estivera fora e foi uma luta tentar fingir que estava tudo normal. Ele sabia que ela estivera no chalé em Borth mas ela mentira a respeito do motivo de sua súbita viagem ao País de Gales, dizendo que suas aulas tinham sido canceladas por causa da investigação da polícia em Pendleton. Aquilo o deixou preocupado. Ele pedira que ela fosse cuidadosa ao voltar, o que a fazia se sentir ainda mais culpada pelo que estava prestes a fazer.

Mark Westerman podia ser pai de Dave Todd, refletiu Megan ao apertar a mão do diretor. Mesmo porte, mesmo sotaque, mesmos óculos de armação dourada. A única diferença era que o cabelo de Westerman era completamente grisalho.

– O que precisamos saber – disse Megan, pegando a xícara de café que lhe fora oferecida –, é se algum de seus detentos em regime semi-aberto trabalha na área de Pendleton ou Wolverhampton.

As bastas sobrancelhas de Westerman arquearam-se como duas lagartas exóticas sentindo cheiro de comida.

– Posso apenas esclarecer uma coisa? – disse ele. – Não temos criminosos sexuais e ninguém com histórico de comportamento violento em Whiteladies.

– Sei que nenhum de seus detentos tem uma ficha com esse tipo de crime – disse Megan. – O tipo de homem que tenho em mente pode ser alguém que passou despercebido. Alguém condenado por um delito menor mas que tenha um passado violento que nunca foi detectado.

– Bem, eu realmente não creio...

– Você está familiarizado com o caso Clive Birkinshaw? – interrompeu Megan. As lagartas soergueram-se. Ele olhou diretamente para ela, mas nada disse. – O estuprador que atacou uma mulher enquanto trabalhava em Sudbury em regime semi-aberto? – Ela fizera o dever de casa. – Ele trabalhava para uma empresa de eletricidade local e conseguiu estuprar uma colega de trabalho porque ninguém o supervisionava na hora do almoço. – Ele meneou a cabeça, expressão desconfiada no rosto. – Estou certa de que o diretor de Sudbury diria o mesmo que você sobre seus detentos antes de isso estourar na mão dele.

Megan sustentou o olhar enquanto esperava pela resposta.

– Posso assegurar que os homens que estão em regime semi-aberto são cuidadosamente examinados e monitorados. – Westerman olhou para a janela.

– Não duvido disso, mas o homem responsável por essas mortes é incrivelmente bom em esconder pistas. Não estamos falando de um bandido comum, Sr. Westerman. Matar três mulheres como ele fez sem deixar um traço de evidência pericial exige uma mente calculista, não acha?

– Sim, mas...

– O tipo de mente que facilmente poderia convencer gente do serviço penitenciário a mandá-lo para lugares assim – prosseguiu Megan. – E, uma vez lá, enganar qualquer um que apareça pela frente. Foi o que Birkinshaw fez.

– Passei a vida inteira entre condenados, Dra. Rhys. – Sua voz estava baixa, mas o veneno que continha era evidente. – Está sugerindo que não sei fazer meu trabalho?

– Não estou sugerindo nada nesse sentido – disse ela. – Mas três mulheres estão mortas. Todas visitaram o centro comercial de Pendleton pouco antes de morrerem. O homem que organiza a missão cristã aqui em Whiteladies me disse que há detentos em regime semi-aberto trabalhando em Pendleton. Eu *tenho* de saber quem são esses homens, Sr. Westerman, nem que seja para descartá-los da lista de suspeitos.

Ele suspirou profundamente e cruzou os braços sobre o peito.

– Tudo bem – disse ele de mau humor. – Mas quero deixar claro que não estou feliz com o modo como esta investigação está sendo conduzida. – Ele se voltou para Dave Todd. – Escreverei ao seu superior sobre o assunto – disse ele. – Você devia ter apelado aos canais competentes. A polícia de Shropshire devia ser informada, para começo de conversa. Todo detento desta prisão vem da jurisdição deles, não de West Midlands.

Westerman foi até o terminal de computador do outro lado da sala.

– Só permitimos a saída de detentos dois dias por semana – disse ele, de costas para eles enquanto olhava a tela do computador. – Não temos recursos para deixá-los sair todos os dias.

Megan prendeu a respiração.

– Que dias?

– Quartas e quintas-feiras. Devem voltar às 19h.

Megan e Todd trocaram olhares.

– A que horas saem pela manhã? – ela perguntou.

– Espere um minuto. – Westerman parecia irritado.

Esperaram o que pareceu um século enquanto ele digitava no teclado. Finalmente ouviu-se um ruído mecânico e a impressora começou a produzir uma lista de nomes.

– Aqui está – disse Westerman, empurrando em direção a Megan uma folha de papel que quase caiu no chão.

– Obrigada – disse ela, agarrando o papel quando roçou seu cotovelo. Havia 12 nomes na lista.

– Apenas cinco deles trabalhavam em Pendleton. Dois no supermercado, um na padaria e o outro no armazém. O outro prepara comida no Café Pendleton. Os homens desta lista saem daqui às 8h30 da manhã, dependendo de seu meio de transporte. Alguns têm carros, outros vão trabalhar com motocicletas ou bicicletas.

Os olhos de Megan se arregalaram.

– Pode me dizer quais têm bicicletas?

– Não sem consultar seus arquivos. – Westerman olhou feio para ela.

– Então, gostaria de ver o arquivo desses três, por favor. – Ela sublinhou os nomes e empurrou o papel pela mesa.

– É claro. – O tom de voz era friamente polido. – Se me der um instante.

Quando a porta se fechou atrás dele, Megan e Todd se viraram um para o outro e emitiram um suspiro simultâneo.

– Bicicletas! Tem de ser um deles, não é? – Todd balançou a cabeça e correu os dedos pelo cabelo.

– Temos de entrar nas celas deles, Dave – disse Megan. – Descobrir algo de concreto.

Westerman voltou a entrar na sala com um pacote de arquivos debaixo do braço.

– Trouxe todos os 12 – disse ele. – Não quero ficar subindo e descendo este corredor a tarde inteira.

Ele empurrou os arquivos em pastas de papel pardo para Megan. Ela e Todd os consultaram, separando os homens que trabalhavam em Pendleton.

– Este aqui – disse Todd, inclinando-se sobre a mesa para mostrar a ela. – Diz que vai a Pendleton de bicicleta.

Megan olhou para a fotografia de um homem de rosto soturno com cabelo castanho curto. Achou-o vagamente familiar mas não sabia de onde. Seus olhos vagaram pela página. *Nicholas Stern. 37 anos. Local de trabalho: Café Pendleton.* O homem do café. O que pedira o autógrafo de Delva. Agora ela se lembrava.

Folheando o arquivo, descobriu que ele fora condenado havia três anos por cinco acusações de furto. Fora preso anteriormente por furto e posse de heroína. Fora transferido de Winson Green para Whiteladies havia seis meses.

– Ele é ladrão e ex-viciado em heroína? – Megan sentiu o coração acelerar.

– Sim. – Westerman tirou o arquivo da mão dela. – Também se formou em cinema na Universidade de Birmingham. – Olhou para ela com desprezo. – Nick é um de nossos internos mais talentosos. Fez diversos vídeos para nós. Estamos pensando em tirá-lo do café no mês que vem. Ofereceram-lhe um emprego no Lighthouse Media Centre.

– Este aqui também tem uma bicicleta – interrompeu Todd.

Megan olhou para o arquivo. Era funcionário do supermercado. *Edward Fitzsimmons*, 43 anos. Fora preso sete vezes por roubo de celulares. Suas condenações anteriores incluíam invasão e receptação de objetos roubados.

Megan levantou-se.

– Precisamos verificar os dois – disse ela para Todd. – Pode organizar isso? – Então, voltou-se para Westerman. – Quero as suas celas revistadas – disse ela. – *Não* tente entrar em contato com eles sob qualquer circunstância, certo?

Westerman olhou feio para ela, as sobrancelhas franzidas.

– Só posso permitir que revistem a cela de um detento na presença de um guarda penitenciário – disse ele.

– Ótimo. Se puder chamar um deles, gostaria de começar agora mesmo.

Westerman murmurou alguma coisa e ergueu o telefone do gancho.

Dave Todd estava de pé, olhando contrariado para o celular.

– Terei de sair daqui para conseguir sinal – disse ele para Megan. – Vou ao supermercado. Mandarei outra equipe ao café.

– Tudo bem – disse ela. – Ligo se descobrir alguma coisa.

Ceri olhou para o relógio. O avião de Neil devia estar aterrissando em quarenta minutos. Dali a duas horas, estaria em casa. Sentiu um tremor atravessar-lhe o corpo. Foram casados durante oito anos. Oito anos da vida dela prestes a serem jogados pela janela. Ela se perguntou o que teria acontecido se não tivesse conseguido aquele emprego de professora e não tivesse conhecido Justin. Teria prosseguido? Fingido para si mesma que aquela era uma vida que merece ser vivida?

Vestiu o conjunto de lingerie creme com babados que Neil lhe comprara no Natal passado. Era bonito. Não exatamente sensual. Era o tipo de coisa que uma boa mulher devia usar para o marido. Mas ela não era uma boa mulher. E não pretendia que Neil o visse.

Quando Megan entrou na cela de Edward Fitzsimmons, teve de olhar duas vezes para ter certeza do que via. Era igual a um quarto de aluno residente na Heartland. Havia uma cama de solteiro com um cobertor azul, uma mesa-de-cabeceira com fotografias de família, um despertador e, sob a janela, uma mesa e uma cadeira. Mas o que realmente a surpreendeu foi o aparelho de TV.

– Podem assistir TV nas celas?

– Ah, sim – respondeu o guarda. – E têm a própria chave para entrarem e saírem quando quiserem. Podem ir a qualquer lugar da prisão desde que compareçam às chamadas.

Megan olhou para a mesa onde havia alguns livros da biblioteca. Um sobre origami e outros sobre antiguidades. Ela os folheou. Nada caiu. Olhou as gavetas no armário. Roupas de baixo, lenços, algumas camisetas e uma coleção de cartões de Natal e aniversário.

– De sua mulher, filhos e netos – disse o guarda. – São eles. – O guarda meneou a cabeça em direção às fotografias em cima do armário.

Na maior delas, Edward Fitzsimmons estava sentado em um banco cercado pela família. Havia um bebê no seu colo e outra criança – um menino com cachos louros – inclinava a cabeça sobre seu ombro.

– Pode chamar alguém para revistar a cela? – perguntou Megan. – Gostaria de ver o outro.

A cela de Nick Stern era quase idêntica à de Fitzsimmons, com exceção dos cartazes nas paredes. Havia todo tipo de material promocional de filmes, do tipo que os cinemas exibem em seus saguões. Não eram filmes de grande público. A maioria era filmes de arte. *Acossado*, *O tambor* e *O cozinheiro, o ladrão, sua mulher e o amante* eram os únicos que ela reconhecia. Alguns eram franceses, outros alemães.

Junto à TV portátil havia uma pilha de jornais. Ela pegou o primeiro. Ao movê-lo, viu algo que a fez gelar. Era o jornal local, aberto na página 3, com a sua fotografia. Ela abriu o jornal. A boca ficou seca. No canto superior esquerdo da página dois, desenhado com caneta esferográfica azul, havia um pentagrama.

Capítulo 20

Megan correu até o estacionamento da prisão, discando o número de Dave Todd assim que conseguiu linha. Enquanto esperava resposta, abriu o jornal sobre o capô do carro. Uma frase entre aspas saltou aos seus olhos: "Tudo o que usava era um par de sapatos altos vermelhos e um sorriso." *Sapatos vermelhos*. Um pensamento aterrorizador ocorreu-lhe. O endereço de Ceri também estava lá. Church Terrace, 23, Stockhall.

– Dave Todd. – A voz dele a assustou.

– Dave – disse ela, a voz trêmula. – Encontrei algo na cela de Nick Stern. É um pentagrama desenhado em um jornal, junto a um artigo sobre minha irmã.

Ela o ouviu inspirar.

– Certo – disse ele, a voz serena. – Estou com Fitzsimmons neste instante, no escritório do gerente. Vou procurar saber o que está acontecendo no café e retorno para você.

Assim que ele desligou, ela digitou o número de Ceri. Estava ocupado. Megan entrou no carro. Tinha de avisar a irmã. Sentia o suor escorrer em sua nuca enquanto corria pela alameda que levava à estrada de Wolverhampton. Ela pressionou o botão de rediscagem em seu telefone. Desta vez, conseguiu o serviço de mensagem.

– Ah, meu Deus, Ceri – disse ela. – Por que não atende?

Ao se aproximar da entrada para Stockhall, seu telefone voltou a tocar.

– Ceri?

Era Dave Todd.

– Ouça, Megan, Stern não está no café. – Ela podia sentir algo perto do pânico na voz dele. – Disseram que tinha um encontro com seu supervisor de condicional, mas acabamos de telefonar para o sujeito e Stern não apareceu.

Megan sentiu náuseas. E se estivesse na casa de Ceri?

– Onde você está agora? – perguntou Todd.

– A caminho da casa de minha irmã. Ela não está atendendo o telefone, Dave. Estou realmente preocupada.

– Muito bem, estou a caminho – disse ele. – O que quer que faça, não entre sozinha.

Um minuto depois ela estacionava à porta da casa de Ceri. O Peugeot amarelo de sua irmã estava estacionado lá. Ela olhou para os dois lados da rua. Nenhum sinal do Volvo de Neil. Tentou o número de Ceri outra vez. Ainda o serviço de mensagem. Megan saiu do carro. Por que não atende se evidentemente está em casa? Ela seguiu até a porta da frente. Dave dissera que esperasse, mas como poderia? E se Stern estivesse lá? Alguns minutos a mais poderiam ser a diferença entre a vida ou a morte de Ceri.

Ela tinha a chave da porta da frente em mãos e a levava à fechadura quando viu algo despontando em meio aos arbustos ao lado da casa. Era o guidão de uma bicicleta. Ela olhou para aquilo. Seria a mesma que ela vira antes? Seria possível que Justin estivesse lá dentro com sua irmã? Deteve-se à porta, a chave a centímetros da fechadura, tentando entender aquilo. Teria Ceri convidado Justin até a casa com Neil podendo chegar a qualquer momento? Ela introduziu a chave na fechadura e abriu a porta. Seu instinto a fazia desejar gritar o nome da irmã, mas se conteve. Em vez disso, ela ouviu. A casa estava completamente silenciosa. Ela entrou, deixando a porta aberta para o caso de precisar fugir. Então ouviu um som que fez gelar seu sangue. Um som abafado, como se fosse alguém tentando falar com a boca cheia de comida. Ela olhou ao redor em busca de algo para usar como arma. Havia uma estatueta de bronze art déco na mesa do corredor. Ela a pegou, escondendo-a às costas.

Ao subir as escadas, voltou a ouvir o som. Ocorreu-lhe que sua imaginação podia a estar enganando, que o que ela ouvia era apenas o som de sua irmã e Justin fazendo amor. Ela parou no meio da escada. A porta do quarto de sua irmã ficava bem em frente ao último degrau. Se a porta estivesse aberta, poderia ver lá dentro e ir embora caso tivesse entendido as coisas errado.

As mãos tremiam quando agarrou o corrimão tentando distribuir o peso para a escada não ranger. Quando seus olhos se nivelaram ao último degrau, ela viu que a porta estava escancarada. Ceri estava agachada no chão, de costas para Megan. Ao lado dela estavam os sapatos vermelhos de salto alto que usara para Justin. Mais perto da cama, viu um par de pernas de jeans. Havia alguém ao lado de Ceri. Quando Megan subiu mais um degrau, viu imediatamente que não era Justin. Era mais baixo e mais forte e o cabelo escuro era cortado rente ao crânio. Ele se inclinava sobre Ceri e tateava atrás de si à procura dos sapatos vermelhos. Quando as mãos deles se moveram, algo brilhou na luz que entrava pela janela do quarto. Era a lâmina de uma faca.

As mãos de Megan apertaram a estatueta de bronze. O que deveria fazer? Se ela entrasse e o atacasse, ele esfaquearia Ceri. Ela teria de distraí-lo. Confundi-lo. Mantê-lo falando até... o quê?

A decisão foi tirada de suas mãos quando ele se voltou, como se sentindo a presença dela. Seus olhos se cruzaram. Durante um segundo, ninguém se moveu. O *nome dele*, sussurrou uma voz na mente de Megan. *Diga o nome dele*.

– Nick?

Os olhos azuis piscaram, surpresos, então se estreitaram ao reconhecê-la.

– Então, veio por causa de sua irmã? – Soava mais jovem que seus 37 anos. Havia um quê de sotaque de Wolverhampton. Ele inclinou a cabeça para o lado. – Bem, ela não está aqui.

Megan olhou para a pessoa no chão.

– Ceri? – A cabeça da mulher voltou-se com um grunhido abafado. Megan via que era o perfil da irmã. Havia um pano branco saindo de sua boca. Subitamente ela se deu conta: para ele, não era Ceri. Ela se tornara a mulher que ele odiava, aquela que desejava matar. Por isso estava obrigando sua irmã a vestir os sapatos vermelhos. Para se tornar aquela mulher, ela *tinha* de estar usando os sapatos vermelhos.

– Como é o nome dela, Nick? – Megan deu um passo em direção à porta do quarto.

– Nicky. – Ele levou a faca ao pescoço de Ceri. – Ela parece Dorothy, mas seu nome é Nicky.

– Nicky. – Megan meneou a cabeça lentamente, tentando freneticamente compreender o que se passava na mente dele.

– Você não sabe do que estou falando, não é? – Ele pegou Ceri pelo cabelo quando ela tentou se afastar da faca. – Gente como você, psicólogos! – Ele grunhiu. – Tomo mundo sempre me cutucando, tentando entender como sou!

– Sei que gosta de sapatos vermelhos, Nick. – Megan deu outro passo em direção a ele. Ao fazê-lo, viu de relance, pelo canto dos olhos, algo se movimentando. Era Dave Todd. Ele estava no primeiro lance de escada, logo atrás dela.

– Não se aproxime! – gritou Stern. Ela ficou imóvel. Ele ergueu a faca acima do peito de sua irmã. – E jogue isso fora! – E apontou para a estatueta com um menear de cabeça. Megan deixou a estatueta cair sobre o tapete azul-claro. – Agora levante-se – gritou para Ceri, chutando seus pés calçados com sapatos vermelhos. – Para a cama!

Megan sabia que devia entrar no quarto, algo que desviaria a atenção de Stern da porta para que Dave Todd pudesse pegá-lo sem que ele percebesse.

– Nick, por favor! – ela gritou. – Eu quero ajudá-lo!

– Eu disse para você ficar onde está! – Os olhos estavam fixos nela enquanto empurrava Ceri para a cama.

– Deixe que *eu* use os sapatos vermelhos – implorou ela, estendendo-lhe a mão. – *Eu* sou Nicky, não *ela!*

Ele olhou para Megan, transfixado, enquanto ela se movia lentamente ao redor da cama.

– Diga a ela para tirar os sapatos, Nick – disse ela baixinho. – Eu os quero. Eles são meus.

– Tire-os! – Ele pressionou a lâmina da faca contra o pescoço de Ceri enquanto ela tirava os sapatos. Megan curvou-se para pegá-los, movendo-se para o lado oposto da cama enquanto os calçava. Erguendo a perna esquerda, ela estendeu o pé, os dedos em ponta como uma bailarina.

– Olhe para mim, Nick – sussurrou. – Meu pé não fica lindo neste sapato? – Ela olhou para ele. Os olhos dele estavam repletos de fascínio horrorizado, como uma criança observando cobras em um zoológico. – Pareço com Dorothy? – pressionou Megan, desejando que ele se movesse em sua direção. – Vai me dizer quem ela é?

Com um uivo de ódio ele tentou pular em direção a ela, mas Todd já o tinha dominado, tirando a faca de sua mão e derrubando-o no chão.

A casa estava repleta de policiais. O lugar estava sendo cercado quando Dave Todd não obedeceu às normas e entrou desarmado. Megan dava graças por não saber disso. Não tinha certeza se seria tão forte caso soubesse que Dave não tinha uma arma.

Ela podia vê-lo agora pela janela aberta do quarto. Ele e dois outros policiais estavam colocando Stern em um carro-patrulha. Enquanto olhava, viu Neil. Pela expressão em seu rosto, acabara de chegar. *Que volta para casa*, pensou ela, sombria.

Ceri soluçava incontrolavelmente e não se movia da cama onde estava. Nem Megan e nem a policial sentada ao lado dela conseguiram acalmá-la. Megan acariciou o cabelo da irmã. O que Ceri passara nos últimos dias era bastante para arrasar qualquer um.

– Vou buscar um pouco de chá ou conhaque – disse Megan quando Dave voltou para o quarto. Ele a seguiu escada abaixo.

– E quanto a você? – disse ele, fechando a porta da cozinha atrás de si. – *Você* está bem?

– Estou.

Os dedos dela tremeram quando ela ligou o interruptor da chaleira elétrica e sentiu a mão dele em seu ombro. Ela se voltou e ele tirou a mão.

– Você foi muito corajosa lá em cima.

Ela podia ver seus olhos refletidos nos óculos dele. Por um instante, nenhum dos dois falou.

– Não, você foi o herói.

Ela deu-lhe as costas e procurou as canecas nas prateleiras sobre o microondas. A porta da cozinha se abriu e apareceu um homem de avental branco.

– Poderia vir falar com os peritos, Dave?

– Encontro você depois, está bem? – A expressão de Todd provocou-lhe um aperto no coração. Lembrou-a de como Patrick olhava para ela quando era estudante e ela era sua orientadora.

Quando Todd entrou, Megan olhou para Neil. Ele estava no corredor, boquiaberto e com uma expressão atônita. Parecia completamente fora do ar. Ela largou o chá e correu para ajudar. Mas antes que ela o alcançasse, ele se voltou para a escada. Ceri descia aos tropeços, segurando o corrimão para se apoiar. Antes de atingir o último degrau, ela tombou nos braços dele.

Não havia nada que Megan pudesse fazer além de deixá-los a sós. O trauma que Ceri atravessara obviamente mudara os seus sentimentos em relação a Neil. Era algo que teriam de conversar entre si e sua presença não ajudaria em nada.

Ela piscou quando atravessou a porta e foi ofuscada pela luz do sol. A polícia fechara a rua e, atrás do cordão de isolamento, havia grupos de vizinhos curiosos. Ela viu uma câmera de TV montada em um tripé. Delva estava ali perto. Parecia estar entrevistando alguém, mas Megan não conseguia ver quem era. Descendo o caminho de acesso, Megan aproximou-se da câmera. Era Steve Foy. Ela reconheceu a voz.

– Estou muito feliz que tenha acabado sem outras vítimas – dizia. – E isso certamente demonstra o valor de um bom trabalho policial.

Quando Megan apareceu por trás da câmera, Delva a viu e ergueu a sobrancelha meio centímetro. Megan balançou a cabeça, um sorriso irônico no rosto.

Na manhã seguinte, Delva foi à casa de Megan sem o *cameraman.*

– Só vim ver como você está – disse ela, sorrindo. – Eu *gostaria* de fazer uma matéria retrospectiva daqui a alguns meses, quando o caso for a julgamento. E não se preocupe, vou me certificar de que você receba o merecido crédito por ter pegado o desgraçado. – Ela se inclinou para frente na cadeira e Megan serviu-lhe café. – Por que ele fazia aquilo? Ouvi um tira falar algo sobre sapatos vermelhos...

Megan meneou a cabeça lentamente.

– É uma história realmente bizarra. – E uma história que ela poderia contar sem medo. Ela sabia que Delva não podia divulgar uma palavra daquilo até Stern alegar ser culpado dos três homicídios.

Ela contou a Delva o que Stern dissera à polícia na delegacia da rua Tipton na noite anterior. Sobre a mãe que queria uma filha tão desesperadamente que fazia com que ele usasse vestidos quando criança e dizia às pessoas que o nome dele era Nicky. Sobre o Natal em que ela o vestiu para parecer a Dorothy de *O mágico de Oz* e disse que ele seria famoso, assim como Judy Garland. E sobre a surra que levou quando o pai viu a mãe e ele, vestidos daquele jeito, assistindo ao filme.

– Foi quando começou a obsessão por sapatos vermelhos – explicou Megan. – Ao longo de toda a idade adulta ele tentou cultivar uma imagem de macho. Mas, na universidade, ele se envolveu com drogas e ficou viciado em heroína. Começou a assaltar residências para financiar o vício e acabou preso. Isso só fez com que piorasse. – Ela fez uma pausa para tomar um gole de café. – Ele tinha medo de "virar gay", como disse. Na prisão, ele desenvolveu uma ânsia desesperada de esmagar a pessoa feminina que sua mãe lhe impusera quando criança. – Ela balançou a cabeça. – Pelo que fiquei sabendo, as pessoas com quem ele fez amizade na cadeia o encorajaram nessa fantasia de atacar mulheres. Ele enganou a todos na cadeia, levando-os a crer que era um prisioneiro modelo, mas quando conseguiu o regime semi-aberto, a fúria que vinha acalentando simplesmente eclodiu.

– Por isso as mulheres foram esfaqueadas tantas vezes? – Delva segurava a xícara a meio caminho da boca. Ela bebia cada palavra de Megan.

– Creio que sim – respondeu Megan. – Por isso matava com "requintes de crueldade", como se diz.

– Então, ao esfaquear as mulheres com sapatos vermelhos, ele tentava matar a menininha em que a mãe tentou transformá-lo?

Megan assentiu.

– Mas todo esse negócio de magia negra. – Delva franziu as sobrancelhas. – De onde diabos veio?

– Ele entalhava um pentagrama na testa das vítimas.

Delva ficou boquiaberta.

– Meu Deus! Eu sabia que havia algo realmente horrível acontecendo e que ninguém falaria a respeito, mas... – Ela parou, levando a mão à boca.

– Eu sei. – Megan deu de ombros. – Confundiu a polícia completamente. Achei que fora feito de propósito, para parecer um ritual de magia negra. Mas, como descobrimos depois, estávamos errados.

– O que era, então?

– Sua assinatura – disse Megan simplesmente. – Seu sobrenome significa "estrela" em alemão. Por isso a mãe estava convencida de que ele seria famoso. E, de um modo torto, creio que a previsão dela se confirmou.

Quando Delva se despediu, Megan olhou para o relógio. Patrick logo chegaria para pegar suas botas e seus CDs. Tinha de se fazer de difícil. Ou não? As dúvidas que infestavam a sua mente desde que o mandara embora voltavam.

Ela nunca poderia dar-lhes um filho e ele acabaria desejando um, então não era isso mais um motivo? Sim, seria uma tortura vê-lo com o filho, mas talvez, com o tempo, ela conseguisse aceitar. Talvez até gostasse quando ele viesse de férias, como certamente viria.

Ela ficou ali, olhando para a porta da frente, imaginando o que devia fazer. Embora tentasse racionalizar, havia um fato que ela não podia ignorar: Patrick mentira para ela. Mentira sobre o que acontecera na Holanda no último Natal. E por causa desta mentira, começara o relacionamento com ela sob falsas bases. Talvez algo assim pudesse ser perdoado se houvesse outros motivos para preservar o relacionamento. Se houvesse filhos, como era o caso de Ceri e Neil. Mas não havia nada assim entre eles.

Megan sentou-se nos degraus da escada, a cabeça entre as mãos. Erguendo a cabeça, percebeu a pilha de correspondência ainda sobre o tapete. Ela a pegou. A primeira era um envelope amarelo. Ela o abriu. Era um cartão com uma reprodução de uma tela florida de Monet e as palavras "Pensando em Você". Atrás estava escrito: "Espero que tenha se recuperado do drama de ontem. Seria legal conversar com você sobre outra coisa além de assassinos seriais. Tudo de bom, Dave."

Ela sorriu e pegou o casaco no cabide. Era hora de ir.

TÍTULOS DA COLEÇÃO NEGRA:

Essa maldita farinha, de Rubens Figueiredo
Mistério à americana, organização e prefácio de Donald E.
Bandidos, de Elmore Leonard
Perversão na cidade do jazz, de James Lee Burke
Noturnos de Hollywood, de James Ellroy
Viúvas, de Ed McBain
Modelo para morrer, de Flávio Moreira da Costa
Violetas de março, de Philip Kerr
O homem sob a terra, de Ross Macdonald
O colecionador de ossos, de Jeffery Deaver
A forma da água, de Andrea Camilleri
O cão de terracota, de Andrea Camilleri
A região submersa, de Tabajara Ruas
Dália Negra, de James Ellroy
O executante, de Rubem Mauro Machado
Sob minha pele, de Sarah Dunant
A maneira negra, de Rafael Cardoso
Cidade corrompida, de Ross Macdonald
O ladrão de merendas, de Andrea Camilleri
Assassino branco, de Philip Kerr
A voz do violino, de Andrea Camilleri
As pérolas peregrinas, de Manuel de Lope
A sombra materna, de Melodie Johnson Howe
A cadeira vazia, de Jeffery Deaver
Os vinhedos de Salomão, de Jonathan Latimer
Réquiem alemão, de Philip Kerr
Cadillac K.K.K., de James Lee Burke
Uma morte em vermelho, de Walter Mosley
Um mês com Montalbano, de Andrea Camilleri
Metrópole do medo, de Ed McBain
A lágrima do diabo, de Jeffery Deaver
Sempre em desvantagem, de Walter Mosley
O vôo das cegonhas, de Jean-Christophe Grangé
O coração da floresta, de James Lee Burke
Dois assassinatos em minha vida dupla, de Josef Skvorecky
O vôo dos anjos, de Michael Connelly
Caos total, de Jean-Claude Izzo
Excursão a Tíndari, de Andrea Camilleri Westlake
Nossa Senhora da Solidão, de Marcela Serrano
Sangue na lua, de James Ellroy
Ferrovia do crepúsculo, de James Lee Burke
Mistério à americana 2, organização de Lawrence Block
A última dança, de Ed McBain
O cheiro da noite, de Andrea Camilleri
Uma volta com o cachorro, de Walter Mosley

Mais escuro que a noite, de Michael Connelly
Tela escura, de Davide Ferrario
Por causa da noite, de James Ellroy
Grana, grana, grana, de Ed McBain
Na companhia de estranhos, de Robert Wilson
Réquiem em Los Angeles, de Robert Crais
Alvo virtual, de Denise Danks
O morro do suicídio, de James Ellroy
Sempre caro, de Marcello Fois
Refém, de Robert Crais
Cidade dos ossos, de Michael Connelly
O outro mundo, de Marcello Fois
Mundos Sujos, de José Latour
Dissolução, de C.J. Sansom
Chamada perdida, de Michael Connelly
Guinada na vida, de Andrea Camilleri
Sangue do céu, de Marcello Fois
Perto de casa, de Peter Robinson
Luz perdida, de Michael Connelly
Duplo homicídio, de Jonathan e Faye Kellerman
Espinheiro, de Thomas Ross
Correntezas da maldade, de Michael Connely
Brincando com fogo, de Peter Robinson
Fogo negro, de C. J. Sansom
A lei do cão, de Don Wislow
Mulheres perigosas, organização de Otto Penzler
Camaradas em Miami, de José Latour
O livro do assassino, de Jonathan Kellerman
Morte proibida, de Michael Connelly
A lua de papel, de Andrea Camilleri
Anjos de pedra, de Stuart Archer Cohen
Caso estranho, de Peter Robinson
Um coração frio, de Jonathan Kellerman
O Poeta, de Michael Connelly
A fêmea da espécie, de Joyce Carol Oates
A Cidade dos Vidros, de Arnaldur Indridason
O vôo de sexta-feira, de Martin W. Brock
A 37ª hora, dc Jodi Compton
Congelado, de Lindsay Ashford
A primeira investigação de Montalbano, de Andrea Camilleri
Soberano, de C. J. Sansom
Terapia, de Jonathan Kellerman
A Hora da morte, de Petros Markaris
Pedaço do meu coração, Peter Robinson
O detetive sentimental, Tabajara Ruas
Divisão Hollywood, Josheph Wambaugh
Um do outro, Philip Kerr

Este livro foi composto na
tipologia Goudy, em corpo 11/14, e
impresso em papel off-white 80g/m²,
no Sistema Cameron da Divisão Gráfica
da Distribuidora Record.